Photos de couvertures : droits réservés

Du même auteur : **Les sacrifiés de l'an 40.**

Édition BoD, septembre 2021.

: **Nom de code Grenelle.**

Édition BoD, février 2022.

: **La grande invasion.**

Édition BoD, septembre 2022.

: **Direction guerre froide.**

Édition BoD, février 2023.

: **Les méandres du Mékong.**

Édition BoD, septembre 2023.

: **Les nuits de l'éventreur.**

Editions Bod, février 2024.

Loi n°49-956 du 16 juillet 1949 sur les publications destinées
à la jeunesse

© 2025, Bruno GUADAGNINI
Édition : BoD · Books on Demand, 31 avenue Saint-Rémy,
57600 Forbach, bod@bod.fr
Impression : Libri Plureos GmbH, Friedensallee 273,
22763 Hamburg (Allemagne)
ISBN : 978-2-3224-7878-1
Dépôt légal : février 2025

Introduction

Quatre années viennent de s'écouler, depuis que Pierre Malet a reçu la Légion d'Honneur des mains du Président Vincent Auriol à l'Elysée. *(Voir Les nuits de l'éventreur)*. Après avoir traversé beaucoup de tempêtes, la DST se retrouve aujourd'hui plus ou moins marginalisée par le pouvoir en place. Un pouvoir qui n'a pas cessé de changer. René Coty a succédé, à la surprise générale, à Vincent Auriol en janvier 1954 et nous avons déjà vu passer un deuxième gouvernement depuis cette date.

Joseph Laniel a logé 12 mois à Matignon. Mais, entre conflits sociaux et guerre d'Indochine, le désastre de Diên Biên Phu a eu raison de sa bonne volonté. Pierre Mendès France, homme de paix et de compromis, a repris les rênes d'un gouvernement depuis le 19 juin dernier, pour essayer de rétablir une certaine stabilité. Sa première décision fut de lancer un ultimatum aux autorités vietnamiennes afin que le conflit cesse. Un accord est trouvé à Genève, le 21 juillet, prévoyant, dès le cessez-le-feu, la libération des prisonniers sous 30 jours.

Pierre continue de couler des jours heureux avec Frida sa compagne et ses enfants Marie et Aloïs. De son côté, Jacqueline von Riegsburg, sœur de Pierre Malet, a donné naissance à une petite fille : Anne Sophie, il y a deux ans.

Dans son roman, l'auteur s'efforce de garder la chronologie et les grandes lignes de « l'Affaires des fuites ». Néanmoins, certaines dates ont été modifiées et les dialogues sont parfois imaginaires, pour pouvoir intégrer les protagonistes de la fiction. Les personnes ayant vécu ces évènements, sont marquées d'un *, afin de ne pas les confondre avec les personnages du roman.

Chapitre 1 : Les murs ont des oreilles.

Samedi 28 août.

Pierre Malet profite des joies de la mer au milieu de sa famille. Jacqueline et Manfred, sont venus passer quelque temps auprès d'eux dans la station balnéaire de Berk sur Mer. Puis ils sont repartis, laissant leurs enfants finir les vacances auprès de leurs cousins Marie et Aloïs. L'aînée Marie, surveille tout ce petit monde, avec autorité et bienveillance.

Le ciel bleu sur le sable de Merlimont, n'est même pas troublé par la brise marine apportant quelques cumulus. Pierre semble ailleurs et fixe les batteries côtières, vestiges du mur de l'Atlantique jalonnant la plage.

- Tu sembles t'ennuyer, mon chéri ?
- Pas du tout ; je me disais que, finalement ces bunkers, n'avaient eu aucune utilité, avec le débarquement des Alliés en Normandie !
- Je vois mon Commandant ! vieille déformation professionnelle d'ancien combattant ! D'après toi, les canons sont toujours opérationnels ?
- Sûrement pas ! Les gros 170 m/m sont toujours en place, mais les démineurs ont pris soin de faire sauter les affûts.
- Avec la fin de la guerre d'Indochine, penses-tu que Mathilde (*Ex-femme de Pierre*), va rentrer en France ?

Malet s'étonne de la question de sa compagne.

- Je n'en n'ai aucune idée ! Tu sais très bien, que depuis mon périple au Tonkin il y a quatre ans, je n'ai plus aucune nouvelle ! *(Voir Les nuits de l'éventreur).*

Dès son retour d'un congé de trois semaines, Pierre se plonge dans sa routine d'agent de contre-espionnage, en épluchant la presse quotidienne. Le

« Monde » de ce premier lundi de septembre, titre sur la libération du Général de Castries*, ainsi que sur celle de Geneviève de Galard* *(Infirmière, pilote d'hélicoptère, faite prisonnière à Diên Biên Phu)*. Dans ses déclarations, le Général révèle qu'il a pu s'entretenir avec les Colonels Bigeard et Langlois. Tout en souhaitant qu'ils soient libres rapidement, le journal ajoute que 9 886 personnes au total ont été libérées. Ainsi, le processus imaginé par Pierre Mendès France suivant les accords de Genève, se met en place. Néanmoins, 39 229 individus, sont encore portés disparus. La mortalité est telle dans les camps du Viet-Minh, qu'il y a peu d'espoir de revoir la plupart d'entre eux. Pierre laisse tomber sa lecture, en se disant qu'il a fallu près de huit années de guerre, pour en arriver à cette conclusion …

Mercredi 8 septembre.

Le Commissaire, installé à son bureau de la rue des Saussaies, continue d'expédier les affaires courantes et pense déjà au prochain un week-end en famille, tout en se demandant quelle surprise va lui réserver Frida. Ses pensées, sont soudain interrompues par le téléphone.

- Monsieur le Commissaire, Jeanne à l'appareil *(Secrétaire du service),* le patron vous attend dans son bureau !

Une demande, en milieu de semaine, de la part du Directeur de la DST, n'a peut-être rien d'inquiétant … Mais, pourquoi cet entretien ne pourrait-il pas attendre le briefing hebdomadaire du lundi ?

- Ah Pierre ! inutile de vous asseoir, il fait un temps magnifique ! Venez, allons prendre l'air !

Le ton guilleret n'est pas dans les habitudes de Roger Wybot. Il ouvre largement la porte fenêtre de son bureau. Les deux hommes sont désormais sur le balcon, sous le regard de plus en plus intrigué du Commissaire.

- Que se passe-t-il ? Wybot a perdu son sourire. Il parle à mots couverts, et Pierre, à cause des bruits de la rue, est obligé de tendre l'oreille pour saisir le sens de la conversation.

- Je viens d'avoir un entretien téléphonique avec le nouveau Directeur de la Sûreté Nationale, Jean Mairey*, entré en fonction il y a à peine un mois et demi !

Malet l'interrompt.

- Tout comme moi, vous l'avez déjà rencontré ? De mémoire, il est proche de Guy Mollet et plutôt soupe au lait !
- Tout à fait ! Mairey m'a demandé de faire une simple vérification technique : voir si, par hasard, il n'y aurait pas des micros indiscrets dans la salle du Conseil des Ministres !

Malet fronce les sourcils.

- C'est une blague ? vous n'avez pas cherché à en savoir plus ?
- Si, bien sûr ! je lui ai demandé des précisions pour pouvoir accomplir la tâche qu'il me confiait ! Il m'a plongé dans un certain mystère, me disant qu'il ne pouvait pas m'en dire plus ! Pour lui, il s'agit d'une affaire extrêmement confidentielle, considérée par le Président Mendès France comme un secret d'Etat !
- Qui d'autre est au courant ?
- Personne, même pas François Mitterrand ! (*Ministre de l'Intérieur*). D'un autre côté, il est hors de question que je lance la DST dans une enquête sans en comprendre le sens !
- Certes, et que comptez-vous faire ?
- Je vais contacter André Pélabon* ! (*Directeur de Cabinet de Mendès France*). Comme vous le savez, nous avons vécu quelques aventures ensemble pendant la guerre à Londres ! Au nom de notre amitié, il devrait se montrer un peu plus loquace que Mairey !
- J'entends bien, mais pour l'instant, qu'attendez-vous de ma part ?
- Dans un premier temps, la plus grande discrétion ! Ensuite, si nous avons cette discussion sur le balcon, c'est qu'il me semble que depuis quelque temps, trop de conversations sortent de nos bureaux !

Pierre a un léger sursaut.

- Soupçonneriez-vous des écoutes à la DST ?
- Je n'en sais rien, mais tout est possible ! J'ai besoin d'y réfléchir et nous prendrons les dispositions nécessaires la semaine prochaine !

En sortant du bureau de son patron, Pierre semble plus ou moins convaincu. Pour lui, la thèse des micros dissimulés ne tient pas. Par contre, des fuites à l'intérieur du service restent une possibilité et ce ne serait pas la première fois. Le Commissaire songe au stress que Wybot subit tous les jours. A force de traquer les complots, une forme de paranoïa ne finit-elle pas par s'installer ?

Vendredi 10 septembre.

Une agitation inhabituelle agite le 13 rue des Saussaies. Pierre s'adresse à Jeanne Lallemand pour savoir où se trouve son patron.

- Bonjour Jeanne, le boss n'est pas là aujourd'hui ?

La secrétaire sans âge, au chignon aussi raide que son attitude, lève à peine son regard terne de ses papiers.

- Non, Monsieur le Commissaire ! Monsieur Wybot, a rendez-vous à Matignon !

Au milieu des fonctionnaires qui s'agitent, Malet croise son collègue le Divisionnaire Berliat*.

- Salut, cherches-tu les micros ? plaisante-t-il

L'homme lui fait chut de la main.

- Viens, allons dans mon bureau ! Nous serons plus tranquilles pour parler !

Le cabinet de travail de Berliat est sans doute le lieu le plus pittoresque de la DST ! Au milieu de vivariums, serpentent une grande variété de reptiles, lézards, salamandres et autres caméléons. *(Historique.)*

- J'imagine que Wybot t'a déjà mis au courant ?

- Oui ! De mon côté, je suppose que le patron fait appel à ton expertise en la matière ?

Berliat toussote, ennuyé.

- Affirmatif … mais pour l'instant je n'ai rien trouvé ! J'attends son retour de Matignon, pour savoir si nous devons aller plus loin !

Les deux policiers ne tardent pas à recevoir une réponse : Roger Wybot, rentre de son rendez-vous.

- Bonjour Messieurs, ça tombe bien que vous soyez ensemble, suivez-moi !

Et, cette fois, le patron de la DST, ne prend pas le temps d'entraîner ses interlocuteurs sur le balcon de son bureau.

- Avez-vous rencontré Pélabon ? lance Malet impatient.
- Mieux : Mendès France assistait à notre entretien !

Les deux Commissaires montrent leur étonnement :

- Vraiment ? réagit Berliat

Après leur avoir fait signe de s'asseoir, Wybot développe calmement.

- Pour Mendès, il ne s'agit pas simplement d'une histoire de micros, mais plus globalement de l'existence de fuites graves, importantes et répétées ! Il met en cause, le Comité Supérieur de la Défense Nationale ! *(Organisme ultrasecret, débattant des grands problèmes de défense et de stratégie militaire).* Le Président est revenu sur la dernière réunion du Comité du 28 juin, à laquelle il assistait pour la première fois ! Quelques jours plus tard, il s'est retrouvé en possession d'un document anonyme, reflétant pratiquement mot pour mot, les débats, les réflexions, les interventions des membres du Comité !
- Comment une chose pareille peut-elle être possible ? Berliat reste incrédule.

- C'est justement ce que nous devons découvrir, Messieurs ! sourit Wybot. De plus, d'autres divulgations ont eu lieu le 26 mai dernier, sous le règne de son prédécesseur à la tête de l'Etat (*Joseph Laniel*) !
- Vous êtes en train de nous expliquer, que le Comité de la Défense serait une véritable passoire ? intervient Malet.
- Justement, Mendès France ne croit pas du tout à une trahison d'un des membres du Comité ! D'où l'idée d'une possible existence de micros dans la salle du Conseil !
- Et, depuis cette date, personne n'est intervenu ? s'étonne Berliat.
- Ce genre de recherche appartient à la DST, nous devons aller beaucoup plus loin ! Je vais recevoir un ordre écrit pour pouvoir sonder les murs des salles de réunion ! Et vous, de votre côté, où en êtes-vous ?
- Mes hommes inspectent nos locaux depuis ce matin, sans rien trouver de suspect ! Je pense qu'ils auront terminé pour ce soir ! rapporte Berliat.

Très perplexe, Malet cherche à comprendre.

- Maintenant que nous connaissons plus ou moins la forme, il serait bon que nous nous penchions sur le fond !
- Vous ne croyez pas si bien dire ! Le Comité s'occupe des opérations d'Outre-Mer, tout nous ramène à l'Indochine ! Pierre, vous êtes le mieux placé à la DST pour traiter ce genre d'affaire !
- N'est-il pas déjà trop tard, au moment où Mendès finalise l'accord de paix avec les autorités vietnamiennes ?
- C'est possible ! Néanmoins, vous admettrez que nous ne pouvons pas rester sans rien faire vis-à-vis des coupables !
- Très bien, je m'en occupe et je vous rends compte dès que possible !

En sortant du bureau de son patron, Malet se montre dubitatif. Ce genre de mission le ramène neuf années en arrière, à l'époque de la Libération, où il s'agissait de faire le tri entre « les faux résistants et les bons collaborateurs ». De plus, même s'il n'a pas encore abordé le sujet avec Wybot, tout laisse à penser qu'un lien existe entre ces histoires d'écoute et « l'Affaire des généraux », 4 ans plus tôt. (*Voir du même auteur « Les nuits de l'éventreur »*).

Faute de mieux, c'est un bon point de départ. Le Commissaire se précipite aux archives de la DST, pour exhumer le dossier.

Lundi 13 septembre.

Pierre se plonge dans les nombreux documents d'époque, ne lui rappelant pas que des bons souvenirs. Tout à sa consultation, il entend toquer à la porte de son bureau. Il lève la tête au moment où Berliat entre dans la pièce.

- Bonjour « Grenelle » ! *(Nom de guerre de Pierre Malet).* Le Divisionnaire, semble embarrassé.
- As-tu trouvé quelque chose ?
- Non, rien du tout, il n'y a pas le moindre micro chez nous !

Pierre s'efforce de prendre la chose du bon côté.

- Bon, c'est plutôt une bonne nouvelle, non ?
- Peut-être … je ne sais pas ! Wybot vient de recevoir la lettre de mission de la part du Chef de la Sûreté pour sonder les murs de l'Elysée ! Je fais rassembler le matos un peu spécial pour cette réalisation !
- Combien te faudra-t-il de temps, une fois le matériel réuni ?
- 48 heures, je pense ! Je dois faire vite, le prochain Comité est prévu mercredi prochain !
- Eh bien au moins nous serons fixés ! Ton travail sera pratiquement fini, alors que le mien ne fait que commencer !

Mardi 14 septembre.

Fin d'après-midi, rue des Saussaies ; Wybot cette fois, entre dans le bureau de Malet sans crier gare. Il jette un regard circulaire dans la pièce : elle est encombrée de dossiers, de cartons … Il y en a partout : sur une table attenante, sur des chaises, sur le sol … Le Directeur n'en revient pas !

- Que cherchez-vous ?
- Je pars du principe que, si ce problème d'écoute existe et que l'Indochine est concernée, nous devons pouvoir faire un lien avec

« l'Affaire des généraux » ! De ce fait, j'épluche les différents comptes rendus et autres rapports des réunions !

- Avez-vous trouvé quelque chose ?

Malet paraît embarrassé.

- J'ai trop peu d'éléments pour l'instant, j'ai l'impression de chercher une aiguille dans une botte de foin !
- De mon côté, j'ai le résultat de la descente de Berliat à l'Elysée ! Nada ! il n'a rien trouvé, pas le moindre petit bout de micro, pas l'ombre d'un fil perdu !
- Quelle conclusion, pouvons-nous en tirer ?
- Sans les micros, on peut envisager que les fuites ont été organisées ! J'ai eu un bref entretien avec Mendès France, pour lui faire remarquer, que si on ne les a pas trouvés, c'est parce qu'ils ont été enlevés !!!

Pierre réfléchit une seconde.

- Pensez-vous qu'ils puissent être installés temporairement à chaque réunion puis retirés immédiatement à la fin ?
- Effectivement, c'est une possibilité. La prochaine réunion a lieu demain à 10 heures ! Dans ce cas, soit les micros sont déjà en place dans la salle du Conseil, ou, plus sûrement ils seront installés cette nuit !
- Croyez-vous que nous aurons la possibilité de mettre en place une surveillance sur place ?
- Non, il est déjà trop tard ! Vous vous doutez bien du nombre d'autorisations qu'il faut pour pouvoir accéder à l'Elysée dans ces conditions ! J'ai insisté auprès de Mendès sur le fait qu'il ne faut pas négliger d'autres pistes ! Par exemple, des fuites à l'intérieur du Comité, je l'ai imploré pour qu'il me laisse libre d'ouvrir une enquête !
- Comment a-t-il réagi ?
- Pour l'instant, il est dans le déni : je pense qu'il craint les réactions politiques ! Il faut laisser un peu de temps au temps, nous verrons bien après la réunion de demain ! Pourtant, j'entrevois un premier fil conducteur, permettant de circonscrire les recherches au sein du

Comité ! Nous avons un début de certitude, indiquant que les premières fuites se sont produites sous le cabinet Laniel le 26 mai, puis sous le cabinet Mendès France le 28 juin ! La composition du cabinet a été en grande partie remaniée entre deux : nous pouvons donc en déduire que le coupable présumé a dû fonctionner sous les deux gouvernements ! Vous voyez où je veux en venir ?

- Vous allez me demander de me procurer les listes des membres du Comité de la Défense Nationale, sous les deux gouvernements, pour faire ensuite le rapprochement ?
- Exactement ! mais ne croyez pas qu'il s'agisse d'une sinécure, la liste fait partie des documents ultrasecrets !

Jeudi 16 septembre.

Pierre décide d'employer les grands moyens. Avec un certain culot, il téléphone rue de Varenne à l'hôtel de Matignon, pour joindre directement André Pélabon.

- Bonjour Monsieur le Directeur de Cabinet, Commissaire Fixin Malet de la DST ! J'aurais besoin pour une enquête importante, que vous me communiquiez, les listes des membres du Comité de la Défense Nationale, sous les gouvernements Laniel et Mendès France !
- Je sais très bien qui vous êtes Commissaire, et donc, vous devez savoir que ces documents sont ultrasecrets !
- Si vous me connaissez, Monsieur le Directeur de Cabinet, vous devez aussi savoir, que je suis Commandant de réserve dans les Services de Contre-Espionnage de l'Armée, donc assujetti au Secret Défense !

Après un long silence, Pélabon reprend :

- Très bien Commissaire, j'en réfère à Monsieur le Président du Conseil et je vous tiens au courant rapidement !

Le lendemain Pierre Malet découvre sur son bureau les listes demandées. Il commence à passer en revue les participants aux réunions du 26 mai et du 28 juin. Le Président de la République René Coty en fait partie ainsi que le

Président du Conseil, les ministres et secrétaires d'Etat concernés par les sujets : Défense, Finances, Intérieur, trois ou quatre généraux, représentant les différentes armes de l'Armée et enfin, deux hauts fonctionnaires, le Secrétaire Général du Gouvernement André Ségalat* et le Secrétaire Général de la Défense Nationale, Jean Mons *. Après cette première vérification, Malet avertit son Directeur, qui lui demande de le rejoindre sur le champ. Wybot montre à la fois son étonnement et sa satisfaction :

- Pierre, je ne sais pas comme vous avez pu vous y prendre, mais une chose est sûre : vous devez être plus en odeur de sainteté que moi auprès des autorités !
- Sans doute le prestige de l'uniforme Monsieur le Directeur ! sourit le Commissaire.

Wybot commence à éplucher les listes et, après un long silence, reprend la parole.

- Je voudrais éviter de froisser Mendès ! Pensez-vous à une possible trahison des généraux ?
- Depuis « L'Affaire des généraux » *(Voir Les Nuits de l'éventreur)*, tout est possible ! L'Armée prête à venger Mast* et Revers* auprès des politiques ? Pourquoi pas ? Mais, nous ne pouvons pas exploiter que cette seule piste !
- Si nous devons écarter les politiques, au moins dans un premier temps, restent les fonctionnaires !
- Dans ce cas, je vois bien Ségalat ou Mons en tête d'affiche ?

Wybot ne parvient pas à trancher !

- Ecoutez, je vais reprendre avec Mendès, avant de lâcher les chiens !
- De mon côté, je peux toujours commencer à fouiller dans le passé de ces Messieurs ?
- Parfait ! je laisse des consignes à Jeanne Lallemand pour que vous puissiez accéder à leurs fiches !

19 septembre.

En cette journée dominicale, les familles Malet et von Riegsburg, sont réunies chez les parents dans le pavillon de Colombes. Pendant que les petits enfants profitent de l'été indien dans le jardin, les grands sont dans le séjour à l'heure de l'apéritif. Jacqueline s'adresse à son frère :

- Pierre, as-tu lu dans la presse ? avec le cessez-le-feu en Indochine, bon nombre de Français sont rapatriés, ainsi que des binationaux.
- C'est normal, ils veulent éviter une chasse aux sorcières !
- Penses-tu que Mathilde va rentrer ?

Pierre s'attendait à cette question.

- Je n'en n'ai pas la moindre idée ! Si elle revient sur le territoire, elle risque la prison !

Maman Greta, s'en offusque.

- Ah bon ? pour quelle raison ?
- Maman, visiblement, tu n'es pas au courant de tout ! Mathilde, n'était pas retenue par le vietminh contre sa volonté !

Un ange passe ...

Chapitre 2 : Quelques messieurs trop tranquilles.

Lundi 20 septembre.

L'heure du bouclage approche dans les locaux de « Quid ? Détective » : une édition spéciale doit sortir en milieu de semaine. La tension est à son paroxysme : Frida Dupire fait une dernière relecture avant d'apporter la maquette à son rédacteur en chef Jean Barrois. Jean Hubert de la Parent, « le journaliste vedette », toujours dans ses tenues excentriques dont lui seul a le secret, fait les cents pas.

- « Jean Hub », arrêtez de déambuler dans tous les sens, vous me donnez le tournis !
- Frida, ne me dites pas que vous n'êtes pas au courant ! Robert Cohen est devenu Champion du Monde cette nuit, à Bangkok !
- Je ne connais pas cette personne !
- Mais enfin Frida ! le petit Bônois, notre poids coq … ! Il n'a fait qu'une bouchée du Thaïlandais Songkitrat pour le titre laissé vacant par l'Australien Carruthers !

Jean Hubert esquisse quelques jeux de jambes, accompagnés de plusieurs swings dans le vide. La secrétaire daigne enfin lever les yeux de sa lecture.

- Vous savez très bien, qu'en dehors de Marcel Cerdan, je ne connais aucun boxeur !

Au même moment, rue des Saussaies, se déroule le briefing hebdomadaire de la DST. Wybot prend Pierre Malet à part :

- Nous avons rendez-vous à 14 heures à Matignon !
- Nous ? S'étonne Pierre.
- Oui, enfin, plus exactement, JE suis convoqué, mais je pense que NOUS ne serons pas trop de deux pour convaincre Mendès de nous laisser un peu les coudées franches dans l'affaire qui nous préoccupe !

Les deux hommes sont à l'heure dite dans la résidence du Président du Conseil. Ils ne patientent que quelques minutes avant qu'un greffier ne leur enjoigne de le suivre. Les murs de l'escalier menant au bureau de Pierre Mendès France sont peints en trompe l'œil imitant le marbre. Les voilà dans le cabinet de travail, appelé « Salon Blanc ».

- Permettez-moi Monsieur le Président, de vous présenter le Commissaire Fixin Malet ! annonce Wybot.

Mendès, le sourcil tombant et l'œil vif, du haut de son mètre soixante-dix, semble jauger les 184 centimètres de Malet !

- Je connais le Commissaire de réputation ! Mais dites-moi, si vous êtes venus à deux, c'est sans doute pour m'extorquer quelques autorisations !
- Mon équipe, comme vous le savez déjà, n'a trouvé aucune forme de micro, dans la salle du Conseil ! De plus les murs ont été sondés en vain ! le ton de Wybot est grave.

Mendès fait une grimace de chimpanzé amical et pensif !

- Si votre hypothèse tient sur d'éventuelles fuites à l'intérieur du Comité, elles ne peuvent provenir que des généraux ! Depuis que je m'efforce de régler le problème en Indochine, ils n'ont aucune confiance en moi et souhaitent continuer le combat

Malet exprime son scepticisme.

- Si je peux me permettre Monsieur le Président, les fuites ont commencé sous le gouvernement de votre prédécesseur, le Président

Laniel ! Peut-on affirmer que les généraux, avaient une raison de le détester ?

Mendès semble ébranlé par la question, mais répond fermement.

- Eh bien s'il s'agit d'un ministre, allez jusqu'au bout ! Avez-vous « un champion » ? Dans ce cas, arrêtez-le !
- Disons que le champ des possibilités est relativement restreint ! Wybot s'efforce de reprendre le raisonnement ; le Président Coty assistait aux deux réunions sous les différents gouvernements ! Mais vous conviendrez avec moi, que nous pouvons exclure le Chef de l'Etat ! Seuls Edgar Faure, Ministre des Finances sous le gouvernement Laniel et actuel Ministre des Affaires Etrangères, rentrent dans ce moule !
- Soupçonner Edgar Faure ? vous n'y pensez pas ?
- Dans le cas contraire, deux hauts fonctionnaires ont le profil, André Ségalat et Jean Mons ! poursuit le Directeur de la DST
- Ségalat ? Impossible ! affirme Mendès. La probité du Secrétaire Général du Gouvernement reste légendaire ! On ne saurait suspecter un homme tel que lui, dont le passé est irréprochable et exemplaire !
- Il ne reste plus que Jean Mons ?

Mendès hoche négativement la tête.

- Je vous rappelle tout de même qu'il a été le Chef de Cabinet de Léon Blum en 1946 ! Pensez-vous un seul instant, que Communistes et Socialistes puissent s'unir dans une opération aussi machiavélique ?
- Donc, nous sommes dans l'impasse ? constate Wybot. Pour en sortir, j'aimerais avoir accès aux documents Secret Défense, de façon plus approfondie que la liste des membres du Comité ! Sinon je ne vois pas comment le Commissaire et moi pourrons progresser ? En attendant, Monsieur le Président, puis je vous demander dans quelles conditions vous avez eu vent de cette ténébreuse affaire ?
- Il s'agit du Commissaire Dides* ! Mendès a lâché le nom de son indic.

Après avoir pris congé du Président Conseil, le Directeur et le Commissaire débriefent : « Rentrons au bureau, j'ai un dossier long comme le bras sur ce Jean Dides, vous allez pouvoir le consulter ! »

Les fichiers de Roger Wybot ne sont pas une légende. Depuis la création du BCRA à Londres pendant la guerre, le jeune capitaine de l'époque n'a cessé d'empiler les renseignements sur tous les politiques, les gradés et les hauts fonctionnaires. Pierre Malet est bien placé pour le savoir : sa compagne Frida Dupire en était la « gardienne du temple ». *(Voir Direction guerre froide)*. Aujourd'hui, Jeanne Lallemand a repris le flambeau.

Pierre découvre en Jean Dides un personnage teinté de « romantisme ». A 22 ans, il est rentré dans la police pour échapper au Séminaire. Depuis la naissance de la IVe République, il se révèle plutôt comme « l'homme des basses œuvres », tout en muscles. Par certains côtés, il n'a rien à envier au Directeur de la DST, avec fichiers, classeurs, organigrammes, indicateurs spécialisés dans les enquêtes sur le Parti Communiste et ses filiales.

Charles Delarue*, son bras droit, ancien policier des Brigades Spéciales sous Vichy, révoqué à la Libération, s'est évadé du camp de Noé, où il purgeait une peine de prison de vingt ans de travaux forcés pour collaboration. Dides a réussi plus ou moins sa réhabilitation en le faisant changer de nom. Il devient « Charles Cartier* », muni d'un vrai-faux passeport ! Depuis, « Monsieur Charles » pour les intimes, s'entoure de personnages peu scrupuleux pour faire la chasse aux communistes. Bonjour le club des poètes !

Malet commence à comprendre pourquoi le service de Dides ne rentre pas dans les petits papiers de Wybot. A la DST, son Directeur s'est toujours efforcé de recruter des personnes exemptes de tout reproche. Le Commissaire ne comprend pas que des politiques puissent s'attacher les services d'organismes « borderline », sortes de Renseignements Généraux parallèles, qui passent le plus clair de leur temps à mettre des bâtons dans les roues de la DST. Wybot pénètre dans le bureau de Malet, toujours dans ses lectures.

- Vous devez commencer à cerner le personnage de « notre ami Dides » ?

- Effectivement ; mais ne devrions-nous pas nous intéresser d'abord à Delarue ?

Wybot tarde à répondre et fixe ses chaussures d'un air gêné.

- Pierre, j'ai quelque chose de … disons … délicat à vous dire !
- Je vous écoute ?
- Mathilde, votre ex-femme, vient d'être arrêtée au Bourget à sa descente d'avion !

Pierre accuse le coup.

- Où l'ont-ils emmenée ?
- À la prison Saint Lazare !
- Que lui reproche-t-on exactement ?
- Intelligence avec l'ennemi !
- C'est parfaitement ridicule ! Elle a passé la quasi-totalité de son existence à soigner des gens, souvent les plus démunis ! s'indigne Malet
- Logiquement, le Procureur devrait confier l'enquête à la DST ! Cependant, vous conviendrez que je ne peux pas vous attribuer le dossier ! D'abord pour ne pas vous compromettre, ensuite pour éviter les conflits d'intérêts !
- Je comprends tout à fait ! Qui comptez-vous mettre en place pour s'en occuper ?
- Le commissaire Serre* !
- Très bon choix ! constate Malet soulagé.

Il respire : pour lui, René Serre est un homme impartial et magnanime. Avec lui, pense-t-il, le risque de coups tordus est écarté.

- Il est tard, je vous conseille de rentrer chez vous ! Après, si vous souhaitez prendre une ou deux journées pour vous reposer, il suffit de prévenir Jeanne Lallemand ! Naturellement, je vous tiens au courant pour la suite !

De retour à son domicile, rue du Docteur Roux, le Commissaire a du mal à faire bonne figure auprès de sa compagne :

- Mon chéri, depuis que nous sommes à table, je vois bien que quelque chose te contrarie ?

Malet fait non de la tête, tout en désignant les enfants. Frida comprend que Pierre ne dira rien devant Marie et Aloïs. Une fois le repas terminé, elle s'empresse d'envoyer le garçon et la fille se coucher plus tôt qu'à l'habitude.

- Papa, viens nous raconter une histoire avant de nous endormir !

Pierre sait très bien que son fils est passionné de westerns et il s'efforce de développer son imagination avec les aventures de Cochise et Geronimo. Après un petit quart d'heure, il peut rejoindre sa compagne dans le séjour :

- Alors, maintenant, dis-moi tout !
- Mathilde a été arrêtée au Bourget et vient d'être incarcérée à la prison Saint Lazare !

Frida est tout aussi ébranlée que l'a été Pierre. Après un petit silence, elle reprend d'une voix chevrotante :

- Que comptes-tu faire ?
- Dans un premier temps, lui trouver un avocat !
- Est-ce que tu en connais un bon ?
- J'ai pensé au Commandant Richard : il est retourné dans le civil ! C'est lui qui avait défendu Manfred, lors de son procès ! *(Voir Les méandres du Mékong).*
- Oui je me souviens, au cours de ton déplacement à Baden Baden en août 1946 ! Et ensuite ?
- Pour l'instant on ne peut présager de rien ! Je te demande simplement de tenir Marie à l'écart de toute cette histoire.

Mardi 21 septembre.

Le Commissaire Malet est à son poste, rue des Saussaies, toujours plongé dans le dossier des écoutes. Il s'interrompt pour appeler Maître Richard :

- Bonjour Maître, Pierre Fixin Malet à l'appareil !

Un petit silence avant que son interlocuteur ne réagisse.

- Tiens-donc, comment allez-vous Capitaine ?

- Bien ! Je suis devenu Commandant de réserve depuis notre dernière rencontre et surtout Commissaire à la DST ! Je me permets de vous contacter concernant mon ex-femme Mathilde, actuellement incarcérée et qui va avoir besoin « d'un conseil » !
- Naturellement. Si vous êtes disponible, nous pouvons nous retrouver à mon étude cet après-midi … disons 15heures ?
- Parfait Maître, à tout à l'heure !

Sur ces entrefaites, Wybot frappe à la porte du Commissaire et entre dans la pièce sans attendre la réponse.

- Je viens d'avoir Mendès au téléphone ; il a connaissance de nouvelles fuites dans la Commission depuis la dernière réunion ! Mais là, tenez-vous bien : le sujet n'a rien à voir avec l'Indochine ! La divulgation, porte sur le dossier de la Communauté Européenne de Défense !
- Je vois, nous nageons en plein vaudeville !
- Et vous, de votre côté, avez-vous trouvé quelque chose ?
- Dans l'équipe de Jean Dides, un certain André Baranès* semble être son meilleur indicateur ! Officiellement, l'individu est pigiste à « Libération », le « canard » d'Emmanuel d'Astier de la Vigerie !
- Je vois où vous voulez en venir ! Vous pensez pouvoir établir un lien entre les fuites, Baranès et le Parti Communiste ?
- Disons que c'est un peu plus compliqué que cela ! Je ne vois pas Jean Dides s'entourer d'une personne procommuniste ; je pense plutôt que Baranès se sert de « Libération » pour pouvoir infiltrer le Parti !
- Très bien, continuez d'exploiter cette piste ! D'autre part, nous avons la confirmation que le Parquet nous confie, dans un premier temps, le dossier de votre ex-femme ! Elle doit nous être présentée, jeudi prochain à 14 heures !
- De mon côté, j'ai pris rendez-vous pour cet après-midi avec un avocat.

Le cabinet de Maître Jean Daniel Richard se situe rue de Vaugirard, non loin du domicile de Pierre Malet. L'ancien Commandant n'a pas trop changé depuis huit ans. Si les traits de son visage se sont un peu creusés, sa frêle silhouette et sa moustache en guidon de vélo, font toujours penser à un ancien Major de l'Armée des Indes !

- Dites-moi Commissaire, toujours amateur « de vieux Malte » ? et avant que Pierre ne réponde, l'avocat sort deux verres et une carafe de whisky.
- Oui, mais alors léger ! Juste un « baby » en digestif !
- Dites-moi quel bon vent vous amène ?
- En Indochine, les Vietnamiens diraient un mauvais « vent du Laos » ! A son arrivée en France, mon ex-femme Mathilde vient d'être arrêtée, au motif « Intelligence avec l'ennemi » ! Situation parfaitement ridicule : Mathilde s'est contentée depuis ces dernières années de soigner uniquement des malades et des blessés ! Certes, la plupart d'entre eux étaient Vietminhs, mais il n'y a pas matière à l'accuser d'espionnage, ou de tout autre chose !
- Très bien, qu'avons-nous pour étayer ces affirmations !

Malet ouvre un porte documents dont il extrait une chemise en carton.

- Je vous ai préparé le document suivant : en avril 1950, Mathilde a permis de neutraliser deux dangereux espions, ennemis de la France, Van Tran et Chen Zhang ! *(Voir Les Nuits de l'éventreur)*.

Me Richard examine le texte, puis relève la tête avec un petit sourire satisfait.

- Effectivement, il s'agit d'un élément capital ! Où se trouve actuellement Mathilde ?
- À la prison Saint-Lazare !
- Très bien ! j'accepte sa défense et pour les honoraires, nous verrons plus tard ! Qui est en charge de l'enquête ?
- Vous n'allez pas me croire … pour l'instant, la DST !
- Ce n'est pas vraiment un problème, à part peut-être pour vous ?
- Croyez-vous que, malgré tout, je puisse la rencontrer ?

- Vous êtes Commissaire de Police, Officier Supérieur de réserve, je ne vois pas qui pourrait s'y opposer ! Toutefois, ne bougez pas avant demain après-midi : d'ici là, je serai déjà intervenu !

Mercredi 22 septembre.

En attendant d'aller à la prison Saint Lazare, le Commissaire, vêtu de son uniforme de réserve, compulse les documents mis à sa disposition sur l'affaire des écoutes. Comme cela devient une habitude, Wybot fait irruption dans son bureau et lâche un trait d'humour.

- Tiens ? drôle de tenue, pour un Commissaire de la DST ! Nous ne sommes pourtant pas Mardi gras ?
- Je dois me rendre à la prison Saint Lazare dans l'après-midi … Les gardiens sont toujours friands d'uniforme, surtout lorsqu'ils comportent « quatre ficelles » et des barrettes de décoration !
- Avez-vous trouvé quelque chose de neuf ?
- Je me pose surtout des questions concernant les dernières fuites sur la CED *(Communauté Européenne de Défense)* ! Le Parlement français a refusé de ratifier l'accord, il y a moins de trois semaines et je me demandais s'il pouvait exister un rapport ?
- Directement, sûrement pas ! La Chambre des Députés avait déjà repoussé le traité, avant la réunion ! Maintenant vous êtes parfaitement au courant des menaces que font peser les Américains et les Britanniques sur la possibilité d'autoriser la RFA de posséder sa propre armée : le réarmement de l'Allemagne de l'Ouest, pour certains, représente toujours une menace !
- Je veux bien, mais Moscou reste bien silencieux ! Ni la CED, ni une armée en RFA, n'arrangeraient les petits papiers des Russes ! De là à penser « que l'indicateur de la commission » renseigne l'Union Soviétique, il n'y a pas loin !
- Possible ! Une hypothèse de plus à creuser !

Le Commissaire se présente en début d'après-midi au 107 rue du Faubourg Saint Denis. Extérieurement, l'immense bâtisse ressemble plus à un bâtiment administratif qu'à une prison. Un groupe de personnes patiente sur le trottoir, attendant visiblement un accès « au parloir ». Pierre grille la file sous les regards réprobateurs et les murmures dans les rangs d'attente. Il s'adresse au planton et lui montre sa carte de Police :

- Bonjour, Commandant Fixin Malet, Commissaire à la DST, pourrais-je m'entretenir avec le Directeur ?
- Certainement mon Commandant, je vous fais accompagner par le concierge !
- Ah le prestige de l'uniforme ! pense Pierre en lui-même.

L'aspect intérieur de la prison n'a rien à voir avec l'extérieur. Les deux hommes avancent sur des pavés disjoints. Les murs austères, sinistres et lugubres, aux façades parfois fissurées, suintent d'humidité. Pierre s'en inquiète :

- Dites-moi, vous n'avez pas peur de l'effondrement de certaines parties ?

Le concierge esquisse un pâle sourire et lui fait un historique du bâtiment.

- Vous savez Commandant, les premières constructions datent du VII° siècle, elles avaient été érigées pour en faire une léproserie ! Au fil du temps le lieu est devenu une prison, Beaumarchais y fut même enfermé quelques jours. Puis, au 19e siècle, l'endroit a été transformé uniquement en prison pour femmes ! Le tout servant d'Internement administratif et d'Hôpital pour les prostitués atteintes de la syphilis. Des travaux ont bien été entrepris dans les années 30 ! Mais, depuis la guerre, les politiques s'interrogent : la rénover ? la détruire ?

Après cinq minutes de marche, ils arrivent dans le bureau du Directeur.

L'homme, bien mis, costume prince de Galles, régate club et pochette assortie, tranche avec les tenues du personnel.

- Bonjour Commissaire, vous souhaitiez me rencontrer ?

- Effectivement, Monsieur le Directeur ! Vous détenez depuis lundi, une prévenue répondant au nom de Mathilde Seigneur ! Aurais-je la possibilité de m'entretenir un instant avec elle ?
- Je ne comprends pas bien votre démarche, dans la mesure où elle doit être présentée demain à 14 heures, dans les locaux de la DST ?
- Je suis parfaitement au courant. Mais avant l'interrogatoire de Madame Seigneur, il nous est nécessaire d'éclairer un ou deux points, de manière un peu plus informelle !

Le Directeur prend un fume-cigarettes et, avec un petit sourire ironique :

- Savez-vous que ce lieu a détenu Mata Hari ? C'est en quelque sorte, notre deuxième espionne !
- Non, pour Mata Hari, je n'étais pas au courant ! Mais je pense qu'il est bon de relativiser concernant Mathilde Seigneur !
- Très bien, ; je fais amener la prévenue dans le deuxième parloir, celui réservé aux avocats, vous serez plus tranquilles.

Pierre traverse alors un dédale de couloirs. Un mince corridor délimité par des grilles, sépare deux salles : il croit reconnaître le parloir. Puis, le gardien l'introduit dans une pièce hermétiquement fermée, malodorante d'humidité et de transpiration. Mathilde amaigrie, les traits tirés, le regard vide, assise sur une chaise est accoudée à une table ; il voit son visage juste éclairé par une simple lampe, dont le fil torsadé pend du plafond.

- Bonjour Mathilde, comment es-tu traitée ?
- Je n'ai pas à me plaindre, je suis dans « une pistole » !

Pierre hausse les sourcils.

- Une pistole, c'est-à-dire ?
- Mise à l'isolement, dans une cellule individuelle !
- Cette prison n'est que crasse et pourriture immonde ! Il faut absolument que je te fasse sortir de ce cloaque !
- Tu sais, j'ai parfois connu bien pire en Indochine !
- As-tu rencontré, Maître Richard ?

- Oui. Je te remercie d'avoir fait le nécessaire ! Il s'est montré plutôt optimiste pour la suite de mon dossier !
- Mathilde, il y a une chose que je ne comprends pas : pourquoi es-tu revenue en France, sans chercher à me prévenir ?
- Parce que je suis persuadée que tu m'aurais dissuadée ! Il faut comprendre que tout a changé à Hanoï et dans tout le Vietnam ! Les Français sont traqués, sans parler « des Baodaïstes » ! *(Littéralement, les Vietnamiens proches de l'empereur Bao Daï, ayant collaboré avec les Français)* Je suis très inquiète pour mon frère, ma belle-sœur et leurs enfants ! A propos, comment va notre petite Marie ?
- Elle va très bien : elle vient d'effectuer sa rentrée en 5e, avec un an d'avance !
- Crois-tu que je pourrai la rencontrer prochainement ?
- Tu peux comprendre que, pour l'instant, ce n'est pas d'actualité ! Si je peux te donner un seul conseil, c'est de te tenir à carreau !
- Ne t'inquiète pas, je n'ai pas l'intention de me retrouver à « la ménagerie » !
- De quoi parles-tu ?
- Il s'agit de cachots empilés les uns sur les autres ! A l'origine, l'endroit était réservé aux enfants ! On ne peut pas s'y tenir debout, ni même couché ! les seules positions possibles, sont assis ou recroquevillé en boule ! *(Historique)*.
- C'est pire que tout ! Bon je vais devoir te laisser, nous aurons peut-être l'occasion de nous croiser demain à la DST !

Malet rejoint son domicile, la tête embrumée de questions. Frida ne manque pas de l'interroger dès son retour :

- As-tu pu voir Mathilde ?

Pierre attend que les enfants soient dans leurs chambres pour lui répondre.

- Oui, ses conditions d'incarcération sont épouvantables ! La prison Saint Lazare n'est pas loin de ressembler à un camp de concentration !

- Mais son avocat devrait être capable de la faire libérer rapidement, non ?

Pierre semble moins affirmatif.

- Sans doute ! Mais par la suite, d'autres problèmes vont se poser !
- Ah bon ? lesquels ?
- Je me demande après sa libération, quels seront ses projets pour son avenir personnel et ses intentions vis-à-vis de Marie ?
- Tu penses qu'elle pourrait demander un droit de visite, voire une garde partagée ?
- C'est possible. Mais je suis plus inquiet sur la manière dont va réagir Marie ? Il va falloir à un moment ou à un autre aborder le sujet avec elle !

Frida se blottit contre son chéri.

- Rien ne presse ! Il sera toujours temps de préparer Marie, le jour ou Mathilde sortira de prison !

Chapitre 3 : Mathilde, la fille maudite !

Jeudi 23 septembre.

Wybot de bonne humeur, se tourne vers Malet :

- Pierre, même si vous ne pouvez pas assister physiquement à l'interrogatoire de votre ex-femme, vous aurez la possibilité de le suivre derrière la vitre !
- Très bien, je vous remercie !
- Autre chose, je viens de m'entretenir avec Pierre Bertaux* (*Directeur Général de la Sûreté Nationale*). Il m'a confirmé qu'un type le tient régulièrement informé de tout ce qui se passe au sein du bureau politique du PC ! Mais il a refusé de me dévoiler son identité, en prétextant qu'il s'agissait d'une question de sécurité : pour lui, son informateur court trop de risques et il se met en danger ! Les dirigeants du Parti Communiste, en cas de découverte, pourraient même « mettre un contrat sur sa tête » !
- Vous ne trouvez pas que Bertaux pousse un peu ?
- Il m'a même confié que, dans cette affaire, sa propre vie serait en danger !

Malet a un petit rire nerveux.

- Le quidam, ce pourrait être Baranès ?
- C'est aussi mon avis ! Mais avant toute information certaine de notre part, il convient de rester prudent ! Nous devons effectuer les vérifications d'usage ! Après, s'il s'agit vraiment de Baranès, il sera toujours temps de le convoquer !

14 heures

Mathilde est introduite dans la salle d'interrogatoire, escortée de Maître Richard. Le Commissaire Serre procède seul à l'audition. Pierre de l'autre côté de la cloison vitrée, ne perd pas une miette de la scène.

- Madame Seigneur, Maître, si vous êtes aujourd'hui auditionnés, c'est dans le cadre d'une affaire d'espionnage et de collusion avec l'ennemi, pouvant entraîner vingt ans de prison !
- Toutes ces affirmations sont ridicules ! Je vous rappelle que ma cliente a été enlevée à Hanoï par le Viet-Minh le 19 décembre 1946, et depuis cette date, elle a été retenue dans différents camps de prisonniers ! *(Voir Les méandres du Mékong).*
- Nous connaissons toute cette chronologie Maître ! Cependant, nous savons que votre cliente, en plus de sept ans, a eu au moins cent fois l'occasion d'échapper à sa détention !

Le ton monte.

- Je vous rappelle que ma cliente est infirmière et qu'elle est restée sur place uniquement au milieu de malades et de blessés, pour des raisons humanitaires !
- J'entends bien votre argument Maître, mais j'ai besoin que vous m'apportiez la preuve que, derrière le costume d'infirmière de votre cliente, ne se cache pas une espionne ?

Jean Daniel Richard, ouvre son cartable et tend un document au Commissaire. Serre commence à le parcourir. Il s'agit d'une copie d'un texte de l'Armée Française, précisant l'intervention de Mathilde dans la neutralisation de deux dangereux espions, Chen Zang et Van Tran en avril 1947 *(voir Les nuits de l'éventreur).*

- Dites-moi maître, je vois que ce document est estampillé « Secret Défense » ! Je pense que c'est inutile de vous demander de quelle manière vous vous l'êtes procuré ?

- Effectivement Commissaire, tout ceci relève du secret professionnel ! Par contre, cet élément disculpe ma cliente et je vais vous demander sa libération immédiate, sous contrôle judiciaire !

Le Commissaire Serre, paraît ennuyé. Il laisse s'écouler quelques secondes avant de répondre, il semble chercher ses mots.

- Pour l'instant, Maître … c'est trop tôt… j'ai besoin d'examiner ce document à tête reposée ! je vous tiens rapidement au courant, sur les suites que nous devons donner à votre affaire !

En sortant du box entre les policiers, Mathilde croise le regard de Pierre et lui adresse un petit sourire triste. Serre fait signe à Malet de le suivre pour débriefer.

- Qu'en penses-tu René ? Donne-moi franchement ton avis !
- Ecoute je suis partagé … D'un côté l'avocat a raison, il n'y a pas grand-chose dans le dossier, de l'autre je ne me vois pas ne pas présenter Mathilde devant le Juge d'instruction ! Le Procureur sait très bien les liens qui vous lient et il pourrait penser que la DST cherche à classer volontairement l'affaire sans suite.
- C'est vrai, tu as raison, ton raisonnement se tient !
- Et puis, il y a cette histoire de document « classé Secret Défense » ! Il n'est pas besoin d'être grand clerc pour comprendre que l'avocat n'a pu se le procurer que par ton intermédiaire ; à un moment ou à un autre, le texte va forcément atterrir sur le bureau du Juge d'instruction ! Inutile de t'expliquer la charge que tu vas prendre derrière !

Pierre, songeur, reste un instant silencieux.

- Bien ! je ne vois qu'une solution : en parler au patron, lui seul peut trancher !

Les voilà réunis tous les trois avec Wybot, dans le bureau de leur Directeur. René Serre développe, dans les détails, le cours de l'entretien tenu avec son collègue. Le Directeur de la DST l'écoute attentivement, jusqu'au bout. Puis, après un temps de réflexion, il reprend la parole de façon autoritaire :

- Commissaire Serre vous déférez Mathilde Seigneur devant le Juge d'instruction ! Ensuite, Il est parfaitement inutile d'essayer de dissuader l'avocat de présenter le document Secret Défense au Juge d'instruction ! D'une part, parce que légalement, nous n'en n'avons pas le pouvoir, d'autre part nous n'avons pas le droit de le priver de son meilleur système de défense ! Si le commissaire Malet est inculpé de divulgation de Secret Défense, nous aviserons le moment voulu !

Serre se montre surpris.

- Et c'est tout ?
- Pour vous oui ! Pierre vous restez dans mon bureau, j'ai besoin de vous faire part d'une décision que je viens de prendre !

René Serre s'éclipse.

- Je vous écoute ! Malet, s'attend à se faire passer une charge ...
- Concernant Baranès, vous me mettez une équipe sur son dos 24 heures sur 24 ! Je veux être mis au courant de tous ses faits et gestes, de toutes ses fréquentations, etc ! Ce sera tout merci !

La journée se termine, Pierre plie ses affaires pour rentrer à son domicile. René Serre vient le voir une nouvelle fois :

- Je trouve que le patron est gonflé de t'exposer ainsi au Juge d'instruction !
- Ne t'inquiète pas ! tu le connais, je suis sûr que si ça dérape, il a déjà un plan B derrière la tête !

Pierre Malet rentre chez lui par le métro, tête basse. En 15 ans, il a beau avoir traversé différentes crises et deux guerres, jamais il ne s'est retrouvé dans une telle situation : son ex-femme sous les verrous et cette épée de Damoclès qui pèse au-dessus de sa tête, au prétexte d'histoire de document classé « Secret Défense » ; il a beau s'efforcer de rester zen, son avenir s'obscurcit subitement.

Sa compagne se rend compte de son malaise et évite d'aborder les sujets de fond, avant que les enfants n'aient gagné leurs lits.

- Je suppose que tu as passé une journée difficile ?
- On peut le dire comme ça ! Sans rentrer dans les détails : Mathilde va rester sous les verrous en attendant d'être présentée à un Juge d'instruction dans le courant de la semaine prochaine !
- Comptes-tu la revoir entre temps !
- Non, je n'ai pas envie de me démoraliser un peu plus ! Je vais joindre ma sœur pour servir d'intermédiaire.
- Qu'entends-tu par l'expression « intermédiaire » ?
- Dans ma situation, je ne peux pas faire de l'esbroufe indéfiniment : à la prison, ils finiront par s'apercevoir que j'ai un lien avec Mathilde !
- Oui, c'est sûr ! Et puis, en dehors de Jacqueline, tu peux toujours recevoir des nouvelles par maître Richard !

Pour essayer de chasser ses idées noires, rien de mieux que le travail. Pierre décide d'annuler tous les projets du week-end pour se rendre le samedi à son bureau rue des Saussaies. Il croise un de ses inspecteurs, qui vient de terminer sa nuit dans la surveillance d'André Baranès.

- Bonjour Commissaire, vous êtes bien matinal !
- Je pourrais vous retourner le compliment !
- Oui, sauf que moi, je viens de passer le relais à l'inspecteur Saujon ! Il est en surveillance devant la Préfecture de Police !
- Ah oui ? pour quelles raisons ?
- Baranès s'y est rendu ce matin de bonne heure !
- Intéressant ! Voyez avec Saujon, : je veux un rapport écrit, lundi matin sur mon bureau !

Lundi 27 septembre.

Les inspecteurs respectent à la lettre les désirs du Commissaire Malet. Un rapport dactylographié, reflétant leurs activités du week-end, figure bien en évidence sur son bureau. Dans un premier temps, Malet constate que Baranès a dû, forcement, rencontrer Pierre Bertaux et Jean Dides à la Préfecture de

Police. Puis le dimanche, il a continué son périple jusqu'à Rouen, pour un rendez-vous avec un certain Robert Hirsch*. Ce nouveau contact a le don d'intriguer Pierre Malet qui se précipite dans le bureau de Wybot pour lui en faire part. Son Directeur s'en montre surpris.

-   Robert Hirsch ?
-   Oui, il s'agit du Préfet de la Seine Inférieure, pas de l'acteur de la Comédie française ! Pierre a tenté un mot d'esprit …
-   Ça, je m'en doute ! Je suppose que vous êtes au courant : Bertaut a succédé à Hirsch à la tête de la Sûreté ! Il ne peut s'agir d'une coïncidence, nous allons en avoir le cœur net !

Wybot décroche son téléphone et tend l'écouteur au commissaire. Il obtient rapidement la communication.

-   Oui, bonjour Monsieur le Préfet. Wybot, DST, à l'appareil ! Je me permets de vous déranger pour savoir si vous ne connaitriez pas un certain André Baranès !
-   Oh oui… de longue date ! Votre coup de fil tombe bien : comme je sais que vous « êtes collectionneur d'archives », je me demandais si vous possédiez une fiche à son sujet ?
-   Non, aucune ! Si je ne suis pas indiscret, l'avez-vous rencontré dernièrement ?

Hirsch ne se dérobe pas.

-   Pas plus tard qu'hier ! Il est venu m'apporter des doubles de télégrammes, prétendument adressés par Staline à la direction du Parti Communiste Français !
-   Que pensez-vous sur leur authenticité ?
-   Franchement, vous conviendrez que ça ne fait pas sérieux ! Cela ne tient absolument pas debout !
-   Avez-vous une idée sur la manière dont Baranès a pu se les procurer ?
-   Non ! bien sûr, il n'a pas souhaité me dévoiler ses sources ! Mais, si vous le désirez, je peux vous en procurer un double !
-   Bien volontiers Monsieur le Préfet, merci d'avance !

Dès la fin de l'appel, le Commissaire donne son sentiment.

- D'après vous, Bertaux-Hirsch même combat ?
- Sûrement pas, je trouve que le Préfet Hirsch prend Baranès bien à la légère : quand je dis que je n'ai aucune fiche à son sujet, je ne bluffe pas ! Ce type est un véritable caméléon passe muraille ! Je pense que Bertaux l'a bien compris, il sait très bien que Baranès est le meilleur informateur du Commissaire Dides !
- Donc, pour vous, les télégrammes de Staline pourraient être parfaitement authentiques ?
- C'est une possibilité que nous ne pouvons pas écarter ! Pour en revenir à Robert Hirsch, il a été remercié de la Sûreté Nationale par le Ministre de l'Intérieur de l'époque, Charles Brune* ! Sa compétence, à la Sûreté a été mise en doute, et sa nomination comme Préfet est loin d'être une promotion !
- Que Hirsch soit largué, c'est une chose ; après, peut-on imaginer que Baranès soit un agent double à la solde de Moscou ?
- Ce n'est pas à vous que je vais apprendre que lorsque l'on parle d'espionnage tout est possible ! Mais franchement, si les Ruscofs, ont réussi à le retourner, c'est qu'ils sont plus forts que je ne pensais ! Je crois qu'il s'est rendu hier à la Préfecture de Police, pour apporter les preuves de la complicité de Staline avec le P.C.F. ! Ensuite, Bertaux a demandé à Baranès de montrer les documents à Hirsch, tout en sachant que le Préfet n'en croirait rien !
- Plutôt subtile comme démarche ! Si je vous suis, Baranès ne peut pas être l'auteur des fuites !
- J'en suis convaincu ! Par contre, il se montre suffisamment malin, pour avoir un début de piste sur le ou les coupables !
- Je suppose que nous continuons sa surveillance, en attendant de recevoir les documents de Robert Hirsch ?
- Oui, mais vous faites alléger la procédure ! Je ne pense pas que nous apprendrons grand-chose de plus ! Attendons d'avoir les télégrammes en main, pour agir !

Pierre se concentre désormais sur le sort de Mathilde Seigneur. Il appelle son avocat au téléphone.

- Bonjour Maître, Commissaire Malet à l'appareil.
- J'allais justement vous appeler ! Nous sommes convoqués jeudi prochain avec votre ex-femme, devant le Juge Marteau au Palais de Justice de Paris !

Jean Daniel Richard débite son laïus d'une voix hésitante. Malet s'en inquiète.

- Vous ne semblez guère optimiste !
- Si, si, notre dossier est solide ! Là où je suis ennuyé, c'est dans la communication de certains documents auprès du juge !
- D'après vous ? si je vous les ai fournis, c'est bien pour que vous vous en serviez ! Si je dois en rendre compte, je le ferai.
- Très bien. Je vois que vous me laissez carte blanche ! Je vous rappelle à la suite de l'audition !

En raccrochant, Pierre se dit que, décidément, il a bien le sens du sacrifice. Afin de préparer ses arrières, il va devoir fouiller un peu dans le passé de ce Juge Marteau, « pour éviter de se faire assommer » !

Prévenue par son frère, Jacqueline se présente le mardi après-midi à la prison Saint Lazare. N'ayant aucun passe-droit, Madame von Riegsburg doit attendre, comme tout le monde, l'heure d'accès au parloir. Là encore, pas question d'accéder à l'endroit réservé aux avocats. Comme le « pékin » moyen, elle doit se contenter « du poulailler », où chacun caquète pour essayer de se faire entendre. Au milieu, dans le no man's land, un gardien fait les cents pas, entre les deux grilles, avec d'un côté les visiteurs et de l'autre les condamnés.

- Mathilde, sais-tu que Pierre est très inquiet sur ton sort ?
- J'en suis parfaitement consciente ! Pourtant, vous devez comprendre que je ne pouvais plus rester en Indochine et puis j'avais très envie de revoir ma petite Marie !

Nous y voilà ! Jacqueline, sans chercher à accabler sa belle-sœur, essaie de lui faire prendre le sens des réalités.

- Je te rappelle que la dernière fois que tu l'as vue, elle avait quatre ans ! Aujourd'hui, elle est âgée de onze ans ! Tu ne penses pas que sept ans sans avoir de tes nouvelles, l'esprit d'une préadolescente peut changer ? Surtout que « Mademoiselle Malet Seigneur », commence à avoir un fichu caractère !

Mathilde s'énerve.

- Je sais toutes ces choses-là, mais Marie reste ma fille !

Jacqueline s'efforce de calmer le jeu.

- Oui, j'ai compris le message ! Mais je pense que cela va prendre du temps ! Je crois qu'il sera plus facile de faire admettre cette nouvelle situation à Pierre, qu'à ma nièce ! En attendant la priorité est de te sortir de se clapier ! De ce côté tu n'as rien à craindre, tu peux faire entièrement confiance en Pierre, qui n'arrête pas de compromettre sa propre situation pour toi !

En partant, Jacqueline se demande finalement si elle a bien fait de venir. Quels que soient les sentiments qu'elle éprouve toujours pour son ex belle-sœur, elle n'admettra jamais que qui que ce soit puisse mettre en danger « son Pierrot » chéri.

Rue des Saussaies, « le Pierrot » continue d'éplucher tous les éléments réunis sur André Baranès. Il note que des documents apportés par ses soins sur le Parti Communiste, pour l'instant absolument invérifiables, lui rapporteraient entre 400 et 500 000 par mois. *(Le salaire minimum garanti en 1954, est de 100 francs/mois).* Son propre salaire étant de 700 francs, Pierre se dit que, finalement, être anti-communiste peut rapporter gros. D'autre part, le Préfet Baylot et le commissaire Dides pensent que Baranès représente le meilleur informateur possible pour infiltrer le PC Ces Messieurs estiment qu'il est inutile d'utiliser un autre agent de renseignements pour cette mission. De ce fait, Baranès se trouve parfaitement les mains libres, pour informer, désinformer, manipuler au gré de ses rencontres, sans être contredit.

Avant de rentrer à son domicile d'Argenteuil, Jacqueline décide de passer par l'appartement de son frère pour lui donner son sentiment sur l'attitude de Mathilde. Marie et Aloïs, se précipitent dans les bras de leur « Tata Jackie », pour l'embrasser. Après les étreintes, Frida demande aux enfants d'aller jouer dans leurs chambres.

- Pierre n'est pas encore rentré ?
- Non, tu sais très bien qu'il n'a pas d'heure lorsqu'il est au bureau ! Je suppose que tu viens nous donner des nouvelles de Mathilde ?

Jacqueline met un instant avant de lui répondre.

- Oui … je l'ai trouvée bien changée ! Certes, on peut comprendre que le séjour en Indochine, plus la prison jouent sur son moral, mais sa douceur naturelle s'est transformée en agressivité ! Une seule chose compte pour elle : sa fille Marie.
- Je comprends, mais Pierre a son mot à dire !
- Oui et pas seulement ! Dans toute cette histoire, c'est tout de même Marie la principale intéressée !
- Tout à fait ; pour l'instant afin ne pas la perturber Pierre m'a demandé de garder le silence sur son retour ! Sauf qu'à un moment ou à un autre, il faudra bien lui en faire part !
- Ecoute, je te propose de lui en parler moi-même le moment voulu ! Je pense que cela sera plus facile pour moi que pour vous deux !
- Peut-être, je vais en toucher un mot à ton frère. Ou mieux encore, tu peux lui en parler toi-même ?
- Ecoute, pour aujourd'hui, il est déjà tard ; moi aussi j'ai une petite famille, il faut que je rentre ! Tiens-moi au courant dès que tu peux !

Mercredi 29 septembre.

Wybot affolé s'adresse à Jeanne Lallemand :

- Savez-vous où je peux trouver le Commissaire Malet ?
- Dans son bureau, je pense Monsieur Le Directeur !

Roger part en trombe et déboule dans la pièce de travail comme une tornade. Puis, sans reprendre sous souffle :

- Pierre, je viens d'avoir le Préfet Baylot au téléphone ! Baranès vient de livrer un document du Comité de la Défense Nationale, datant de la réunion 26 mai 1954 ; de plus, d'après ce que j'ai pu comprendre, ce compte rendu ne vient pas du bureau politique du Parti Communiste !
- Effectivement, c'est effarant et extrêmement grave !
- Il y a pire : le Ministre de l'Intérieur *(François Mitterrand),* a refusé de nous avertir, comme si les affaires d'espionnage ne dépendaient pas de la DST ! Si ça continue, c'est Baranès qui va mener l'enquête !
- Que fait-on ? nous le convoquons ?
- Non, pour l'instant, c'est trop tôt ! Nous n'avons pas droit à l'erreur et je me méfie de toutes ses relations et de tous ses appuis ; j'ai besoin d'effectuer certaines vérifications ! La fuite a eu lieu sous le gouvernement Laniel ! Je vais voir avec son Ministre de l'Intérieur de l'époque Martinaud-Deplat* et celui de la Défense Nationale René Pleven ! Ils seront peut-être plus bavards que Mitterrand !...

Chapitre 4 : La mauvaise rencontre.

Jeudi 30 septembre.

Chose inhabituelle : le Directeur de la DST épluche des documents sans les avoir confiés au préalable à un de ses officiers de police. Puis il invite le Commissaire Malet à le rejoindre dans son bureau. Ce dernier est intrigué :

- Avez-vous reçu les télégrammes envoyés par Robert Hirsch ?
- Oui et pas seulement ! Le Préfet Baylot m'a fait parvenir quelques notes prises par Mons et Baranès sur les réunions du Comité National de Défense !

Malet fronce les sourcils.

- Pour Jean Mons, il y a une certaine logique en sa qualité de secrétaire de réunion, mais pour Baranès ?
- Pour les soi-disant télégrammes de Staline, nous n'avons toujours aucune preuve de leur légitimité ! sourit Wybot. Par contre, les notes ne sont pas des leurres, je n'ai aucun doute sur leur authenticité ! Toutes ces sources nous confirment que Baranès ne peut pas agir seul, il a forcément des complices !
- Pour les notes, comment le Préfet a-t-il pu se les procurer ? Par Baranès ?
- Je ne pense pas que Baylot s'acoquine avec un tel personnage ! Le Commissaire Dides me paraît être un meilleur intermédiaire ! Il y a plus intéressant : la quasi-totalité des documents qui m'ont été fournis sont

dactylographiés, sauf un seul ! Il est sans doute rédigé par la plume de Baranès !

Cette fois Pierre s'agite sur sa chaise.

- Des documents classés « Secret Défense », circulent en toute impunité ; nous avons maintenant tous les éléments pour pouvoir convoquer Baranès !

Wybot fait son regard de gros matou en quête d'une souris.

- Pas si vite ! Dans nos locaux, nous n'arriverons à rien en tirer ! Vous allez l'inviter au restaurant dans un endroit convivial, ni trop chic, ni trop bouiboui, pour gagner sa confiance ! Vous le branchez sur l'Affaire des écoutes, en lui disant que nous sommes en charge du dossier et que, pour l'instant, nous sommes dans le brouillard le plus épais ! Ensuite, vous jouez la flatterie, en disant que vous le connaissez de réputation par Jean Dides, qui ne manque pas de se montrer intarissable à son sujet ! Bref, sans en faire des tonnes, vous essayez de l'amadouer et vous verrez bien ce qu'il a dans le ventre ?

La journée tire à sa fin, Pierre reçoit un coup de fil de la part de Jean Daniel Richard : l'avocat lui confirme que la convocation avec le Juge Marteau s'est déroulée de la meilleure des façons. Il a réitéré sa demande de mise en liberté sous contrôle judiciaire de sa cliente, et se montre optimiste pour une décision favorable du juge dans les prochains jours.

Vendredi 1er octobre.

Le Commissaire réussit à joindre Baranès au journal « Libération ». Ils conviennent d'un rendez-vous pour un dîner à la Brasserie Lipp, le mardi suivant. Samedi, le week-end s'annonce reposant, lorsque Pierre reçoit une lettre recommandée : il s'agit d'une convocation en bonne et due forme pour le mercredi 6 octobre, chez le Juge Marteau. Malet n'a pas besoin de plus de précision pour comprendre qu'il va devoir s'expliquer sur les documents classés « Secret Défense ». À sa tête, Frida comprend qu'il ne s'agit pas d'une bonne nouvelle :

- Pierre, sans vouloir être indiscrète, de quoi s'agit-il ?
- Une convocation, chez le juge qui s'occupe du dossier de Mathilde !
- Ah bon ? et pour quelle raison ?

Pierre s'efforce d'être rassurant.

- Je ne sais pas, il n'y a pas de précision ! Je suppose qu'il agit dans le cadre de la procédure !

Frida, n'est pas dupe de cette réponse, toutefois elle n'insiste pas.

Lundi 4 octobre.

Au cours du traditionnel briefing du lundi, Malet fait part de sa convocation chez le juge Eric Marteau. Wybot, le regard plein d'étoiles, se retient de sourire.

- Très bien, je n'attendais que ça ! Venez dans mon bureau, je vais régler le problème d'un seul coup de fil !

Wybot passe à l'action.

- Allô ? bonjour Monsieur le Juge, Roger Wybot directeur de la DST à l'appareil ! J'ai cru comprendre que vous venez de convoquer un de mes Commissaires ? Il aurait été plus judicieux de m'en parler à l'avance, nous aurions pu éviter un impair !
- Je ne comprends pas ? je me permets de vous rappeler l'indépendance de la Justice !
- Certes, certes ! mais il n'est jamais très bon de déterrer de vieilles histoires …
- Je ne vois pas où vous voulez en venir ?
- J'ai bien affaire au Juge Eric Marteau ? assesseur lors du procès de Riom en février 42 ? *(Voulu par les dirigeants de Vichy, mettant en cause entre autres Léon Blum, Edouard Daladier et Maurice Gamelin).*
- Vous n'allez tout de même pas vous livrer à un chantage ? Je vous rappelle que j'ai été blanchi au début de 1946 !

- Oh non ! loin de moi l'idée de me livrer à un chantage ! Non, par contre, je suis ennuyé pour vous ... la compagne du Commissaire Fixin Malet ...
- Je ne vois pas le rapport ?
- Figurez-vous que Madame Dupire travaille pour l'hebdomadaire « Quid ? Détective ». Pas besoin de vous préciser que cette Presse est particulièrement friande de ce type de faits divers et qu'ils sont capables d'en faire des tonnes, sur plusieurs semaines ! Je n'ose imaginer la réaction de la Chancellerie, d'autant que, contre la liberté de la Presse, personne ne peut s'opposer !

Le juge semble perdre de sa superbe.

- Ecoutez ... à cette période, j'étais un jeune juge, pris par l'Administration judiciaire de l'époque !
- Je n'en doute pas ! Mais le Commissaire Fixin Malet, dans le même temps était un jeune Capitaine, fait Compagnon de la Libération par le Général de Gaulle ! Vous conviendrez que vous ne jouez pas dans la même catégorie !
- Soit, finissons-en ... qu'attendez-vous de ma part ?
- Disons que je vous fais confiance ! Vous allez recevoir le Commissaire Malet mercredi prochain, je pense que vous tirez de vous-même les conclusions qui s'imposent !

En raccrochant, Wybot s'adresse à Pierre :

- Eh bien voilà, la DST s'est fait un ami supplémentaire !

Les deux hommes discutent ensuite de l'actualité du moment : suite à l'échec de la Communauté Européenne de Défense, les Etats Occidentaux viennent de trouver une solution, qui permet un réarmement de l'Allemagne de L'Ouest. Les représentants des Etats Occidentaux, se sont mis d'accord avec ceux de la République Fédérale d'Allemagne, pour faire rentrer cette dernière dans le cadre de l'Otan et du Pacte de Bruxelles. Le Pacte de Bruxelles, créé en 1948, permet plusieurs dispositions à l'intérieur de l'Otan. Outre l'Allemagne, l'Italie adhère à cette nouvelle situation. Ces deux Etats s'engagent à ne pas posséder d'armes nucléaires, chimiques ou bactériologiques. Les armées Américaines, Britanniques et Françaises, continueront de stationner en RFA. Ces nouvelles conditions changent forcement la donne et les rapports que vont entretenir la Russie avec les pays d'Europe Occidentale. Wybot et Malet ne peuvent pas s'empêcher de faire un rapprochement, avec l'Affaire des écoutes qui les occupe.

Mardi 5 octobre.

Pierre Malet rejoint le 151 boulevard Saint Germain, adresse de la Brasserie Lipp. Pierre apprécie le cadre de l'établissement, fort de ses traditions depuis la fin du siècle dernier. Les banquettes en moleskine, situées devant les cactus en céramique, sont toujours du plus bel effet cuir. Entre fréquentation littéraire et succursale de la Chambre des Députés, Marcelin Cazes* « le Bougnat » réussit à faire régner une certaine neutralité dans son établissement. Les habitués l'ont surnommé « La petite Suisse de la Rive Gauche ». Il accueille avec enthousiasme le client.

-   Bonsoir Commissaire, comment allez-vous ? Vous n'êtes pas ce soir avec votre charmante compagne ?
-   Non. Par contre, j'attends un invité !
-   Très bien ! Venez, je vous propose cette table, un peu en retrait ! Permettez-moi, pour vous faire patienter, de vous offrir une consommation.
-   Parfait, je vous remercie, je prendrai une Suze !

Malet regarde sa montre : elle indique huit heures et quart : Baranès est en retard. Va-t-il lui poser un lapin ? Il se présente enfin une dizaine de minutes plus tard. Pierre le découvre, tel qu'il se l'imaginait. De taille moyenne, avec un physique passe partout, il retire ses lunettes noires qui cachaient un regard en vide d'expression.

-   Asseyez-vous Monsieur Baranès. Je vous remercie d'avoir accepté mon invitation ! Prendrez-vous un apéritif pour m'accompagner ?
-   Non merci, je me contenterai d'un peu de vin pendant le repas !
-   Très bien ; qu'est-ce qui vous ferait plaisir pour dîner ?

Malet lui tend la carte, Baranès la consulte d'un œil distrait.

- Je ne sais pas, je vous confiance !

Le Commissaire sent bien que son interlocuteur reste sur la défensive.

- Je vous propose en entrée : hareng Bismarck, suivi d'un jarret de porc aux lentilles ! Pour le dessert, nous verrons par la suite !
- Ça me convient, le tout accompagné d'un Pessac Léognan !

Malet pencherait plutôt pour un Bourgogne, mais ce n'est pas le moment de contrarier son partenaire d'un soir ! et il passe la commande.

- Parlons de choses sérieuses ! Comme je vous l'ai indiqué par téléphone, la DST a été chargée par le Président du Conseil, des fuites lors de certaines réunions du Conseil de Défense !

Baranès écoute attentivement, sans montrer le moindre signe d'émotion. Malet le relance au moment où le serveur apporte les entrées.

- Nous connaissons votre habileté pour vous procurer des informations ! Tout le monde affirme que vous êtes un agent hors pair ! Nous ne demandons qu'à vous croire et à vous encourager dans cette voie ! Peut-être pourrions-nous même échanger quelques tuyaux sur nos manières d'opérer ?

Le journaliste « d'occasion » daigne enfin faire entendre le son de sa voix.

- Le Bordeaux est remarquable, excellent choix !

Le Commissaire continue de ramer pour essayer de le faire parler !

- Vous savez très bien que nous menons le même combat contre les Communistes ! Nous savons que vous avez des contacts avec le PC et nous devons nous unir pour trouver les sources de ces fuites !

Les deux convives, attaquent le plat principal. Baranès, toujours très réservé, finit par répondre, vaguement ironique.

- Non Commissaire. Je suis désolé pour la DST, mais je travaille exclusivement pour le commissaire Dides. Je ne tiens pas à le doubler ; j'ai toujours réservé mes informations pour la Préfecture de Police, vous devez comprendre que je ne peux pas collaborer avec vous.

Malet, impuissant, en profite pour le resservir en vin, se donnant ainsi le temps de réfléchir.

- Il s'agit d'une question d'argent ?

Un sourire malicieux, s'affiche à la commissure des lèvres de Baranès.

- Vous savez Commissaire, je gagne très bien ma vie, entre mes piges de journaliste et mon job de consultant pour la Préfecture de Police ! Je ne vous dis pas que l'argent ne m'intéresse pas, mais je me refuse à manger à tous les râteliers !

Pierre arrive au bout de ses arguments.

- Vous prendrez bien un dessert pour terminer ?

Le journaliste consulte sa montre.

- Neuf heures et demie, il est déjà tard, je vais devoir vous laisser. Ce fut un plaisir, Commissaire ; j'espère que nous aurons l'occasion de nous revoir !

Avant que Malet ne réagisse, Baranès lui tend la main pour un au revoir. Puis, avant de tourner les talons, il ajoute :

- Comme je vous trouve très sympathique, je vais me permettre de vous donner un conseil ! Vous devriez chercher du côté d'Edgar Faure et de François Mitterrand !

Le serveur arrive pour débarrasser.

- Votre ami nous quitte déjà ? le repas ne lui a pas plus ?

Malet, encore sous le coup de l'étonnement, tarde à répondre.

- Ne vous inquiétez pas, le repas était parfait ! Pour ma part je vais terminer avec une tarte Tatin et un café !

Une fois le garçon éloigné, Pierre refait le point dans sa tête : Baranès roi de la manipulation ? faut-il accorder le moindre crédit à sa dernière petite phrase ? La short-list des suspects, pour le Commissaire, reste identique à la précédente. Aucun favori ne se détache entre les fonctionnaires : André Ségalat, Jean Mons et les politiques : Faure et Mitterrand. D'un autre côté, après réflexion, il n'est pas interdit de croire qu'en détournant l'attention sur les hommes d'Etat, Baranès cherche à couvrir Jean Mons. Roger Wybot, aura peut-être l'étincelle permettant de dénouer le sac de nœuds.

Malet finit de déguster son dessert, boit son café et demande l'addition. Il se dit qu'il fera jour demain et qu'il sera toujours temps de revenir sur le dossier « de l'insaisissable André Baranès ».

En sortant du restaurant, la capitale a pris ses quartiers d'automne. Une pluie fine et pénétrante, s'invite à vous glacer les os. Pierre ferme son trench-coat, réajuste son feutre mou et regarde machinalement sa montre. Les aiguilles indiquent 9h55. La station Saint-Germain se trouve à deux pas. Il lui suffit de prendre la ligne 4 et descendre à Saint Placide pour rejoindre son domicile dans une vingtaine de minutes.

Même si le boulevard est à sens unique, Il prend bien soin de regarder à gauche puis à droite avant de traverser au passage clouté. Il s'engage, quand soudain, une berline surgie de nulle part, le percute de plein fouet. Sa tête heurte le coin du trottoir, sous le regard de quelques passants stupéfaits : « Chauffard ! » hurle une dame en menaçant la berline de son parapluie. La voiture qui n'a ni ralenti, ni freiné au moment de percuter le Commissaire, est déjà loin. Quelques employés de la Brasserie attirés par les cris, sortent de l'établissement. L'un d'eux réagit : « Je préviens les Secours et la Police ! »

Pierre Malet gît, inanimé, sur le pavé luisant du boulevard. Un homme se penche pour le secourir. Il constate qu'un filet de sang ruisselle d'une de ses oreilles. Environ cinq minutes s'écoulent avant qu'une ambulance et un car de Police n'arrivent, presque au même moment, sirènes hurlantes. Pendant que les secouristes s'activent pour porter les premiers soins et évacuer le Commissaire, les gardiens de la paix écartent les flâneurs. L'un d'eux s'efforce de recueillir les témoignages.

- J'ai tout vu monsieur l'Agent ! crie un homme. Pour la voiture, il s'agissait d'une Ford Vedette !

Le policier, engoncé dans sa pèlerine, prend des notes et cherche des précisions.

- Quel modèle, « Abeille » ou « Vendôme » ? Quelle couleur ? Avez-vous pu noter le numéro de sa plaque minéralogique ?

L'homme semble moins affirmatif.

- Pour la couleur… noir ou bleu nuit … pour le reste, je ne sais pas ! Vous savez l'endroit a beau être éclairé, dans l'obscurité … et puis ça s'est passé si vite !
- Une chose est sûre, la voiture n'a même pas ralenti ! précise la dame au parapluie.

Les badauds se dispersent, l'ambulance a déjà emporté Pierre Malet vers son destin, le plongeant dans la nuit des ténèbres…

Chapitre 5 : Plus de son, plus d'image.

Rue du Docteur Roux, Frida s'inquiète : la pendule comtoise du salon indique minuit. Pierre devrait être rentré. Soudain le téléphone sonne :

- Bonsoir Madame Dupire, ici l'hôpital de la Salpêtrière, où votre compagnon Pierre Malet vient d'être admis, à la suite d'un accident sur la voie publique !
- C'est grave ?
- Pour l'instant, je ne peux pas vous en dire plus ! Il faudrait que vous passiez demain matin à l'hôpital !
- Très bien, je m'organise en conséquence !

Frida a beau être passée par bien des états depuis qu'elle a rencontré Pierre il y a maintenant plus de huit ans, cette nouvelle incertitude la plonge dans une profonde angoisse. Elle ne parvient à trouver le sommeil que sur le petit matin. Le réveil sonne, la ramenant à la réalité du moment. Après s'être occupée de Marie et d'Aloïs, les coups de fils s'enchaînent. D'abord, pour signaler à l'hebdomadaire « Quid ? Détective » qu'elle ne viendra pas travailler aujourd'hui. Ensuite, à l'hôpital d'Argenteuil pour prévenir Jacqueline. Enfin, elle cherche à joindre la DST. Elle tombe sur Jeanne Lallemand qui filtre les appels.

- Bonjour, Frida Dupire à l'appareil, la compagne du Commissaire Malet ; merci de bien vouloir me passer Monsieur Wybot !

- Désolée Madame Dupire, mais Monsieur le Directeur m'a demandé de ne lui passer aucune communication.

Cette fois, la grande blonde craque sans retenue.

- Ecoutez Madame Lallemand, j'ai occupé votre poste suffisamment longtemps pour connaître l'ordre des priorités : si vous ne me passez pas Wybot dans la minute, je vous promets une mutation aux Kerguelen !

Impressionnée, Jeanne bredouille : Très bien … je vous le passe !

Quelques secondes s'écoulent avant que le timbre grave de Wybot, ne se fasse entendre.

- Que se passe-t-il Frida ?
- Comme vous le savez, Pierre avait un rendez-vous hier soir au restaurant Lipp ! Il a été accidenté à la sortie de l'établissement ! Je n'en sais pas plus, je dois me rendre à la Salpêtrière pour prendre de ses nouvelles !

Un ange passe … puis Wybot semble reprendre ses esprits.

- Frida, tenez-moi au courant dès que possible ! Vous pouvez me déranger jour et nuit en cas de besoin !

Le Directeur de la DST convie son cercle le plus proche pour prendre des mesures dans l'urgence. Son regard sombre et profond, se veut plus solennel que jamais :

- Pierre Malet a été accidenté hier en sortant de la Brasserie Lipp ! Commissaire Serre, vous envoyez deux hommes sur place immédiatement ! Je veux connaître tous les détails du déroulement de la soirée, minute par minute : son heure d'arrivée, son heure de départ, quelles personnes il a pu croiser …
- Pensez-vous que quelqu'un ait pu s'en prendre volontairement au Commissaire ? interroge Serre qui semble le plus ému

- Je n'en sais rien ! Tout ce que je peux vous dire, c'est que Pierre avait rendez-vous avec André Baranès et celui-là, je me le réserve personnellement !

A son arrivée à l'hôpital, Frida retrouve Jacqueline déjà présente sur place. Les deux jeunes femmes tombent dans les bras l'une de l'autre.

- Comment va-t-il ? je peux le voir ?

Le regard embué de larmes, Jacqueline hésite à lui dire la vérité.

- Ecoute Frida, c'est très grave ! Pierre est dans un coma profond, victime d'une fracture du crâne avec un œdème cérébral important. Le professeur qui l'a opéré a accepté de me donner des détails parce qu'il sait que je fais partie du milieu médical !
- Crois-tu qu'il peut s'en sortir ?
- Les 48 heures qui vont suivre seront capitales !

Jacqueline se garde bien de dire à sa belle-sœur que les lésions subies risquent de laisser des stigmates irréversibles.

- Viens ; pour l'instant il n'y a rien à faire d'autre que d'attendre : je t'accompagne à l'administration, pour la paperasse !

Les inspecteurs de la DST, se présentent après le service de midi à la Brasserie Lipp. Marcelin Cazès les accueille.

- Bonjour ; Inspecteur Saujon de la DST et voici mon collègue l'inspecteur Rialet. Nous venons pour le chauffard qui a renversé le Commissaire Malet, hier en sortant de votre établissement !

Le bougnat, derrière ses lunettes à monture d'écaille, semble gêné …

- J'ai déjà répondu ce matin à deux de vos collègues de la Préfecture de Police !

Saujon se montre cassant.

- Oui ? sauf que le Commissaire Malet, à la différence des hommes de la Préfecture de Police, est « un des nôtres » !

Cazès comprend que les deux policiers ne sont pas là pour plaisanter.

- Très bien, j'appelle Jérôme, le serveur qui s'est occupé de la table !

Rialet attaque aussitôt.

- J'aimerais que vous nous disiez, mot pour mot, les termes de votre entretien de ce matin avec les policiers !
- Eh bien : Monsieur Malet est arrivé hier soir vers huit heures ; un homme est venu le rejoindre une vingtaine de minutes plus tard.
- Comment était-il ?
- Une petite quarantaine, un mètre soixante-cinq, pas plus ; contrairement à Monsieur Malet, il ne portait pas de chemise avec une cravate, mais un simple polo sous veste !
- Autre chose ?
- Il avait des lunettes noires, qu'il a retirées en arrivant. Ensuite Monsieur Malet a commandé et ils ont commencé à manger !
- Est-ce que d'autres personnes sont entrées en contact avec eux, pendant qu'ils étaient à table ? Est-ce qu'un des deux s'est absenté ?
- A ma connaissance, non. Par contre, l'homme est parti brusquement avant la fin du repas ! Monsieur Malet semblait surpris.
- Quelle heure était-il ?
- Aux alentours de neuf heures et demie. Puis, Monsieur Malet a terminé tranquillement son repas, il a payé l'addition et quand il a quitté la Brasserie, il ne devait pas être tout à fait 22 heures !
- Le commissaire a été renversé quelques instants après ? C'est bien ça ?

Le serveur se fait plus précis.

- Tout à fait. Je suis sorti quelques secondes après le choc ! Malgré l'heure tardive, il y avait encore du monde sur le boulevard ; un homme a indiqué que le véhicule était une Ford Vedette de couleur foncée et une dame a précisé que la voiture n'avait pas ralenti.

Rialet arrête de prendre des notes.

- Très bien, nous vous remercions, ce sera tout, pour aujourd'hui !

En sortant de l'établissement, les deux inspecteurs se dirigent vers le lieu de l'accident. Quelques traces de sang sont encore bien visibles. Saujon fait remarquer à son collègue :

- Tu vois comme moi ? il n'y a aucune trace de freinage …
- Oui ; mais hier soir il pleuvait, elles ont pu s'effacer ?

Au même moment, à la DST, Jeanne Lallemand passe une communication à Roger Wybot :

- Monsieur le Directeur, j'ai le Juge Marteau en ligne qui souhaite vous parler !

Wybot, particulièrement remonté, lui répond fermement.

- Il tombe bien celui-là, passez-le-moi !
- Bonjour Monsieur Wybot ; puisque vous voulez être au courant de tout, je peux vous dire que votre Commissaire Malet ne s'est pas présenté à ma convocation de ce matin !
- Ah oui ? Eh bien il va falloir attendre un peu Monsieur le Juge ! Il a été renversé hier soir par un automobiliste qui a pris la fuite. De quoi vous donner un peu de travail, Monsieur le Juge !

Surpris par le ton la réponse, Marteau essaie de rattraper le coup et bredouille :

- J'espère que ce n'est pas trop grave ?
- Non, il est juste dans le coma ! Vous conviendrez qu'il va avoir du mal à répondre à vos questions dans l'immédiat ?

Après s'être excusé trois fois, Eric Marteau finit par raccrocher …

De retour de la Brasserie, Saujon et Rialet font un premier débriefing à Serre et Wybot. « Le Roger », toujours remonté contre le Juge, leur demande d'aller à l'essentiel. Saujon prend la parole.

- Le commissaire est arrivé à la Brasserie vers 20h et Baranès une vingtaine de minutes plus tard. Bien entendu, nous n'avons aucune information sur le contenu de leur conversation ! Néanmoins, Baranès est parti avant la fin du repas vers neuf heures trente et le Commissaire environ une demi-heure plus tard ! Ah et puis, j'oubliais : deux inspecteurs de la Préfecture de Police sont venus ce matin pour interroger le personnel !
- Ces connards ! il ne manquait plus qu'eux ! marmonne Wybot.
- Pierre a été renversé en sortant de chez Lipp ! D'après les témoignages, par une Ford Vedette couleur foncée et la voiture n'aurait ni freiné ni ralenti ! poursuit Rialet
- Si l'on ajoute le délit de fuite, nous sommes bien dans une tentative de meurtre ! rugit René Serre !

Wybot qui a retrouvé son calme se veut pragmatique.

- Bon, vous me mettez toutes vos déclarations noir sur blanc !

Puis il prend son téléphone pour appeler le Divisionnaire Berliat : il est temps de passer à la vitesse supérieure !

- Je vais demander une commission rogatoire pour fouiller le domicile de Baranès ! Une fois que je l'aurai obtenue, Commissaire Serre, je vous charge de faire le nécessaire avec vos hommes !

René Serre semble dubitatif.

- Vous n'avez pas peur d'une réaction de la Préfecture de Police !

Wybot, monte à nouveau sur ses grands chevaux !

- Je me fous de leur réaction ! Je vous rappelle que Pierre est entre la vie et la mort ! Et que tout tourne autour de ce Baranès, qui n'est finalement qu'un indic, sans mandat particulier !

Berliat arrive au même moment.

- Vous me cherchiez, Monsieur le Directeur ?

- Oui je veux que vous mettiez « un sous-marin » *(camionnette banalisée en voiture de radiogoniométrie)* en permanence devant Matignon !

Berliat, sourit tout excité.

- Là, nous nageons carrément en eaux troubles !
- Au bout d'un moment, il faut savoir ce que Mendès France veut ? soupire Wybot. Tant que nous ne ferons pas « la taupe », au sein de la Commission de la Défense, nous ne démasquerons pas le traître !

De retour chez elle, Frida doit répondre aux questions des enfants. Aloïs semble le plus inquiet.

- Papa ne rentre pas ce soir ?
- Non. Votre père a dû se déplacer en province pour quelque temps ; vous le retrouverez bientôt !

Puis le téléphone sonne.

- Bonsoir Madame Dupire. Inspecteur Delarue de la Préfecture de Police à l'appareil : j'aurais besoin de votre témoignage suite à l'accident du Commissaire Malet. Pouvez-vous vous rendre dans nos locaux demain matin ?
- D'accord, je vais m'organiser en conséquence ; à demain !

Frida vient à peine de raccrocher que le téléphone sonne à nouveau.

- Désolé de vous déranger Madame Dupire : je suis Maître Richard, pourrais-je parler à Pierre ?

Frida profite du fait que les enfants sont dans leurs chambres pour lui faire un résumé de la situation. L'avocat est effondré et met un moment à réagir. Puis, il lui indique que le Juge Marteau a décidé de maintenir Mathilde Seigneur pour l'instant sous les verrous. Il compte faire prochainement une nouvelle demande de remise en liberté provisoire pour sa cliente.

Jeudi 7 octobre.

Frida débute sa journée en appelant l'hôpital. La réponse est laconique : état du patient stationnaire. Puis elle cherche à joindre Roger Wybot : Jeanne Lallemand ne fait pas deux fois la même erreur ! elle lui passe son Directeur sans tarder.

- Monsieur Wybot, Frida à l'appareil, je dois me rendre à la Préfecture de Police pour témoigner sur l'accident de Pierre !

Le ton de Wybot est grave.

- Avez-vous de ses nouvelles ?
- Oui, mais pour l'instant son état de santé n'a pas évolué.
- Bon ... Pierre est un dur à cuir, je suis sûr qu'il va s'en sortir ! Concernant la Préfecture de Police, je n'ai pas besoin de vous rappeler les consignes : vous en dites un minimum et vous cherchez à en savoir un maximum !

Frida a l'impression d'être revenue quelques années en arrière, à l'époque où elle était la secrétaire de Wybot ! Avant de se rendre à la Préfecture de Police, elle prend soin d'acheter la Presse. La couverture de l'accident du Commissaire Malet ne fait pas la une des journaux, et son traitement varie en fonction des quotidiens. D'un simple entrefilet dans « l'Humanité », on passe à un titre choc au milieu des pages du « Figaro » : Commissaire Malet, simple accident ou tentative de meurtre ? Plus intéressant : dans un article signé André Baranès, le journaliste explique qu'il a passé une partie de la soirée avec le Commissaire et que pour lui, l'accident ne fait aucun doute. Tout en épluchant la Presse, Frida arrive au 12 quai de Gesvres. Elle s'adresse au planton à l'accueil.

- Bonjour Frida Dupire, je suis attendue dans le cadre de l'enquête dont le Commissaire Malet a été victime !

Frida ne patiente que quelques minutes.

- Bonjour Madame Dupire, je suis l'inspecteur Delarue. Rassurez-vous, nous vous entendons aujourd'hui uniquement dans le cadre d'une procédure de routine ! Quelles sont les dernières nouvelles du Commissaire ?

Frida rafraîchit bien l'ambiance …

- Son pronostic vital est toujours engagé.
- Je suis désolé ; suivez-moi dans mon bureau, nous y serons plus à notre aise pour discuter !

La grande blonde joue les ingénues, suivant les consignes de Roger Wybot.

- Où en êtes-vous de vos investigations ?
- Vous savez, a priori, nous penchons pour un accident avec délit de fuite ; il va être difficile de retrouver le coupable compte tenu du peu de témoignages dont nous disposons !
- Avez-vous lu la Presse ?

Frida exhibe l'article du Figaro … Delarue semble gêné pour répondre …

- Vous savez … la Presse…
- Je sais, je travaille pour l'hebdomadaire « Quid ? Détective » !

L'inspecteur essaie de reprendre la main.

- D'après vous, le Commissaire avait-il des ennemis ?
- Vous savez, lorsque vous êtes Commissaires à la DST, vous ne vous faites pas que des amis !

Delarue croit tenir quelque chose et saisit la perche.

- Est-ce que vous avez un ou deux noms en tête ?
- Avant de travailler pour la Presse, j'ai été la première assistante de Monsieur Wybot à la DST ; c'est là que j'ai rencontré Pierre. En dehors du service, nous n'avons jamais eu l'habitude de faire nos confidences sur l'oreiller ! Pour l'affaire dont vous avez la charge, j'ai cru comprendre que Pierre avait passé sa soirée avec un journaliste répondant au nom d'André Baranès ? a priori, il doit être mieux placé que moi pour vous répondre ?

Charles Delarue commence à comprendre que Frida n'est pas la blonde ingénue qu'elle semble être au premier abord …

- Très bien Madame Dupire. Pour l'instant, l'enquête ne fait que débuter, je ne peux pas vous en dire plus ! Bien entendu, nous vous tiendrons au courant dès que possible !

Comme prévu, Frida en quittant le quai de Gesvre rejoint la rue des Saussaies. L'endroit lui est toujours familier, même si sa dernière visite date de sept ou huit ans. Jeanne Lallemand la toise et semble se poser des questions : elle l'imagine plus en mannequin de haute couture qu'en assistante à la DST ! Roger Wybot vient à sa rencontre.

- Bonjour Frida, ça me fait plaisir de vous revoir, même si j'aurais préféré que ce fut dans d'autres circonstances ! Comment s'est passé votre convocation à la Préfecture de Police ?
- J'ai été reçue par l'inspecteur Delarue. Au départ, j'ai eu l'impression qu'il me prenait pour une conne ! Ensuite, au fur et à mesure de la conversation, j'ai eu la conviction qu'il classerait l'affaire pour s'en débarrasser au plus vite !
- Charles Delarue est un amateur qui fait partie du service du Commissaire Dides relevant du folklore ! De plus, tout ceci nous ramène à « l'Affaire Joanovic », que nous avons vécue ensemble ! *(Voir Direction guerre froide).* Depuis cette époque, un véritable malaise latent a vu le jour entre la DST et la Préfecture de Police !

Frida fait une moue dubitative.

- Vous êtes en train de me confirmer que l'histoire du pseudo-accident de Pierre n'aura pas de suite ?
- Directement, oui, sans aucun doute ! Nous devons donc mener une enquête parallèle, sauf que je n'ai pas les mains libres !
- Alors, où est la solution ? Frida hausse les épaules, découragée.

Wybot devient énigmatique.

- La solution s'appelle : Frida Dupire !
- Je ne vois pas du tout où vous voulez en venir ?

- Vous êtes bien toujours sous-officier de réserve, accréditée au Secret Défense ?
- Pour le Secret Défense, si je compte bien, jusqu'en avril 1957, soit dix ans après ma démission de l'armée !
- En votre qualité de sous-officier de réserve, vous devez faire des périodes régulièrement ; j'ai un seul coup de téléphone à donner, et je vous fais réintégrer la DST, pour une période donnée ! Vous êtes parfaitement capable de passer inaperçue, personne ne se méfiera de vous !
- J'y vois deux problèmes ! J'ai deux enfants à m'occuper, pour l'instant privés de père ! D'autre part, je n'ai jamais vraiment pratiqué sur le terrain, vous êtes bien placé pour le savoir !

Wybot éclate de rire.

- Je sais parfaitement que dans « l'Affaire des généraux », (*voir Les nuits de l'éventreur*) vous avez enquêté dans le dos de Pierre, ce qui vous a valu quelques heures de garde à vue, avec votre collègue journaliste ! Pour vos enfants, je vous laisse le temps de vous organiser. Vous connaissez toute l'estime que je peux accorder à Pierre : depuis le départ de Stanislas Mangin*, je le considère comme le numéro 2 de la DST. Depuis 4 ans, les politiques n'ont cessé de diminuer mes moyens ! Comme par hasard, ça remonte à « l'Affaire des généraux » ; pourtant ils sont bien contents de nous trouver pour faire le sale boulot ! Je ne trouverai le sommeil que lorsque nous aurons mis la main sur le ou les salauds qui ont renversé Pierre !

Frida connaît parfaitement Wybot et elle sait combien il peut être chiche en confidences et sentiment.

- Très bien, j'ai compris le message ; je reviens vers vous dès que possible !

La journée, pour le directeur de la DST, se termine par un coup de fil de Pierre Mendès France.

- Je viens d'apprendre qu'André Baranès a contacté Christian Fouchet, (*Ministre des Affaires Marocaines et Tunisiennes)* pour solliciter un rendez-vous ! (*Historique*)

Wybot se montre surpris.

- En connaissez-vous la raison ?
- Non ; Fouchet a naturellement refusé et il vient de me prévenir !
- Si vous voulez mon avis, Baranès profite de ce que Fouchet, comme lui, est encarté R.P.F *(Parti du Général de Gaulle)*, pour lui fournir des documents, vrais ou faux, afin de continuer ses manipulations !

Mendès d'ordinaire calme et posé, réagit vigoureusement.

- Il ne manque pas de culot celui-là !
- Je pense qu'il est trop intelligent pour ne pas avoir protégé ses arrières !
- Quelqu'un le piloterait ?
- A minima, Jean Dides dont il dépend, et nous ne pouvons pas exclure la participation d'un ou deux hauts fonctionnaires à identifier !
- J'ai appris pour le Commissaire Malet, j'en suis vraiment désolé ! Pensez-vous, qu'il peut y avoir un lien avec l'Affaire des fuites !
- Pour l'instant, je n'en sais rien ! Ce qui me préoccupe, c'est l'instruction, confiée à la Préfecture de Police et à Jean Dides ! On ne peut pas exclure le conflit d'intérêts ! De plus, j'ai horreur que l'on s'en prenne physiquement à un de mes hommes !
- Bien ; j'ai reçu l'information comme quoi vous avez demandé une commission rogatoire pour perquisitionner le domicile de Baranès, avec les protestations qui vont avec ! Compte tenu des circonstances, je vous donne carte blanche et, en fonction des trouvailles de vos hommes, vous me le mettez en garde à vue ! Nous ne devons pas exclure de poursuivre par la suite le Commissaire Dides !

Le Directeur de la DST comprend rapidement les conséquences qui vont en découler.

- Ne pensez-vous pas que nous devrions alerter le Ministre de l'Intérieur ?
- Sans doute, mais pour l'instant je juge que ce n'est pas nécessaire ! Soit Mitterrand tient un rôle dans cette affaire, soit il en ignore la totalité ! Dans les deux cas, il a une responsabilité !

Wybot n'en n'espérait pas autant. Avec le feu vert du Président du Conseil, son pouvoir d'investigation s'en trouve largement plus conséquent.

Frida pense avoir terminé sa journée lorsqu'elle reçoit un coup de fil de sa belle-sœur à son domicile.

- Bonsoir Frida, quelles sont les dernières nouvelles ?
- Pierre est toujours dans le coma le plus profond.

Jacqueline s'efforce d'être rassurante.

- Ecoute, compte tenu de l'état de sa blessure, il ne faut pas s'attendre à des améliorations avant plusieurs jours ! L'important est que son état soit stabilisé ! Concernant Mathilde, y-a-t-il du neuf ?
- J'ai eu son avocat : pour l'instant elle reste sous les verrous !
- De toute façon, à un moment ou à un autre, elle va bien finir par sortir de prison ! Nous devons nous y préparer !
- Que proposes-tu ?
- Je suppose qu'elle doit être désargentée. Et, sans argent, sans emploi, pas question de trouver un logement ! Nous ne pouvons pas la laisser à la rue ; je vais demander à mes parents, si, en attendant de retrouver un travail, ils peuvent la loger !
- Crois-tu que l'hôpital d'Argenteuil va pouvoir la rembaucher ?
- C'est peu probable, compte tenu de son passé, mais elle peut toujours s'établir comme infirmière à son compte !
- Restera à régler le problème entre Marie et sa mère !
- Oui, je sais, et là ce n'est pas encore gagné !...

Chapitre 6 : Quid ? Détective, le malentendu.

Vendredi 8 octobre.

Pendant que Pierre Malet dort toujours d'un profond sommeil, les hommes du Commissaire Berliat installent la camionnette de la « Blanchisserie Francine » (*historique*) rue Vanneau, à deux pas du 57 rue de Varennes, lieu de l'Hôtel Matignon. Afin de ne pas éveiller les soupçons des policiers de faction, « le sous-marin » bouge régulièrement de son emplacement.

Leur commission rogatoire en poche, les inspecteurs du Commissaire Serre, déboulent boulevard de Clichy, pour inspecter le domicile d'André Baranès. Le journaliste absent, les policiers commencent la perquisition en présence de la concierge. Maurice Saujon met rapidement la main sur des papiers dissimulés dans un secrétaire. Deux notes manuscrites sont élaborées au crayon à papier. L'une porte sur les délibérations du Comité de la Défense Nationale du 28 juin, l'autre résume pratiquement tous les travaux du Comité du 10 septembre. Avant de prendre congé, Alain Rialet a le réflexe de poser une question à la concierge :

- Pouvez-vous me dire si Monsieur Baranès, possède une voiture ?
- Oui, une belle Ford « Vedette » !
- En connaissez-vous la couleur ?
- Elle est d'un beau rouge Bordeaux ; regardez elle est garée juste là !

Rialet l'examine, mais constate qu'elle ne constate pas de trace de choc !

Roger Wybot a rendez-vous avec le Président du Conseil. En arrivant à l'Hôtel de Matignon, il reconnaît d'un air amusé la camionnette de la « Blanchisserie Francine ». De son côté Pierre Mendès France n'a pas le sourire :

- Si je vous ai demandé de passer, c'est pour faire un point détaillé sur la situation !
- Au moment où nous parlons, mes hommes perquisitionnent l'appartement de Baranès !

Le téléphone sonne.

- Allô … j'avais demandé de n'être dérangé sous aucun prétexte !… Qui ?... Le Ministre des Affaires Marocaines et Tunisiennes ! Oui… passez le moi !

Mendès tend l'écouteur à Wybot.

- Bonjour Monsieur le Président, Fouchet à l'appareil !
- Oui, bonjour Christian. Quoi de neuf ?
- Après Baranès, le Commissaire Dides cherche à me rencontrer !

Wybot fait signe à Mendès qu'il accepte le rendez-vous.

- Très bien. Vous lui fixez une audience pour lundi prochain au Ministère, à 10 heures, impérativement ! De mon côté, je vois avec la DST comment nous pouvons agir !

Après avoir raccroché, Mendès France se tourne vers Wybot.

- Comment voyez-vous la suite ?
- Si Jean Dides se déplace, je doute qu'il vienne sans biscuit ! Il a probablement en main les documents que Baranès voulait remettre à Monsieur Fouchet.
- Parfait ! Vous mettez en place lundi la souricière devant le Ministère ! Je ne vous retiens pas plus longtemps ! Plutôt qu'un long discours, j'attends votre rapport pour le début de la semaine prochaine !

Perquisition terminée, Saujon et Rialet peuvent faire leur compte rendu auprès de Roger Wybot et de René Serre.

- Vous allez être satisfaits, nous avons saisi deux notes manuscrites, portant sur les réunions du Comité de la Défense, des 28 juin et 10 septembre !

- Intéressant ! à comparer au niveau des écritures avec les documents fournis par le Préfet Baylot ! Serre se frotte les mains
- Bon, maintenant la coupe est pleine, toute cette histoire va trop loin ! s'agace Wybot. Savez-vous où se trouve Baranès actuellement ?
- Non, il n'était pas chez lui, au moment de la perquisition. Commissaire Serre, vous me lancez un mandat d'amener, au nom d'André Baranès ! Vous communiquez son profil à tous les commissariats du département de la Seine !
- Ah ? On ne passe pas d'abord par un juge d'instruction ? s'étonne Serre
- Non, j'en ai assez que nous perdions notre temps ! J'ai le feu vert du Président du Conseil : j'attends qu'un avocat nous mette des bâtons dans les roues, en essayant de nous coller un vice de forme ! Si c'est le cas, Il va regretter d'avoir prêté serment !

Rialet reprend la main.

- Autre chose : Baranès possède une Ford Vedette, mais je n'ai relevé aucun impact sur sa voiture !

Wybot clôt la discussion.

- La priorité c'est de l'interroger ! Vous me mettez en place une surveillance 24 heures sur 24 devant son domicile ; le loup va bien finir par sortir du bois ! Vous me le serrez le plus tôt possible et vous me le ramenez par la peau des fesses ! Merci, ce sera tout pour aujourd'hui !

Il n'y a pas de week-end pour le Directeur de la DST ! Assis à son bureau, il rédige le rapport demandé par le Président du Conseil. Il lui donne le nom de code de « Tritoxibara » (*historique*). Roger Wybot a désormais la conviction qu'il se retrouve en présence d'une triple intoxication orchestrée par Baranès.

Il ne croit ni à la sincérité de l'indicateur N°1 de la Préfecture de Police, ni à son patriotisme. De ce fait, il formule son rapport en différents points qualifiés de « Très Secret ».

1. Baranès a été contacté par le P.C.F pour intoxiquer les sphères gouvernementales, par l'intermédiaire des cadres de la police, qu'il prenait soin de couper de leurs services.
2. Cette intoxication remonte à l'année 1951, suivant l'analyse comparée des documents fournis par Messieurs Bertaux, Hirsch et Baylot.
3. Un rapport du Parti Communiste fait des allusions très précises du dernier Comité de la Défense Nationale qui s'est tenu sous le gouvernement Laniel, traitant essentiellement de la guerre d'Indochine. L'explication supposée repose sur le désir de faire tomber le gouvernement Laniel par tous les moyens, tout en démoralisant l'armée française sur le terrain.
4. Le gouvernement Laniel étant tombé, on peut s'étonner que la manœuvre se poursuive sous le gouvernement Mendès France. Hypothèse envisagée : faire échouer les négociations en cours à Genève pour une paix en Indochine.

Wybot conclut son rapport en affirmant que les fuites instrumentalisées ne sont que machination politique contre le gouvernement actuel, les Communistes, se servant d'André Baranès, homme de droite, pour abuser le pouvoir en place.

Dimanche, Frida et Jacqueline, se retrouvent à la Salpêtrière. Jacqueline, s'entretient avec le professeur qui s'occupe de son frère. Plus de quatre jours après son accident, le médecin note une légère amélioration de l'état de son patient, requalifiant son coma de « profond » à « lourd ». Frida retrouve un pâle sourire. Sa belle-sœur, consciente que le plus dur reste à faire, pondère son enthousiasme. Les deux jeunes femmes peuvent voir Pierre pour la première fois depuis sa mésaventure. Allongé et appareillé sur son lit d'hôpital, le Commissaire ne montre aucun signe de vie. Frida, les yeux larmoyants s'adresse à Jacqueline :

- Penses-tu qu'il souffre ?

L'infirmière, habituée à ce genre de situation, joue la transparence.

- Non, pour l'instant je ne pense pas qu'il se rende compte ! Son réveil progressif sera très long !

Les deux filles tombent dans les bras l'une de l'autre pour se réconforter.

Lundi 11 octobre.

Le Commissaire Serre a passé le relais au Divisionnaire Brugier* pour mettre en place la souricière devant le quai d'Orsay. Jean Dides se présente à l'heure dite au Ministère des Affaires Etrangères. L'opération est rondement menée par Brugier et son équipe.

- Bonjour, Commissaire Brugier, DST. Pouvez-vous me présenter le contenu de votre serviette ?

Dides toise le policier et s'indigne.

- Vous ne savez pas à qui vous vous adressez ?
- Si, parfaitement ! et ne m'obligez à vous passer les bracelets !
- Mon porte-documents contient des documents classifiés !
- Justement ! sauf erreur ou omission de ma part, vous n'avez pas à transporter ce genre de papiers !

Dides, dos au mur, finit par s'exécuter.

Trois feuillets manuscrits, portant la date du 14 septembre 1954 et deux pages dactylographiées, concernant directement la réunion du Comité de Défense du vendredi précédent, sont extraits du cartable. Brugier reste ferme.

- Commissaire, je vais vous demander de nous suivre dans nos locaux de la D.S.T !

Dides continue de s'insurger.

- Comment, vous me mettez en garde à vue ?
- Non, pour l'instant il s'agit de vous entendre comme simple témoin.

Quelques minutes plus tard, Jean Dides se retrouve rue des Saussaies, nez à nez avec Roger Wybot. Ce dernier entre directement dans le vif du sujet.

- Comment ces documents se trouvent ils en votre possession ?
- Je les tiens d'un informateur, qui les a récupérés directement au siège du Parti Communiste !
- J'attends de votre part que vous me donniez le nom de votre agent !

Dides cherche à noyer le poisson.

- Je suis chargé à la Préfecture de Police d'un service luttant contre l'infiltration communiste dans les administrations. Je ne peux pas vous donner le nom de mon informateur sans le mettre en danger.

Wybot n'est pas dupe : l'indicateur en question ne peut être que Baranès. Reste à comparer les feuillets saisis ce jour avec les documents résultant de la perquisition chez Baranès. Après avoir mis noir sur blanc les déclarations de Jean Dides, Wybot en attendant d'avoir mis la main sur le « délateur mystérieux », remet le Commissaire en liberté.

Mardi 12 octobre.

Jour de parution de l'hebdomadaire « Quid ? Détective ». Frida, coupée de son journal depuis une semaine, décide d'acheter la dernière édition en kiosque. Horrifiée, elle constate que son compagnon figure en photo sur la première page, sous le titre « Qui peut en vouloir au commissaire Malet ? ». Elle feuillète nerveusement le magazine, et découvre que, dans la partie centrale du journal, des détails sur son intimité avec Pierre sont étalés. Le tout porte la signature de Jean Hubert de la Parent. Furieuse, la grande blonde décide de se rendre à la rédaction, rue Vercingétorix. Elle franchit les marches trois par trois sur les deux étages la séparant de l'entrée des locaux ! Elle fait une irruption théâtrale, jetant le journal au visage de Jean Hubert.

- Comment avez-vous osé ? Le journaliste stupéfait, essaye de se justifier, petitement.
- Mais enfin Frida ! tous les quotidiens en parlent depuis une semaine !

Loin de calmer sa collègue, elle repart de plus belle.

- Ah oui ? en faisant état de notre vie privée avec des détails croustillants !

Jean Hub secoue la tête.

- N'exagérons rien ! vous savez très bien que nos lecteurs se passionnent pour ce genre de récit !
- Décidément vous n'avez aucun scrupule ! Où se trouve Barois* ? *(Rédacteur en chef).*
- Monsieur Barois est en déplacement pour rencontrer des investisseurs ! lui répond une stagiaire.
- Très bien ! vous lui direz qu'il recevra ma démission sous 48 heures ! puis, elle tourne les talons sans attendre.

Rentrée à son domicile Frida Dupire appelle la DST.

- Bonjour Monsieur le Directeur ; j'ai bien réfléchi, j'accepte de réintégrer la DST, pour quelque temps !
- Très bien ! je fais le nécessaire auprès des Ministère des Armées et de l'Intérieur ! Vous pouvez considérer que vous prendrez votre fonction dès lundi prochain !

Mercredi 13 octobre.

Baranès est arrêté à sa sortie de la Préfecture de Police où il avait trouvé refuge, vieille astuce de certains « personnages sulfureux », depuis l'Affaire Jovanovic ! La pratique n'a pas échappé à Wybot et il a recommandé à ses hommes de mettre l'endroit sous surveillance. Le Directeur de la DST, qui ignorait jusqu'à son existence il y a un mois, a pris soin depuis de constituer un dossier détaillé sur son profil.

Ce petit personnage volubile, roublard, avenant et plutôt sympathique au premier abord, originaire de Constantine, ne peut cacher son origine avec son accent juif pied-noir prononcé. Il débute à 27 ans dans le journalisme, à l'hebdomadaire « Victoire », chargé de la propagande de la France combattante. En parallèle, il adhère au Parti Communiste Tunisien. Installé à Paris à la Libération, il intègre la cellule « Cadet » dans le 9ᵉ arrondissement, un mouvement participant aux travaux de la section coloniale du PC Il fait quelques piges pour le « Petit Marocain » et « Tunis Soir ». Jusque-là rien de répréhensible.

Son ascension professionnelle décolle au début 1950, lorsqu'il devient journaliste parlementaire et alimente régulièrement l'hebdomadaire communiste « Action », particulièrement polémiste sous les plumes de Pierre Hervé* (*ancien chef du Mouvement Libération Sud, devenu député*), Pierre Courtade*(*Ecrivain, romancier*) et Emmanuel d'Astier de la Vigerie. Il fait également connaissance de Pierre Bertaux, alors Chef de la Sûreté, qu'il alimente régulièrement de rapports entre 1951 et 1954 : ils sont censés éclairer les ministres sur toutes les actions des instances du Parti Communiste.

Parfois, Baranès vise juste : quelques jours avant la grande manifestation du 28 mai 1952 contre la visite à Paris du Général américain Matthew Ridgway (*Commandant en chef des Forces des Nations-Unies*), il annonce que le PC va provoquer des heurts sanglants avec la Police. Les échauffourées donnent finalement raison à André Baranès. C'est aussi le moment qu'il choisit pour rentrer à la rédaction de « Libération », quotidien considéré comme progressiste et dirigé par d'Astier de la Vigerie, dont les accointances avec « le Parti » sont connues.

Avant que Wybot ne lui pose la moindre question, il commence un long monologue de bonimenteur, à la manière d'un camelot des grands boulevards cherchant à placer un lot de cravates ! Eloquent, aimable, sans jamais se démonter, il place certains sous-entendus bien sentis, accompagnés de quelques mimiques canailles et complices, histoire de crédibiliser son propos. Le Directeur de la DST l'écoute attentivement, le laissant lentement s'épuiser, tout en faisant quelques mouvements de tête, laissant croire qu'il entre dans son jeu. Satisfait par ses effets, Baranès finit par dire :

- Vous voyez certainement, ce que je veux dire !...
- Non, je ne vois pas ! Si vous voulez bien m'expliquer, en commençant par votre emploi du temps après avoir quitté le Commissaire Malet mardi dernier ?

Dans un premier temps déstabilisé, le journaliste se reprend rapidement.

- J'ai appris pour le Commissaire. Vous ne pensez tout de même pas que je puisse avoir une quelconque responsabilité dans son accident ?
- Je ne sais pas ... je cherche ! D'autant que je suis de moins en moins convaincu qu'il s'agisse d'un accident ! Donc, je reformule ma question : vous êtes sorti de la Brasserie vers 9h30, le Commissaire l'a quittée peu avant 10h00, qu'avez-vous fait entre les deux ?
- J'ai pris le Métro, j'avais un autre rendez-vous !
- Avec qui, sans indiscrétion ?
- Avec le Commissaire Dides !

Puis Baranès tente un ultime coup de bluff.

- Si vous croyez qu'il s'agit d'une tentative de meurtre, ne pensez-vous pas qu'il puisse y avoir une confusion sur la personne et que les Communistes ont voulu s'en prendre à ma petite personne ?

Celle-là ! Wybot ne l'a pas vu venir ! Mais il réagit bien vite.

- Ah oui ? Dans ce cas le ou les coupables ne sont pas physionomistes ! Sans parler de sa carrure, le Commissaire Malet vous dépasse de près de vingt centimètres ! Mais, revenons à vos conversations avec le Commissaire Dides.
- Effectivement, je suis un agent du Commissaire Dides, alors vous voyez !...
- Non, je ne vois toujours pas ! et cela ne me concerne pas. Ce qui m'intéresse, ce sont les documents concernant la Défense Nationale, que vous déteniez chez vous en parfaite illégalité ! J'attends que vous me disiez de quelles manières vous vous les êtes procurés ?

Voyant que Baranès se montre beaucoup moins loquace, Wybot insiste lourdement !

- Il y a des fuites extrêmement graves, une information officielle vient d'être ouverte contre X, pour atteinte à la Sûreté de l'Etat : vous êtes interrogé dans le cadre de cette information ! Nous sommes dans l'obligation de prendre toutes vos déclarations par procès-verbal et de faire ensuite les vérifications qui s'imposent ! Vous m'avez expliqué que vous êtes un agent du gouvernement depuis plusieurs années ; de ce fait, vous devez collaborer avec la DST responsable de l'enquête !

Mis au pied du mur, Baranès finit par concéder.

- J'ai volé les documents du Comité de la Défense sur le bureau de Waldeck Rochet* ! *(N°3 du PC, derrière Maurice Thorez et Jacques Duclos)*

Le directeur de la DST ne croit pas une seconde en cette possibilité.

- Très bien, je vais organiser une confrontation entre la personne du Parti Communiste et vous-même ! En attendant vous restez en garde à vue !

Jeudi 14 octobre.

Pierre Malet rouvre les yeux. Désormais, il se retrouve sans assistance respiratoire. Cependant, son regard fixe n'exprime aucun sentiment, et aucun son ne sort de sa bouche. Sa sœur et sa compagne assises près de son lit, le regardent affectueusement. Les deux femmes sont silencieuses ; Frida finit par briser la glace.

- C'est impressionnant ! Penses-tu, qu'il va rester dans cet état encore un moment ?
- Tu sais, le professeur qui s'occupe de lui, et moi-même, nous sommes étonnés de l'évolution de son traumatisme depuis son accident ! Sortir du coma après moins de dix jours, dans son cas, tient du miracle ! Il faut s'attendre à ce qu'il ne retrouve la parole que lentement. Ensuite, il est probable que beaucoup de souvenirs auront disparu de sa mémoire ! Il faudra qu'il accepte une rééducation, longue et fastidieuse, y compris pour son entourage !

Peu après le retour à son domicile, Frida est dérangée par la sonnette de la porte d'entrée de son appartement. Un livreur apporte deux gerbes : la première comporte une douzaine de roses jaunes, le seconde vingt-quatre roses rouges. Deux petites cartes accompagnent les fleurs. Sur le premier bouquet elle reconnaît l'écriture de Jean Barois : « J'ai manqué à tous mes devoirs déontologiques, saurez-vous me pardonner ? Amitiés Jean. » Le second message est encore plus explicite : « Depuis notre dernière entrevue, je suis dévasté ! Je regrette sincèrement d'avoir brisé les liens qui nous réunissent depuis six ans. Bien à toi, Jean Hubert » !

En découvrant ces messages, Frida fond en larmes et jette, de rage, les fleurs sur le parquet. Marie abasourdie, se contente de ramasser les roses, pour les mettre dans un vase…

Chapitre 7 : La réunion de Marly.

Vendredi 15 octobre.

Frida s'organise afin d'être opérationnelle pour son retour à la rue des Saussaies. La Presse fait un résumé sur l'évolution de la situation en Indochine. Le 9 octobre, suivant les accords d'armistice, les Français évacuent Hanoï qui devient la capitale du Vietnam. Le lendemain, les dernières troupes françaises se retirent, pendant que Hô Chi Minh fait son retour dans la capitale, après huit ans de maquis. Frida, avec un brin de nostalgie, ne peut s'empêcher de penser que son frère, comme bon nombre de soldats Français, est mort pour rien.

Pendant ce temps, la confrontation entre Baranès et Waldeck Rochet se déroule dans les locaux de la DST « L'agent de renseignements confirme qu'il a bien dérobé les documents dans le cabinet du leader communiste. Il insiste en décrivant avec précision les bureaux de « La Terre » rue Drouot (*Siège du PCF*). Waldeck Rochet et Roger Wybot se regardent, tout en songeant que Baranès cherche à les enfumer avec ses boniments habituels. Le Directeur de la DST met fin au monologue.

-   Vous avez bien noté, Monsieur Waldeck Rochet, les déclarations de Monsieur Baranès qui vous accusent ! Qu'en dites-vous ?

Le Communiste éclate de rire, avant de répondre de son accent rocailleux fleurant bon le terroir.

-   Je connais sans doute Monsieur Baranès encore mieux que vous ! Je sais que pour les contes, il n'a rien à envier à Charles Perrault !

Wybot comprend instantanément que la confrontation va tourner court, puisqu'il s'agit de parole contre parole. Baranès se montre encore une fois, d'une habileté diabolique. Il sait très bien qu'en indiquant le Parti Communiste comme cible, la DST se trouve dans l'impossibilité de vérifier ses informations. Manœuvrant avec un parfaite aisance, « l'enfant chéri de la Préfecture de Police », sait parfaitement aiguiller sur une fausse piste. D'autre part, poursuivre dans cette direction sans preuve légitime, mettrait le gouvernement Mendès France en difficulté. La Presse, comme « l'Humanité » ou « Libération », profiterait de l'aubaine pour ériger le Parti Communiste en victime. De plus, maintenir le journaliste en détention n'apporterait rien. Pour l'instant, il bloque l'enquête, camoufle et protège la véritable filière des fuites.

La recherche des micros clandestins n'a rien donné. La filature de Baranès n'a pas fourni la moindre indication sur ses contacts. Devant cette impasse, Wybot se tourne vers un dernier espoir : remonter à la sources des fuites, revenir à son point de départ : la liste composant le Comité de la Défense Nationale…

Tout sourire, sûr de lui, Baranès s'adresse à Wybot.

- Je suppose que je peux rentrer chez moi ?
- Pas encore tout de suite … je vais d'abord libérer Monsieur Waldeck Rochet et ensuite, je vais vous faire faire un petit exercice !

Le journaliste, regarde le Directeur d'un air interrogatif.

- Quel exercice ? Où voulez-vous en venir ?

Wybot reprend les notes griffonnées par Baranès sur des bouts de papier, au crayon, de manière pas toujours lisible.

- Pouvez-vous, s'il vous plaît, relire ce texte ?

« L'agent Baranès » semble surpris, mais s'exécute sans sourciller. Jeanne Lallemand dactylographie pendant la lecture. Une fois « la dictée Baranès » *(Extrait de Roger Wybot, La bataille pour la DST)* réalisée, le contenu est transmis aussitôt à Mendès France. À réception, le Président du Conseil, confirme qu'il s'agit bien des propos tenus pendant la réunion du Conseil.

Dans la foulée, Roger Wybot appelle Jean Mons, pour comparer ses notes avec « la dictée Baranès ».

- Je crains d'avoir déjà brûlé mes notes du 10 septembre. Lorsque je rédige le compte rendu définitif de réunion pour le Président, je ne conserve rien !
- Pour les notes des 26 mai et 28 juin, je peux comprendre, mais pour celles du 10 septembre, ne croyez-vous pas que c'est un peu prématuré ? s'étonne Wybot
- Ecoutez : je vérifie et je vous rappelle si je retrouve quelque chose ! répond Mons après avoir hésité.

Dimanche 17 octobre.

Pierre Malet commence à émerger de sa léthargie. Il articule quelques mots difficilement compréhensibles. Frida et Jacqueline, prévenues, viennent à l'hôpital en espérant provoquer un déclic chez le Commissaire grâce à leurs présences. Pierre débite lentement.

- Qui êtes-vous ?

Jacqueline, habituée à ce genre de traumatisme avec ses patients, cherche à entamer un dialogue.

- Je suis ta grande sœur « Jackie » et voici Frida ta compagne ! Nous t'appelons souvent « Pierrot » ! Te souviens-tu ?
- Ah… peut-être… je croyais… que je m'appelais Pierre ? Jacqueline comprend très vite, qu'il est inutile d'aller plus loin dans l'exercice de mémoire et décide de laisser son frère se reposer.
- Nous allons revenir bientôt avec tes deux enfants, Marie et Aloïs ! En attendant, il faut que tu re reposes !
- Penses-tu que les enfants, à voir leur père dans cet état, ne vont pas être traumatisés ? demande Frida perplexe en sortant de la chambre
- Nous devons laisser passer quelques jours ! Je verrai avec les soignants lorsque Pierre aura un peu mieux récupéré et je te ferai signe à ce moment-là !

Lundi 18 octobre.

Frida entame son premier jour de travail à la rue des Saussaies. Au moment du briefing hebdomadaire, le Directeur de la DST la présente à son staff. Quelques-uns qui, comme le Commissaire Serre, l'ont connue précédemment, sont ravis de la revoir. Ce n'est pas le cas de Jeanne Lallemand qui comprend bien vite qu'elle va devenir la cinquième roue du carrosse. Wybot explique que « l'adjudante Dupire » n'a pas vocation d'être une simple secrétaire administrative, mais une véritable collaboratrice pour le service. Pour bien enfoncer le clou, il demande une réorganisation géographique des bureaux, afin que celui de Frida jouxte le sien.

Peu après, Jean Mons recontacte le directeur de la DST.

- Bonne nouvelle ! j'ai retrouvé intactes mes notes de la réunion du 10 septembre !
- Parfait, pouvez-vous me les faire parvenir ?
- Non, c'est impossible directement ! Il s'agit de documents « Secret Défense » ! Désolé, je ne peux soumettre mes notes qu'au Président du Conseil en personne ! Après, il sera seul juge de vous les soumettre, ou pas.

Wybot se voit dans l'obligation de contacter Mendès France.

- Mon cher Wybot, vous tombez très bien, je convoque pour mercredi prochain au pavillon de Marly : François Mitterrand (*Ministre de l'Intérieur*), Jean Mons (*Secrétaire Général de la Défense*) et vous-même, pour faire un point sur l'affaire qui nous occupe !
- Très bien. Me permettrez-vous de venir avec une collaboratrice accréditée au « Secret Défense », dans laquelle j'ai une toute confiance ?

Mendès hésite un instant avant de répondre.

- Si vous voulez … elle pourra toujours faire secrétaire de séance !

Puis le Directeur rejoint sa nouvelle collaboratrice.

- Je vois que vous êtes plongée dans les dossiers ?
- J'ai repris les documents sur lesquels Pierre travaillait dernièrement, en essayant de trouver un lien avec son accident ?

Wybot se confond en excuses.

- Je suis désolé, mais avec tous les évènements qui me préoccupent, je n'ai pas pris le temps de vous demander des nouvelles de sa santé ?
- Pierre est sorti du coma, il reparle avec difficulté et, pour l'instant, il n'a pratiquement aucune mémoire, y compris de ses proches ! Pour son accident, je cherche à faire un rapprochement avec « l'Affaire des écoutes ! »
- Suivant mes informations, pour l'heure, toutes les corrélations sont à écarter ! En attendant, afin de vous plonger un peu plus dans le bain, nous avons rendez-vous mercredi prochain à Marly avec le Président du Conseil !

Mercredi 20 octobre.

L'arrière-saison encore belle, baigne le pavillon de Marly sous un soleil automnal. Un tapis de feuilles mortes recouvre le jardin ; un banc sous les arbres, uniquement troublé par le gazouillis des oiseaux, semble attendre le visiteur. En avance, Frida et Wybot prennent le temps de s'asseoir. Jean Mons, est le premier invité à les rejoindre. Une fois les présentations faites, il entre dans le vif du sujet.

- C'est curieux, lors de la réunion du 10 septembre, un incident me revient en mémoire : Edgar Faure est entré dans une colère noire et a quitté la salle du Conseil en claquant la porte !
- Ah bon ? et pour quelle raison selon vous ? insinue Wybot

Mons n'a pas le temps de répondre car au même moment, le Président du Conseil et le Ministre de l'Intérieur arrivent dans deux voitures différentes. Mitterrand joue les galants.

- Monsieur Wybot, il aurait été dommage que vous nous priviez de cette charmante personne ! Frida se contente de sourire.

Mendès ramène tout le monde à la réalité.

- Nous ne sommes pas venus ici pour batifoler, il faut nous mettre au travail rapidement !

Ils rejoignent tous les quatre le pavillon qui a servi un temps de logement au Général de Gaulle en 1946, après sa démission du gouvernement. La fermette rustique, sans grâce extérieure, se veut confortable et fonctionnelle à l'intérieur. Elle permet au Président du Conseil de travailler dans le calme, loin de Matignon et de Paris.

Avant que chacun se mette en place, Frida murmure à l'oreille de son Directeur :

- Savez-vous que Jean Mons a été mis en place comme Préfet de la Seine à la Libération, par d'Astier de la Vigerie !
- Ce n'est pas possible !
- Si, je vous l'assure ! Le Général de Gaulle essayait de fédérer les partis de droite et de gauche, Emmanuel d'Astier en profitait pour avoir une influence au Ministère de l'Intérieur.

Wybot s'agite sur sa chaise.

- Comment une chose pareille a -t-elle pu m'échapper ?
- Je m'en souviens très bien : à l'époque Pierre ironisait sur d'Astier parce que je le trouvais bel homme !

Roger Wybot, devant les autres invités, s'efforce de ne rien laisser paraître. Cependant, comment Jean Mons, Grand Commis de l'Etat, a-t-il pu s'acoquiner avec un personnage aussi sulfureux que d'Astier de la Vigerie, proche du Parti Communiste et dont les attaches avec les dirigeants soviétiques ne sont que secret de polichinelle ?

Pendant que le Président du Conseil refait un point détaillé de « l'Affaire des écoutes » depuis le début, Wybot se replonge dans ses pensées sur Jean Mons. Il essaie de se remémorer son passé … Sa rencontre avec cet homme maigre et austère date de ses missions en Afrique du Nord, puis, au début de 1950,

Georges Bidault a fait appel à lui pour occuper la fonction de Secrétaire Général de la Défense Nationale. Pour le Directeur de la DST, Jean Mons passe brusquement d'homme totalement insoupçonnable à suspect potentiel.

André Pélabon *(Directeur de Cabinet de Mendès France)* arrive à l'instant.

- Vous êtes en retard, Monsieur Pélabon ! lui fait remarquer le Président du Conseil.
- Je suis désolé, Monsieur le Président, mais une panne de voiture en est la cause !

Mendès a étalé sur une grande table tous les documents accumulés depuis le début de l'affaire. Le rapprochement entre les notes de Baranès et les textes de Jean Mons montre des évidences.

Par exemple, lorsque Jean Mons retrace une intervention du Ministre de l'Intérieur, il écrit : « Le problème du réarmement allemand est posé ». De son côté Baranès consigne : « Monsieur Mitterrand : c'est tout le problème du réarmement allemand de nouveau posé ».

Autre coïncidence confondante : Robert Buron *(Ministre de la France d'Outre-mer)*, ouvrant le dossier atomique, estime le risque de conflit mondial : dans cette perspective, il devient nécessaire de prévoir une nouvelle organisation de l'armée en utilisant les forces allemandes *(notes de Jean Mons)*. Baranès interprète par : « Monsieur Buron fait remarquer que l'emploi d'armes atomiques entraîne par conséquence une guerre mondiale, imposant la réorganisation et l'adaptation de notre armée avec la nécessité de l'utilisation de l'armée allemande ».

Troisième comparaison, Baranès note : « Le général Catroux signale que pour avoir la possibilité d'une riposte immédiate, il est nécessaire d'avoir soi-même la bombe atomique, car il ne peut y avoir que deux sortes d'Etats, ceux sans la bombe et ceux avec. Les Etats sans la bombe serviront de champs de bataille. » Dans le même temps, Jean Mons transcrit : « Monsieur Catroux intervient : il y aura les Etats qui posséderont la bombe atomique. Il y aura des Etats qui n'auront pas la bombe atomique et qui seront des champs de bataille. Nous devons nous-mêmes, concevoir la possibilité de créer notre propre riposte atomique ».

- La ressemblance est tout simplement effrayante ! C'est pratiquement du mot pour mot ! constate Mendès troublé.

En poursuivant, un autre comparatif est acté avec les notes d'André Ségalat (*Secrétaire Général du gouvernement)*. Celui-ci est beaucoup moins flagrant, Ségalat ayant produit beaucoup moins de commentaires que Mons, n'ayant pas à préparer un procès-verbal de séance. Il n'y a pas la moindre ressemblance entre les tournures de phrases des deux hommes. De ce fait, le document de Ségalat peut être écarté de toutes discussions.

Il est temps de refaire le point ; pour Mendès et Mitterrand, seuls Mons et Ségalat ont pris des notes lors de la réunion du 10 septembre. La seule question qui doit se poser : d'où Baranès tient-il ses annotations ?

- Baranès n'a pas pu prendre connaissance de mes notes : personne n'a accès à mes documents à part moi. Depuis les dernières fuites, je redouble de vigilance : j'enferme tous mes papiers confidentiels dans un coffre à triple combinaison ! se défend Mons mis sur le gril.
- Une chose est évidente : Baranès est admirablement renseigné ! intervient Mitterrand.
- C'est très inquiétant ! Les indiscrétions de Baranès ne peuvent provenir que de quelqu'un ayant assisté à la réunion du 10 septembre ! renchérit Wybot.
- Je pense que nous ne pouvons soupçonner ni André Ségalat, ni moi-même, alors qui ? surenchérit Mons

Faute de pouvoir lâcher un nom Wybot se contente d'évoquer une hypothèse.

- Nous n'avons pas pu établir l'existence de micros, reste la possibilité d'un petit magnétophone dissimulé ?

Jean Mons ne se contente pas d'une théorie et continue de fouiller dans ses notes.

- Edgar Faure s'est opposé, dit-il, à la création d'une bombe atomique nationale, pour des motifs de crédit relevant directement du Ministre des Finances *(Autrement dit, lui-même)* ! Monsieur Mitterrand, vous avez indiqué que « 68 milliards utilisés intelligemment seraient utiles ». « Faure répond oui et quitte la séance » !

Rien n'indique nettement dans ce passage qu'Edgar Faure quitte la réunion sur un coup de colère. Alors que le texte de Baranès : « Monsieur Mitterrand, proteste et insiste pour avoir 60 milliards de plus pour la Protection Civile, moment choisi par Edgar Faure pour quitter la salle très en colère ! »

Après le rapprochement des deux textes sur la « sortie d'Edgar Faure », un fait troublant se greffe : à partir de l'instant précis où Edgar Faure quitte la salle du Conseil, plus aucune annotation de Baranès ne figure dans ses papiers. Puis, comme par enchantement, ses commentaires reprennent après le retour du Ministre … Un esprit cartésien, en comparant les deux versions, peut conclure que les renseignements de Baranès viennent, selon toute logique du Ministre des Finances : inutile d'aller plus loin ! Les informations finissent par se recouper … à la suite d'une question du Commissaire Dides après le Comité du 28 juin, Baranès aurait répond : « Je crois qu'il s'agit d'Edgar Faure ! »… Propos tenus ensuite devant Christian Fouchet. Mendès et Pélabon ayant évoqué le problème dès le 8 septembre, le Directeur de la DST a fait « filocher » le Ministre des Finances par ses hommes, ayant ainsi un emploi précis de tous ses déplacements. Aussitôt après la réunion du 10 septembre, Edgar Faure s'est envolé pour les Etats Unis. Matériellement, il n'a pas eu le temps de transmettre un quelconque document. Voilà ce que l'on peut appeler un retour à la case départ ! Ne cherche-t-on pas encore une fois, à aiguiller sur la fausse piste Edgar Faure ? Par ses accusations, sa manière de rédiger, Baranès le roi de la manipulation, ne s'offre-t-il pas un mini complot contre le Ministre des Finances ?

Brusquement, Wybot se remémore la discussion du début de matinée, sur le banc dans le jardin de Marly. Qui parlait de l'altercation orageuse d'Edgar Faure ? Jean Mons lui-même, accréditant ainsi la version de Baranès ! Curieusement, dans son propre compte rendu de séance, on ne retrouve pas la moindre trace de colère de « l'homme à la pipe », pendant que Mons témoin direct a tout vu et tout noté ! Cette contradiction flagrante, ne peut qu'intriguer. Souhaitant en avoir le cœur net, Wybot se tourne vers Mendès France.

- Monsieur le Président, en approfondissant les notes d'André Baranès, je me rappelle un fragment d'une conversation avec Monsieur le Secrétaire Général que nous avons évoquée ensemble, il y a un peu plus d'une heure ! Monsieur Mons me parlait d'une violente colère de Monsieur Faure lors de la dernière réunion du Comité de la Défense Nationale. Cette colère aurait provoqué une sortie aussi inattendue que fracassante du Ministre de la Défense !

Mendès se fige et observe Mons et Wybot. Puis il s'interroge :

- Quelle colère ? J'étais bien présent et je n'en n'ai pas le moindre souvenir !
- Mais si ! Monsieur le Président, insiste Mons. Souvenez-vous, le Président Edgar Faure était courroucé pour un risque de dérapage financier !
- C'est possible, mais à aucun moment, il n'a quitté la séance ! Il est effectivement sorti, je me souviens parfaitement de la scène, pour aller fumer la pipe ! Comme vous le savez, il ne tient jamais en place !

Jean Mons semble perdu et cherche une solution de repli.

- Ah oui … j'ai peut-être mal interprété la situation ! … Vous savez je prenais des notes en même temps !... Votre description de la scène Monsieur le Président, est sans doute la bonne !

Frida et Wybot échangent un regard, pas du tout convaincus par le changement de version de Jean Mons...

Chapitre 8 : La grande menace.

Après la pause déjeuner, la conversation reprend. Le Secrétaire Général de la Défense Nationale ne varie pas d'un iota dans son analyse. Ses notes, n'ont pas pu servir à la rédaction du compte rendu de Baranès. Pour lui, malgré les similitudes, il existe une différence importante entre les deux documents et il cherche à le justifier.

- Je constate que Baranès décrit dans une quinzaine de lignes, les décisions prises à l'issue du Comité du 10 septembre ! Vous remarquerez que ce passage ne figure dans aucune de mes notes ! C'est la preuve que quelqu'un d'autre, ayant assisté à la séance, est l'informateur, volontaire ou pas, de Baranès ! Ce n'est pas moi, il faut aller chercher ailleurs !

Mendès, Mitterrand et Pélabon semblent convaincus par la démonstration de Mons. Effectivement, il est impossible de nier ce supplément d'information de Baranès, que l'on ne retrouve pas dans le compte rendu du Secrétaire Général. Le Directeur de la DST cherche à en savoir plus.

- Effectivement, c'est assez troublant ! Mais je suppose que, de votre côté, à la suite du Comité, vous avez rédigé vos propres conclusions ! Peut-on les connaître ? Avez-vous le document ?
- Ecoutez : en me déplaçant aujourd'hui, j'ai pris d'énormes risques en transportant des pièces ultra-secrètes ! Pour me dessaisir de mes conclusions, il faudrait une autorisation spécifique du Président de la République en personne ! Mons, contrarié a répondu sèchement !

Il en faut plus pour déstabiliser Wybot qui insiste auprès de Mendès.

- Dans ces conditions, il nous est impossible de nous faire une opinion complète ! Nous devons avoir accès à tous les documents, sans aucune exception !

Le Président du Conseil, pris de court, hésite et demande une suspension de séance, pour étudier seul les papiers éparpillés sur la table.

- Je vais étudier tous ces textes, nous en reparlerons plus tard !

Les invités finissement par se séparer. Roger Wybot est furieux et il confie à Frida Dupire :

- Ma conviction est faite, je n'ai pas besoin de prendre connaissance des conclusions cachées par Jean Mons ! Sans soupçonner le Secrétaire Général de la Défense, je constate simplement une série d'anomalies graves ! J'estime que ne pouvons pas nous heurter constamment au « Secret Défense » !
- Sans doute ; mais comment devons-nous réagir ? acquiesce Frida
- En rentrant vous me rédigez une note à envoyer au gouvernement, me permettant d'interroger Jean Mons !
- Bien ! simplement ça va prendre du temps …
- Je vais appuyer ma requête auprès de Mendès France !

Aussi dit, aussi fait ! Wybot rappelle le Président du Conseil à Marly.

- Mons, multiplie les difficultés ! répond Mendès.
- Raison de plus pour ne rien lâcher ! Examiner le document est le seul moyen de nous éclairer !

Le Secrétaire Général finit par céder et apporte la pièce tant convoitée à Marly. Jean Mons, adjure Mendès de ne la communiquer sous aucun prétexte. Le Président laisse repartir Mons et, après en avoir pris connaissance, téléphone à Wybot sans attendre.

- Venez immédiatement, c'est une catastrophe !

Le directeur de la DST rejoint seul le pavillon de Marly à près de onze heures du soir. Mendès, Mitterrand et Pélabon réunis autour de la table font grise mine. Le Président du Conseil lit, à haute et intelligible voix, les conclusions établies par le Secrétaire Général de la Défense Nationale, à l'issue de la réunion du 10 septembre dernier.

« La discussion étant terminée, les décisions suivantes sont prises :

1) Le Comité approuve le projet d'Accord Interallié, suivant l'article 5 du Pacte Atlantique donnant aux parties contractantes, l'emploi des armes, indépendamment de leurs méthodes constitutionnelles.

2) Le Comité décide de mettre à l'étude la création d'un Comité Politique comprenant les personnes investies des plus hautes responsabilités dans chaque pays à compétence mondiale de la coalition.

3) Le Comité décide de pousser l'étude de la participation allemande et des mesures provisoires, essentiellement militaires et contrôlées, sans préjuger du règlement politique de la question allemande ».

Après un tel charabia, limité aux cercles les plus restreints de la Défense Nationale, il faut bien admettre que les conclusions de Mons et Baranès sont identiques, au mot près. À partir de cette minute, il ne fait plus aucun doute que Mons n'a pas pu prendre « ses notes à la volée » lors de la réunion. Il a forcément rédigé son compte rendu après la séance, avec ou sans l'intégralité de la transcription de Baranès. La logique voudrait que Baranès se soit procuré le document, directement dans le bureau de Jean Mons !

Dernier doute à lever : Jean Mons, l'un des plus hauts fonctionnaires de l'Etat, dépositaire des secrets les plus importants a-t-il trahi ? ou s'est-il laissé berner par des personnes de son entourage ? Mendès, Mitterrand et Pélabon, désemparés, adressent un regard interrogatif au Directeur de la DST et semblent implorer de sa part l'envoi d'une bouée de sauvetage … Pélabon, finit par briser le silence :

-    Vers quels lendemains explosifs allons-nous ?
-    Très bien, à partir de demain, je mobilise l'ensemble des forces de la DST sur le sujet ! annonce Wybot qui se veut pragmatique.

Le Directeur de la DST embarque dans sa serviette tous les documents de Mons, afin de les analyser. Puis chacun regagne sa voiture. Le chauffeur de Roger Wybot fait déjà tourner le moteur lorsque Mitterrand se précipite à sa rencontre en faisant des signes frénétiques.

- Vous ne comptez pas partir ainsi, sans garde du corps ? lance-t-il tout essoufflé.
- Bien sûr, pourquoi ? répond calmement Wybot.
- Vous ne vous rendez pas compte ? répond le Ministre de l'Intérieur sur un ton grave. Les Documents que vous transportez sont de la dynamite ! Les hommes qui se cachent derrière cette affaire peuvent très bien vous épier pour vous faire abattre ! Regardez ce qui vient d'arriver au malheureux Commissaire Malet !
- Ah bon ? vous avez des éléments sur le sujet que je n'aurais pas ? s'enquiert Wybot profitant de ce commentaire.
- Eh bien, l'enquête est confiée à la Préfecture de Police, pour l'instant, elle ne fait que débuter ... argumente Mitterrand un peu gêné
- Je sais tout ça, comme je sais que les policiers de la Préfecture, pensent qu'il s'agit d'un simple accident ! M'autorisez-vous à enquêter en parallèle ?

Mitterrand mis au pied du mur cherche une échappatoire.

- Ecoutez, vous faites ce que vous voulez, mais dans tous les cas, je ne suis au courant de rien !
- Rassurez-vous, enquêter en sous-marin, c'est la spécialité de la DST ! Pour le reste, je suis armé et mon chauffeur aussi ! précise Wybot, satisfait, qui se veut apaisant et enjoué.

D'un geste de la main, il montre au Ministre, une mitraillette déposée sur la banquette arrière de la voiture *(Historique)*. Mitterrand, loin d'être convaincu, est persuadé, avec Mendès, que cette précaution est insuffisante. Pour assurer la protection, il est prêt à mobiliser un escadron de C.R.S, en vue d'une escorte jusqu'à Paris ! Le directeur de la DST continue d'affirmer qu'il ne risque rien. Finalement un compromis est trouvé : Mitterrand le convie à monter dans son véhicule jusque dans la capitale avec Pélabon ... et Roger Wybot se retrouve avec deux gardes du corps d'un soir : le Ministre de l'Intérieur et le Directeur de Cabinet du Président du Conseil (*Historique*) ! et tout au long du chemin du retour, Mitterrand répète en boucle : « Ils pourraient tenter contre vous n'importe quoi ! Ils sont capables de tout ! ... »

Jeudi 21 octobre.

Wybot ragaillardi, fait un topo à Frida de la soirée d'hier soir :

- Bonne nouvelle ! nous avons plus ou moins l'accord de Mitterrand, pour enquêter en « sous-marin » sur l'agression de Pierre !
- Très bien ! par quoi commence-t-on ?
- Mitterrand, sans l'avouer directement, pense que derrière l'Affaire des écoutes, se cache un complot à grande échelle destiné à faire tomber le gouvernement ! Si Baranès est dans le coup, il n'est qu'un pion manipulé par une véritable « voyoucratie », capable de tout ! Nous devons donc rester prudents ! Dans un premier temps, en dehors de Baranès, je vais concentrer nos inspecteurs sur le Commissaire Dides !
- A propos de Pierre, son état s'améliore ! En accord avec le professeur qui le soigne, nous avons prévu avec sa sœur, d'essayer de stimuler ses neurones !

Frida obtient l'autorisation de s'absenter. Profitant du jour de congé des enfants, elle décide de se déplacer à la Salpêtrière avec Marie et Aloïs, en plus de Jacqueline. Les deux enfants ont été avertis, en leur expliquant que leur père est très malade à la suite d'un accident. Aloïs est le premier à se précipiter dans les bras de son père, qui ne semble pas comprendre. Puis, Marie s'approche prudemment du lit. Soudain, le visage de Pierre s'éclaire :

- Ah Mathilde, je suis heureux de te revoir !

La jeune fille, interloquée, se tourne vers Frida et Jacqueline, et les interroge du regard. Sa tante essaie de minimiser l'incident.

- Ne t'inquiète pas Marie, ton papa a encore des difficultés à reconnaître les personnes ! Mais les choses devraient revenir à la normale dans peu de temps !
- Et, sais-tu ma chérie que tu vas bientôt revoir ta maman ? Jacqueline tente d'en profiter pour parler du retour de Mathilde …
- Je n'ai qu'une maman, c'est Frida ! assène la jeune fille qui se précipite sur sa mère adoptive, pour confirmer ses sentiments.

Vendredi 22 octobre.

Le Commissaire Dides, sentant venir le vent du boulet, convoque la Presse en toute hâte, pour une conférence improvisée. Puis, devant le parterre de journalistes, il dévoile « sa vérité ».

- Messieurs, à l'occasion d'une perquisition au siège de la Fédération de la Seine du Parti Communiste, nous avons trouvé la fiche de Monsieur Roger Wybot, Directeur de la DST, comme appartement à une branche secrète du PC ! *(Historique)*.

Plus c'est gros, plus ça passe ! Et cette déclaration, plus que fantaisiste, fait naturellement l'effet d'une bombe. Elle tombe particulièrement mal, au moment où Wybot s'apprête à interroger Jean Mons, dans les locaux de la DST. Sa réaction ne tarde pas. Il alerte l'Agence France Presse, en annonçant qu'il poursuit sur-le-champ le Commissaire Dides pour diffamation et diffusion calomnieuse.

Il faut éteindre l'incendie au plus vite … Wybot se rend au Ministère de l'Intérieur. Mais les ravages provoqués sont déjà perçus avec un certain agacement : François Mitterrand hautain, manifeste sa réprobation :

- En voilà une histoire ! Comment comptez-vous nous en sortir ?
- Toute cette histoire, nous la connaissons très bien à la Préfecture de Police ! intervient André Dubois*, Préfet de Police, présent. On a effectivement trouvé des fiches. Je vous les ai apportées ! et il extrait d'un cartable une série de bristols qu'il tend au ministre. Puis il ajoute :

- Comme vous pouvez vous en douter, il ne s'agit nullement de membres du Parti Communiste clandestins, mais de personnes surveillées par le PC et répertoriées comme dangereuses pour les intérêts du Parti !

Les deux hommes compulsent les fiches qui comportent les adresses et quelques renseignements sur : Maître Tixier-Vignancour* (avocat ultra-nationaliste), de Xavier Vallat* (ancien commissaire de Vichy aux affaires juives) et naturellement de Roger Wybot.

Comment, dans sa fureur aveugle, Jean Dides a-t-il pu se laisser entraîner dans une voie sans issue ? Sans doute que lui, « le super-patriote », n'a pas digéré de se faire arrêter par les hommes de la DST, en sortant de sa visite chez Christian Fouchet. De plus, comment Wybot ose-t-il demander des comptes à André Baranès, « son agent très spécial », pour lui au-dessus de tout soupçon, dans sa lutte contre le Parti Communiste ?

Un incident encore plus ridicule, va conforter Jean Dides dans sa lutte contre la DST : l'ancien Préfet Baylot, prédécesseur d'André Dubois, se plaint dans une lettre d'être espionné par la Surveillance du Territoire. Il écrit : « Wybot poste des gens en permanence à proximité de mon domicile ». Devant Mitterrand, Dubois cherche à en savoir plus.

- Qu'en pensez-vous ?
- Souhaitez-vous que je demande à Pierre Sirinelli*(sous-directeur de la DST) de déménager ? répond du tac au tac Wybot, pince sans rire
- Je ne comprends pas ? dit Dubois, stupéfait par la réponse.
- Mais oui : Sirinelli réside rue de Dantzig, deux pâtés de maison plus loin que Jean Baylot, et son chauffeur stationne à proximité le matin pour venir le chercher !

Mitterrand, loin d'être stupide, comprend rapidement que Baylot, s'estimant injustement évincé de son ancien poste, cherche par tous les moyens à mettre en difficulté les hauts fonctionnaires, voire le gouvernement. Les rapports se sont brusquement tendus, dès l'arrivée au pouvoir de personnalités de gauche, comme Mendès France ou Mitterrand, considérés par une catégorie de gens de droite, comme « les fossoyeurs » de la décolonisation, les traîtres à la solde des communistes. Le Ministre de l'Intérieur, met fin au débat.

-   Bien Messieurs ; j'en ai assez entendu pour aujourd'hui ! Je vous communiquerai ultérieurement les suites que je compte donner !

Lorsque l'on parle du loup, on en voit la queue ! Loin de laisser retomber le soufflé, dès le lendemain, Jean Baylot essaie de rentrer dans les petits papiers de Mitterrand, en vue de retrouver son poste à la Préfecture de Police. L'ancien Préfet ne vient pas les mains vides : il remet au ministre une poignée de tracts, venant, selon lui, du Parti Communiste. Les communistes, invitent leurs militants à des manifestations violentes dans les prochains jours. Mitterrand l'écoute perplexe et Baylot en rajoute pour essayer de le convaincre, tout en surfant sur le malaise de l'insécurité.

-   Je reste persuadé que ces hommes sont armés ! Il devient urgent de faire une descente Carrefour de Châteaudun *(Siège du PC)*, pour une perquisition !

Sûrement que la phrase « ils sont capables de tout ! » trotte toujours dans la tête de Mitterrand. Toutefois il se refuse à sombrer dans la paranoïa, par une action aléatoire, pouvant lui revenir en boomerang dans la tête.

-   Je vous remercie pour vos informations, je vais prendre les mesures nécessaires !

Après avoir effectué les vérifications par l'intermédiaire des hommes de la Sûreté Nationale, il apprend que les tracts ont été imprimés … dans la Préfecture de Police. À partir de cet instant, Mitterrand comprend qu'il devint nécessaire de faire le ménage parmi certains fonctionnaires.

En attendant, la tentative du Divisionnaire Dides devant la Presse a pour conséquence de retarder la convocation de Jean Mons à la DST. Afin de battre le fer pendant qu'il est chaud, Wybot délègue le Commissaire Colonna* et Frida pour une visite auprès du Secrétaire Général de la Défense.

Le Directeur de la DST se dit qu'en envoyant un de ses adjoints et en y ajoutant le charme de Frida, le témoignage de Jean Mons sera plus décontracté et plus spontané. L'objectif semble atteint, Mons se montre souriant.

- Toutes mes notes, explique-t-il, sont enfermées dans le coffre que vous voyez derrière moi ! En mon absence, les documents sont protégés par une triple combinaison ! Je suis le seul à pouvoir y accéder !
- Lorsque vous vous absentez, votre bureau est-il fermé à clef ? Quelqu'un peut-il y entrer ? demande Frida, curieuse.
- Le chef de mon Secrétariat Jean Louis Turpin*, mais il n'a pas accès au coffre ! Naturellement, si vous le souhaitez, vous pouvez interroger mes collaborateurs !

Colonna et l'adjudante chef Dupire recueillent les différents témoignages de l'équipe de Jean Mons. Tous confirment l'étanchéité du secret en dehors du service. Les deux collaborateurs de la DST sont convaincus que le Secrétariat Général fait plus figure de forteresse que de passoire. Lors du débriefing avec leur Directeur, Colonna se montre très favorablement impressionné par Jean Mons et le système de sécurité mis en place par ce dernier.

- Personnellement je note que, pendant notre visite, il y avait beaucoup trop de va et vient de personnels dans le bureau de Jean Mons ! Si l'on ajoute qu'il a reçu beaucoup de coups de fil, on peut imaginer qu'à un moment ou à un autre, des informations confidentielles ont pu filtrer ! nuance Frida
- Le Secrétaire Général, est un homme de valeur, très ouvert, très précis dans ces explications, ne laissant rien dans l'ombre, je ne le vois pas trahir ! maintient Colonna
- Mais personne, pour l'instant, n'accuse Jean Mons ! Aucune instruction n'est ouverte contre lui ! Je pense que nous devons concentrer nos recherches sur son entourage ! insiste Wybot.

La conversation est interrompue par un message de Jeanne Lallemand.

- Monsieur Directeur, je vous passe le Chef de la Sûreté ! *(Jean Mairey* fraîchement nommé).*

- Mon cher Wybot, j'ai ouï dire que vous cherchiez des poux dans la tête de Jean Mons ? Je viens d'avoir personnellement Pierre Boursicot* ! *(Directeur des Services de Documentation Extérieure de Contre-Espionnage et ami personnel de Jean Mons).* Tout comme moi, il pense que si vous nourrissez le moindre soupçon à son égard, vous faites fausse route !
- Ecoutez, Monsieur le Chef de la Sûreté, pour le moment personne n'accuse personne ! Je me contente de chercher ! Naturellement, je ne manquerai de vous tenir au courant, si nous débouchons sur une piste sérieuse ! le rassure Wybot, contrarié

Une fois la communication terminée, Frida se montre curieuse.

- Visiblement, ça bouge en interne ?
- Jean Mons possède beaucoup d'amis fidèles ! Il fallait s'attendre à ce qu'il s'en serve pour les faire intervenir ! Bref, ça va compliquer un peu plus notre tâche ! Avant toute tentative, il va falloir redoubler de prudence !...

Chapitre 9 : Marie se Rebelle, Mons se rebiffe.

Mardi 26 octobre.

Jean Mons ne relâche pas la pression en s'adressant au Ministre de l'Intérieur. Il confirme ses déclarations au Commissaire Colonna par une note interne : « Du vendredi 10 décembre au mercredi 15 septembre, j'ai conservé près de moi, à mon bureau, ou à mon domicile mes notes de séance. En dehors du moment où je les consultais, elles étaient enfermées sous clé dans l'armoire du réduit attenant à mon bureau. Je ne m'en suis jamais dessaisi, dans la période comprise entre la réunion du dernier Comité de la Défense et l'établissement du rapport de police, montrant que des indiscrétions avait été commises. De ce fait, mes notes n'ont pu servir à la préparation des fuites de Baranès. »

François Mitterrand, communique l'information au Directeur de la DST. Mais, en épluchant le compte rendu, un fait saute aux yeux de Wybot. Pourquoi Jean Mons a choisi d'enfermer ses notes dans l'armoire d'un réduit annexe, plutôt que dans le coffre de son bureau ? Ne prenait-il pas ainsi, un risque supplémentaire d'une possible découverte ?

Autre sujet de préoccupation pour la DST : le Commandant Rességuier*, juge d'instruction militaire en charge de l'affaire, presse Wybot de lui remettre un rapport sur l'ensemble des fuites, le bombardant régulièrement de notes de rappel. Face à un dossier creux, dont les résultats sont quasi inexistants, Wybot s'efforce de gagner du temps. Toutefois, ne pouvant tenir indéfiniment le magistrat en haleine, le Directeur contourne le problème. Il envoie dans un premier temps un rapport écrit par Colonna faisant l'éloge de Jean Mons et de son entourage, puis dans la foulée un second complètement contradictoire, signé de sa part, mettant directement en cause Mons et ses collaborateurs.

Comme si elle n'avait pas assez de soucis, Frida est convoquée par la principale du collège de Marie. Elle se rend dans le 7e arrondissement, au 33 boulevard des Invalides. Le collège est une annexe du Lycée Victor Duruy. Pierre et Frida ont choisi cet établissement pour la qualité de l'enseignement fourni, bien qu'il soit un peu éloigné de leur domicile. La Principale, austère dans sa tenue de la tête au pied, se montre particulièrement fermée et cassante.

- Madame Dupire, puis-je vous demander quels sont vos liens avec Marie ?
- Marie est ma belle-fille.
- Ah ? Marie n'a ni mère ni père ? interroge la cheffe d'établissement.

Frida décide de mettre le holà en devenant cynique.

- Si bien sûr : sa mère est actuellement incarcérée à la prison Saint Lazare et son père se fait soigner à l'hôpital de la Salpêtrière ! Maintenant, pouvez-vous me donner la raison de ma convocation aujourd'hui ?
- Ecoutez, comme vous le savez sans doute, Marie est une élève particulièrement brillante et dans tous les domaines : langues, littérature, mathématiques ! commente l'enseignante, radoucie. C'est d'ailleurs pour cela que nous l'avons acceptée dans notre établissement, avec un an d'avance ! Cependant, elle se montre insolente vis-à-vis de ses professeurs et parfois même violente vis-à-vis de ses camarades !
- Tiens donc ? En connaissez-vous la raison ?
- Marie refuse son nom de famille Seigneur Malet et prêtant qu'elle se nomme uniquement Marie Malet !
- Je vois ! Pour tout vous dire sans rentrer dans des détails, Mathilde Seigneur sa mère, l'a abandonnée alors qu'elle avait cinq ans ! Aujourd'hui elle cherche à la revoir et Marie fait un blocage bien compréhensible !

La principale a changé de ton et s'est radoucie.

- Marie est une jeune fille très attachante ! je pense que si chacun fait un effort de son côté, la situation peut s'arranger !
- Je vous rejoins et je vais faire le nécessaire, pour que la situation revienne à la normale ! acquiesce Jacqueline.

L'explication a lieu le soir même. Marie se confond en excuses auprès de Frida, mais elle refuse toujours catégoriquement de rencontrer sa mère lorsque la situation le permettra.

Mercredi 27 octobre.

Roger Wybot a réussi son coup. À cultiver l'ambiguïté avec les rapports transmis au Commandant Rességuier, il obtient du magistrat instructeur l'autorisation d'interroger personnellement Jean Mons à la DST sur le fond de l'affaire, pour le lendemain. Il retrouve le Secrétaire Général de la Défense à l'heure prévue. Afin de ne pas crisper un peu plus la situation, il le reçoit directement dans une pièce à part de son bureau, plutôt que dans une salle d'interrogatoire. Le Directeur a fait couper la ligne téléphonique, afin de ne pas être dérangé. Comme à son habitude, le Secrétaire de la Défense Nationale, se montre affable, prévenant et coopératif.

Toutefois, Mons n'est pas dupe. Il se doute bien que Wybot, ne l'a pas convoqué simplement pour prendre le thé. Au mieux, il le soupçonne et au pire il le croit coupable. Le face à face peut commencer, comme une véritable partie d'échec. Wybot s'accapare « les blancs » et ouvre la partie, en étalant les différentes notes prises par Jean Mons lors de la réunion du 10 septembre. En face, il oppose les manuscrits de Baranès, saisis huit jours plus tard, le 18 décembre à son domicile.

Wybot, toujours méticuleux, a pris soin de dissimuler un magnétophone afin de garder une trace de leur conversation, plus utile en cas de litige qu'un simple procès-verbal. De plus, la pièce est équipée spécialement « façon DST » d'une sonorisation. De l'autre côté de la cloison, quatre fonctionnaires de police assermentés, casque sur les oreilles sont à l'écoute, afin de pouvoir témoigner ultérieurement, en cas de besoin. Le Directeur, a prévu une intervention éventuelle de ses fonctionnaires du service de documentation, sous forme de bouts de papier, à communiquer au fur et à mesure pendant l'entretien. Le débat est lancé…

- Monsieur le Secrétaire Général de la Défense Nationale, je suis heureux d'être sous la bienveillance de l'expert le plus qualifié, pour m'aider à dénouer le mystère de la ressemblance entre les deux séries de documents étalées sur cette table ! Croyez bien que je ne joue pas sur la flagornerie, puisque vous avez l'immense avantage d'avoir assisté à toutes les réunions du Comité de la Défense !
- Effectivement, je n'en n'ai manqué aucune ! Je ferai de mon mieux, pour vous aider ! Mons opine du chef et confirme de la voix.

Roger Wybot garde un joker en main. Il n'a pas voulu dévoiler les conclusions présentées par Jean Mons dans le secret de son cabinet, après la réunion du 10 septembre. Comme nous le savons, le texte a été recopié presque mot pour mot, par Baranès. Il s'agit de ne pas mettre Mendès France en porte à faux. Mons a bien précisé au Président du Conseil de ne pas s'en dessaisir, et il sera toujours temps d'abattre cette ultime carte, en cas de manque de sincérité du Secrétaire Général.

Les deux hommes se penchent sur les documents, lorsque, contre toute attente, le téléphone sonne. Un appel très urgent auquel Jean Mons ne doit pas se soustraire, paraît-il ? Puis, les coups de fils se succèdent, hachant à chaque fois un peu plus le dialogue. Wybot comprend bien vite qu'il s'agit d'une tactique mise en place par Mons et ses collaborateurs. Au bout d'un moment, le Directeur de la DST fait comprendre à son interlocuteur que la récréation est terminée, en débranchant lui-même le téléphone.

La discussion reste stérile, Mons coupe les cheveux en quatre, s'efforçant de démontrer que ses propres notes n'ont pu servir à alimenter le document de Baranès. Toutefois, il admet que les fuites n'ont pu s'organiser que par la complicité d'un des membres du Comité de la Défense Nationale, ayant siégé le 10 septembre. Le tout est de trouver : lequel ?

Mons part ensuite dans un monologue, en s'efforçant d'établir le portrait-robot du « traître idéal ».

- Que notre homme ait assisté à la réunion du 10 septembre ne laisse pas de place au doute ! Cela explique quelque part, les ressemblances entre mes notes et celles de Baranès ! C'est évident, son informateur a entendu les mêmes propos que moi ! Toujours est-il que l'indic n'a pas mon tempérament, mon état d'esprit, les mêmes sujets d'intérêts ! Cela prouve les différences entre les documents que vous me présentez !
- Ah bon ? les différences ? Wybot semble stupéfait.
- Si, si, je vous l'assure ! Je vais vous le démontrer, ça crève les yeux ! Tout d'abord, ce qui me frappe, c'est que l'informateur n'est pas imprégné comme je peux l'être, par les questions techniques ! On le sent concentré sur les problèmes de politique générale ! Exemple : dans l'intervention du Ministre de l'Intérieur, Mitterrand, parle « de protection civile et de réarmement allemand », alors que l'informateur de Baranès, retient le second aspect du problème : « l'affaire du réarmement allemand » !
- La différence ne me paraît pas éclatante ! Dans les deux notes, nous retrouvons les mêmes termes : « protection civile et réarmement allemand ! » observe Wybot pour qui la différence fait l'effet de l'épaisseur d'une feuille de papier à cigarette
- Certes, mais il ne vous a pas échappé que Mitterrand a escamoté le problème allemand et qu'il a développé en profondeur les embarras de la défense civile ! De plus, même constat pour le Maréchal Juin et le Général Guillaume* ! Nous avons affaire à des militaires, plus préoccupés par des divisions d'armée et des défenses aériennes que par la protection de civils ! Là encore, les différences sont encore plus criantes entre les deux notes !

Wybot continue de l'écouter, sans vraiment l'entendre. Mons, pense que le Directeur de la DST se laisse pénétrer par ses explications et veut mettre une dernière touche finale qu'il veut triomphante.

- Vous noterez : je ne fais aucune allusion, contrairement à Baranès, sur toutes les indications fournies par le Général Guillaume ! Tout simplement, parce que je suis déjà imprégné de toutes ces informations et que je n'ai pas jugé bon de les consigner !

Histoire de faire bonne figure afin de se disculper, Mons ajoute un petit laïus de délateur, une manière comme une autre d'établir le doute. Dans son esprit, « le mystérieux informateur » s'y connaît bien mieux que lui, pour saisir une formule, brosser une scène, capter son lecteur par des détails plaisants.

- Monsieur Catroux*, prétend que nous aurions à peine deux minutes, pour protéger Paris d'une éventuelle attaque nucléaire ! puis Mons ajoute admiratif : la transcription fournie à Baranès, correspond bien mieux que mes propres écrits !

Wybot déclenche alors, d'un air mystérieux, l'objection qui tue.

- Tous vos propos se tiennent, pourtant, ne pensez-vous pas que votre document a pu servir de base à l'informateur de Baranès, ce dernier ne faisant que le compléter par ses notes ?

Mons, comprend très vite le danger de cette hypothèse, et habilement s'efforce d'éteindre l'incendie qui couve.

- Une telle supposition me paraît impossible ! Je vous répète que mes notes ne me quittent jamais, elles n'ont pu tomber dans d'autres mains ! Je les conserve enfermées sous clef à mon bureau, ou rangées dans ma serviette, à mon domicile, dans ma chambre !
- Vous avez bien une femme de ménage ?
- Oui, mais la bonne a l'interdiction d'y entrer lorsque je suis à l'intérieur avec les documents ! Vous voyez bien, chez moi il ne peut pas y avoir de problème, pas plus qu'à mon bureau !

Mons semble respirer un peu mieux, plus librement, avec l'impression de s'être libéré de la tenaille armée par « l'ogre Wybot ». Tout semble aller dans son sens, le Directeur de la DST ne l'a jamais interrompu, ni contrarié, ne soulevant à son encontre aucune accusation. Il va pouvoir prendre congé soulagé, avec le sourire. Sur le point de partir, Wybot le retient encore un instant.

- Je vais me permettre de vous poser une dernière question ! Curieusement, Baranès, nous a fait part des décisions qui ont été prises !

Et voilà ! « le joker » est sorti. Le Directeur présente le document d'une quinzaine de lignes fourni par Mendès France, et il ajoute : « Ces conclusions, ne sont pas dans vos propres notes ? Vous n'y faites pas allusion ! …»

Une sorte de piège diabolique à double détente, se referme ainsi sur Jean Mons. Soit il nie en être l'auteur, soit il ne peut qu'admettre que les fuites proviennent de son cabinet ? Dans le premier cas il ment, dans le second, toute sa théorie de défense s'effondre. Il regarde le document d'un œil distrait et ne semble pas perturbé outre mesure.

- Attendez, je vais voir ça ! Eh bien, vous voyez ! nous avons la confirmation des décisions prises, qui ne se retrouvent nulle part dans mes propres notes !

Il est probable qu'au moment de lâcher cette phrase, Jean Mons ne pense pas un seul instant que Mendès France a pu se défaire du document dont il avait demandé au Président du Conseil, de ne pas se dessaisir sous aucun prétexte ! Wybot continue de jouer au chat et à la souris.

- Et, naturellement, ces décisions du Comité n'ont pu être divulguées autrement qu'en séance ?
- Non … Néanmoins, elles correspondent bien aux décisions ! Vérifiez vous-même, ça n'a pas pu être inventé ! Mons a hésité.

Il a fallu près de deux heures pour en arriver là. Le piège se referme avec ce mensonge de Jean Mons. Wybot peut abattre son jeu : belote, rebelote et dix de der !

- D'après vous, comment ai-je pu me procurer ce document ?

Soudain, Mons vient de comprendre et il essaie de s'en sortir par une ultime pirouette.

- C'est une ignoble machination ! à cette similitude entre mon texte et celui de Baranès, je ne vois qu'une seule explication : l'informateur de Baranès appartient au Comité et doit parfaitement connaître ma manière de travailler ! Pour détourner les soupçons et essayer de me confondre, il a imité mon style en présentant le rapport comme j'aurais pu le rédiger ! Cet individu est machiavélique !
- Je ne vous suis plus très bien ! Depuis le début, vous m'expliquez qu'il y a une énorme différence entre vos notes et celles de Baranès et là « l'individu », se calque sur votre style ? allègue innocemment Wybot
- C'est là, où justement, ce personnage se montre fourbe et sournois, pour me faire tomber ! Il est capable de s'adapter à toutes les situations ! tente Mons qui touche le fond.

Face à tant de mauvaise foi, Wybot change de tactique en lui tendant une perche :

- L'hypothèse la plus vraisemblable est que quelqu'un aurait pu avoir accès à votre armoire ? Quelqu'un qui savait parfaitement où trouver les documents, une personne de confiance en quelque sorte ! Et devant Mons qui reste muet, il poursuit : De mon côté, j'ai bien une idée !
- Ah bon, ? je ne vois pas du tout !
- Je pense, même s'il ne s'agit pour l'instant que d'une pure hypothèse, à Jean Louis Turpin* ! *(Secrétaire particulier de Jean Mons).*

Mons et Turpin se connaissent depuis près de dix ans. Ce dernier, homme silencieux, réservé simple et modeste, serait prêt à tout sacrifier pour celui qu'il considère comme son mentor. Bref, une personne qui sait rester à sa place, au-dessus de tout soupçon. L'homme n'hésite pas à s'asseoir sur le fauteuil de Mons lorsqu'il s'absente, non pas pour prendre sa place, mais pour répondre aux urgences. Malgré toute la confiance du Secrétaire Général de la Défense, il n'a ni le droit, ni le pouvoir, de prendre connaissance de papiers estampillés « Secret Défense ». De ce fait, il n'a pas l'autorisation d'accéder au contenu de l'armoire et du coffre. Jean Mons reste muet, accablé. Wybot le relance.

- Si je pense à Turpin, c'est parce qu'il s'agit de la personne ayant le plus de facilité pour accéder à votre bureau ! Maintenant si vous avez un autre nom à me soumettre, je vous écoute ?
- Je ne sais pas ... je ne pense pas ... ce serait trop gros !
- Bien, dans ce cas, nous allons vérifier, je vais le faire convoquer.

Wybot griffonne quelques mots sur un bout de papier, donnant l'ordre d'aller chercher Turpin. Le Directeur sait que, si le secrétaire de Jean Mons a trahi, il n'a pu agir seul. Il était impossible de reproduire le texte volé, sans la complicité d'une personne ayant assisté physiquement à la séance du Comité de Défense Nationale. Mons, tout à sa réflexion, se parle à lui-même à mots couverts.

- Turpin ? non ! Impensable, je connais ce garçon depuis si longtemps !
- Peut-être, mais nous devons envisager toutes les pistes ! Vous connaissez aussi bien que moi la gravité de la situation ! Quelle que soit l'amitié qui vous lie avec Turpin, vous ne pouvez pas balayer d'un revers de main cette hypothèse !
- Oui, c'est un fait, quand je suis absent et que le Colonel Ruellan*, chef de la Sécurité au Secrétariat Général est à l'extérieur, Turpin se retrouve tout seul dans mon bureau !

Wybot cherche dans son passé.

- Pouvez-vous me parler de son parcours de syndicaliste ?
- À la Libération de Paris, lorsque je me suis vu proposer le Secrétariat Général par les syndicats de la Préfecture de la Seine, j'ai su tout de suite qu'il était positionné à gauche ! Toutefois, rien dans son attitude par la suite ne m'a laissé penser qu'il pourrait sortir d'une neutralité de bon aloi ! Maintenant, j'en arrive à douter de mon entourage immédiat !
- Même si nous avançons, le problème n'est pas encore résolu ! Turpin n'a jamais eu accès directement au Comité de la Défense, il lui faut donc, a minima, une tierce personne comme complice !
- Sans doute, mais je ne vois pas qui aurait pu l'aider ?

Pour Wybot, le puzzle se met en place. L'âme du complot, le cerveau des fuites, le manipulateur, ne peut être que Mons lui-même. « Le fidèle Turpin », n'a fait qu'obéir aux ordres de son patron. Maintenant, comment lui faire cracher le morceau ? Il impossible d'attaquer bille en tête, un homme si haut placé dans les sphères de la République. Wybot va devoir encore une fois s'armer de patience.

- Dans la mesure où Turpin est votre plus proche collaborateur, vous avez dû lâcher à un moment ou à un autre, une ou deux phrases sur les réunions du Comité ?
- Mais non ! … Pas du tout …s'insurge Mons flairant le danger.
- C'est curieux, il a bien fallu que votre participation à un certain moment apparaisse ! Même si je vous l'accorde, vous avez pu le faire inconsciemment ?
- Non ! Cette participation inconsciente ou pas n'a jamais eu lieu ! Mons s'est levé de sa chaise. Sachez qu'en réunissant mes chefs de service, à aucun moment je ne commente mes notes ! Je leur notifie : « telle décision a été prise », je n'en rajoute pas d'avantage !

Wybot, voyant que pour l'instant Mons se referme comme une huître, décide de faire une pause. Il est midi passé, c'est l'heure de la trêve déjeuner…

Chapitre 10 : Qui veut la peau de Pierre Malet ?

Une fois le moment « bière sandwich » écoulé, Roger Wybot resserre un peu plus son emprise sur Jean Mons.

- Pour en revenir à Turpin, s'il avait eu le désir de porter le document à quelqu'un, il aurait fallu, par-dessus le marché, qu'une brusque envie de vous nuire le motive ? Rassasié par la maigre collation, Mons semble enfin s'ouvrir.
- Ecoutez, je considère qu'à partir du moment où il s'agit de commettre une forfaiture, tout devient possible, y compris dans son entourage immédiat ! Turpin est loin d'être stupide, pas toujours très travailleur, mais se montre souvent un habile politicien ! Ses idées n'ont pas évolué, il est toujours de gauche avec la même passion !

Le directeur de la DST comprend vite que, lorsqu'il s'agit de sauver sa peau, il ne peut plus être question d'amitié ! Désormais, Mons livre Turpin en pâture aux chiens, sans vergogne. Wybot essaye de le tempérer.

- Ne croyez-vous pas qu'il serait plus simple de s'arrêter aux notes ? Pourquoi le traître devrait-il en rajouter ?
- Je vous le répète, j'ai pris mes annotations à l'abri de tous les regards ! De ce fait, la personne malfaisante a cherché à me pirater avec la volonté de me nuire !

L'heure avance et Mons fait comprendre à Wybot qu'il devient nécessaire de le relâcher, des devoirs nationaux l'appelant au Secrétariat Général de la Défense. Le Directeur en sait suffisamment, en attendant le témoignage de Turpin. Les deux hommes se séparent avec la même courtoisie que celle qui a rythmé leur entretien. Mons assure qu'il reste à l'entière disposition de la DST, avant d'ajouter :

-   Je souhaite que l'on retrouve le salaud qui est à l'origine de toute cette affaire !
-   Dans quelle direction souhaitez-vous que nous orientions nos recherches ? en profite pour glisser Wybot
-   Bah, c'est bien vous qui avez cité en premier le nom de Turpin !...

Le soir, Frida reçoit une visite inattendue à son domicile : lorsqu'elle ouvre la porte d'entrée, Jean Hubert de la Parent se cache derrière un énorme bouquet de fleurs.

-   Bonsoir Jean Hubert ! d'habitude vous me faites livrer les fleurs par coursier ! Il me semblait vous avoir dit que je ne voulais plus vous voir, ni vous entendre ! Le journaliste essaie d'amadouer sa collègue d'une voix douce.
-   Frida, j'ai du nouveau concernant l'accident de Pierre ! Puis-je rentrer, ou nous en discutons sur le palier ?

La blonde s'efface pour le laisser passer, le débarrasse du bouquet, et cherche un vase pour mettre les fleurs.

-   Avant de vous asseoir, vous pouvez aller au bar et vous servir … les bouteilles n'ont pas changé de place depuis votre dernière visite !

Jean Hub ne se prive pas et se sert une bonne rasade du meilleur whisky, puis s'installe sur un tabouret pour le déguster.

-   Prendrez-vous un verre pour m'accompagner ?
-   Pas pour l'instant ; j'attends que vous m'exposiez sans fioriture le but de votre visite !
-   Figurez-vous que j'ai mené ma petite enquête ! Nous pouvons écarter sans le moindre doute la thèse de l'accident, pour retenir la tentative de meurtre !
-   Pour l'instant, vous ne m'apprenez rien !

- A partir de ce postulat, il y a deux possibilités : la piste française ou étrangère ? Dans le premier cas, je ne vois que le Parti Communiste, dans le second les clients ne manquent pas : Chine, Russie, Viet-Minh ?
- Avec les communistes, il faut arrêter les élucubrations ! Je penche plutôt pour la Chine ou l'Indochine ! Je trouve extrêmement curieux, que cette tentative de meurtre coïncide avec le retour de Mathilde Seigneur en France ? Et vous, avez-vous une préférence ?
- Vous n'allez pas me croire : un de mes informateurs m'a demandé de me pencher vers l'Afrique de Nord ! Il m'a parlé en particulier d'une organisation nommée OS *(Organisation Spéciale)*, qui viendrait d'Algérie !
- Ça ne me paraît pas très sérieux ! Frida a une moue sceptique. Pierre n'a jamais eu affaire avec l'Afrique du Nord ; il y a seulement résidé une ou deux semaines en 42, pour y rencontrer le Général de Gaulle *(Voir La grande invasion)* !
- Peut-être, mais mon informateur est fiable ! Seulement je ne peux pas agir tout seul ! Alors que vous, vous êtes à la DST, vous avez un certain pouvoir : nous pourrions reformer équipe, comme nous l'avons fait dans l'affaire Chen Zhang ! *(Voir Les nuits de l'éventreur)*.
- C'est ça ! pour que nous nous retrouvions encore une fois en garde à vue et passer 48 heures en cellule !
- Nous ne pouvons tout de même pas rester les bras croisés, sans rien faire ! Il s'agit de Pierre ! le journaliste insiste d'une petite voix toute penaude.
- Très bien ! Frida a fini par se laisser convaincre. Mais il faut que j'en parle à Wybot, avant d'entreprendre quoique ce soit, je reviens vers vous dès que possible !
- Alors, nous ne sommes plus fâchés ? quémande Jean Hub avec son sourire enfantin.
- Je ne sais pas, il faut encore que je réfléchisse ! sourit Frida que cette remarque a le don d'amuser.

Jeudi 28 octobre.

Jean Louis Turpin occupe le siège sur lequel Jean Mons a transpiré la veille. De son côté Wybot, avant de l'interroger, a fait une analyse complète des déclarations de Mons.

En partant du principe que « le traître », n'a jamais eu en main les notes et les brouillons pris par le Secrétaire de la Défense lors des réunions, il doit disposer d'une clef de l'armoire métallique. Autre hypothèse : il aurait bénéficié d'une complicité de la dactylographe ayant tapé les notes tout en calquant un double. L'analyse va déjà trop loin et tourne à l'invraisemblable ! Il faut donc regarder du côté du Comité de la Défense Nationale, en imaginant qu'il est encore possible ... d'écarter Jean Mons du moindre soupçon.

Comme dans cette affaire tout est tordu, on peut imaginer que Baranès encore « plus machiavélique que le théoricien florentin », aurait maquillé les notes volées à Mons, sans les reproduire dans leur intégralité pour brouiller les pistes ? « Là, nous frisons le délire ! » se dit Wybot ! Le plus simple, finalement, serait que Mons ait bidouillé lui-même ses propres notes, afin de se forger un alibi. Turpin va peut-être pouvoir éclairer la situation. En attendant, le Directeur de la DST le fait mijoter avec les inspecteurs Saujon et Rialet.

L'homme lige de Mons bout d'impatience et commence à le prendre de haut avec les officiers de police.

- Je ne vais pas vous répéter cinquante fois la même chose ! Lorsque vous êtes venus me voir au Secrétariat de la Défense, je vous ai déjà tout dit ! Monsieur Mons est le seul à consulter ses notes, je n'en n'ai jamais connaissance ! Lorsqu'il s'absente, il range ses papiers soit dans l'armoire en fer, soit dans le coffre du Colonel Ruellan ! Je n'ai rien d'autre à ajouter !
- J'ai cru comprendre que, lorsque votre patron s'absente, vous occupez son bureau ? insiste Rialet.
- C'est vrai ! Mais dans ce cas, aucun papier secret, ne traîne sur la table ! Tous les documents sont déjà à l'abri !

Jean Louis Turpin campe sur ses positions, Saujon et Rialet n'arrivent plus à en tirer autre chose. De son côté, Wybot a convoqué dans une autre salle, le

Colonel Busquet de Caumont*, chef du service des Affaires Générales au Secrétariat de la Défense Nationale. Cet aristocrate, issu d'une ancienne famille normande, comme tous ses ancêtres, porte l'uniforme.

Il se montre prolixe en explications.

- Le 13 septembre dernier, je suis entré dans le bureau du Secrétaire Général ! En son absence, j'ai déposé dans le coffre différentes pièces concernant la réunion du 10 septembre. Jean Louis Turpin, comme à son habitude en l'absence de Monsieur Mons, était assis dans son fauteuil. Par contre, plus surprenant, des notes de la réunion du 10 septembre étaient étalées sur le bureau devant lui !
- Quel était le contenu de ces notes ? réagit Wybot.
- Je n'ai pas pu voir en détail, mais j'ai bien reconnu l'écriture de Monsieur Mons.

Cette fois, le doute n'est plus permis : Turpin a bel et bien pris connaissance des papiers secrets de Jean Mons. Fort des explications du Colonel, Wybot rejoint la salle d'interrogatoire où se trouvent ses inspecteurs.

- Monsieur Turpin, désolé de ne pas vous avoir rejoint avant, mais j'avais une vérification à faire ! Maintenant, j'ai la preuve que vous avez eu en main, des notes confidentielles de Jean Mons le 13 septembre dernier !

Devant une telle affirmation, Turpin ne peut que s'incliner.

- Bien. Je vais vous dire toute la vérité : oui, le 13 septembre, j'ai pris connaissance du procès-verbal du Comité de la Défense Nationale pendant que Monsieur Mons assistait au Comité des Chefs d'Etat-Major ! J'ai été véritablement scandalisé par la décision du gouvernement de s'octroyer le pouvoir de déclarer la guerre, sans en référer au Parlement, comme l'exige la Constitution ! De ce fait, j'ai décidé de prendre quelques notes pour en avertir des parlementaires de l'opposition !

Turpin fait allusion à l'intervention de Mendès France au Comité de la Défense Nationale : le Président du Conseil estimait la nécessité d'intervenir rapidement en cas d'agression nucléaire d'une puissance étrangère. Pour Turpin, l'intervention devait d'abord faire place à l'information, afin de protéger au maximum la population. En gros, pour Turpin, il ne s'agit pas d'une trahison, mais d'une « collaboration politico-pacifiste », afin de respecter notre Constitution. Wybot se refuse de porter le moindre jugement. La seule chose qui l'intéresse, c'est de trouver la filière qui a pu organiser la fuite.

- J'aimerais que vous m'en disiez un peu plus ! Que s'est-il passé après le 13 septembre ? À qui avez-vous communiqué les documents ?
- Le mardi 14, j'ai rencontré Monsieur Labrusse* *(collaborateur occasionnel du journal Libération)* à son bureau, pour qu'il puisse donner l'information à des parlementaires d'opposition !

Dans l'esprit de Turpin, l'opposition se matérialise dans le Parti Communiste. Il donne ainsi du grain à moudre au PC pour continuer sa politique de sape contre le gouvernement Mendès France. Wybot juge que, pour l'instant, il n'est pas nécessaire de retenir Turpin plus longtemps.

A la sortie de la réunion, Frida interpelle son Directeur.

- Connaissez-vous Jean Hubert de la Parent ?
- Le journaliste ? Oui … j'en ai entendu parler, surtout pour ses extravagances !
- D'autre part, est-ce qu'une organisation OS vous dit quelque chose ?
- Oui… enfin … Wybot semble hésiter … il s'agit d'un service clandestin algérien ! Le SDCE *(Service de Documentation et de Contre-Espionnage)* est sur le coup ! Où voulez-vous en venir ?
- De la Parent aurait une information d'un de ses indics qui prétend que cet organisme serait dans le coup dans l'attentat contre Pierre ?
- Effectivement ça paraît étrange ! D'un autre côté, pour l'instant, nous n'avons pas le moindre indice ! Il faut bien commencer par quelque chose, essayez de creuser cette piste !
- De plus, il m'a proposé de nous donner un coup de main !

- Bah, nous ne pouvons rien contre la liberté de la Presse ! énonce Wybot malicieux. Néanmoins, je vous recommande la plus grande prudence dans votre action !
- Craignez-vous quelque chose en particulier ?
- S'il s'agit de terroristes, je ne tiens pas à ce que l'un de nous soit victime d'un « deuxième accident » !

Le Directeur se replonge un peu plus dans le dossier Mons-Turpin en se fixant sur la personnalité de Roger Labrusse. L'homme a un parcours à la fois atypique et diversifié. Agé de 40ans, on le dit libre penseur ; en dehors de ses activités de pigiste, il écrit des romans policiers. Plus intéressant, c'est un fervent militant anticolonialiste, chargé au Secrétariat de la Défense Nationale de la Protection Civile. Très lié avec Turpin, il passe pour intelligent, dynamique et ambitieux.

Basé à Alger à la fin du deuxième conflit mondial, comme Chef de Service au Commissariat de l'Intérieur dirigé par le Général de Gaulle, son patron se nomme … Emmanuel d'Astier de la Vigerie. Pour la seconde fois depuis l'Affaire des fuites, la noble silhouette de d'Astier se profile. Une sorte de triumvirat entre le patron de Presse, Mons et Labrusse se met en place. Plus inquiétant, Roger Labrusse, depuis octobre 1953, appartient à un mouvement politique d'extrême gauche « l'Union Progressiste » dissident du Parti Communiste. Il est enregistré sous le nom d'emprunt de « Diorac », animé par… d'Astier en personne. Labrusse pigiste à « Libération », croise forcément un des rédacteurs, un certain… André Baranès !

Après cette analyse, Wybot décroche son téléphone pour appeler François Mitterrand. Il lui signale qu'il va convoquer la triplette Turpin-Labrusse-Baranès pour une confrontation mardi prochain. Le Ministre de l'Intérieur, souhaite suivre l'interrogatoire, sans apparaître lui-même *(historique)*.

Conforté par cette demande, Wybot indique qu'il n'y rien de plus facile : la salle d'audition est truffée de micros et il lui suffira de monter au dernier étage, abritant le PC d'écoute. Les manipulations sont simples, il suffit d'appuyer sur tel ou tel bouton pour pouvoir suivre l'ensemble des conversations.

En ce vendredi soir, chacun prépare son week-end. Frida a prévu de rendre une nouvelle visite à son compagnon le lendemain à l'hôpital, lorsque soudain, le téléphone sonne.

- Bonsoir Madame Dupire, Maître Richard à l'appareil ! J'ai enfin la bonne nouvelle : Madame Seigneur va pouvoir sortir de prison, sa levée d'écrou est prévue pour mercredi matin !
- Très bien maître, je fais le nécessaire. Merci beaucoup !

Encore sous le coup de l'émotion, Frida appelle sa belle-sœur.

- Jacqueline, comme entendu nous nous retrouvons demain à 10 heures à la Salpêtrière ! Par contre, il y a du nouveau : Mathilde sera libérée mercredi prochain !
- D'accord, ce n'est pas une surprise : j'ai déjà préparé mes parents à cette éventualité ! On déroule le plan prévu, reste simplement à convaincre Marie de rencontrer sa mère ! Je vais m'en charger, si tu permets !...

Chapitre 11 : La Toussaint sanglante.

Samedi 30 octobre.

Frida et Jacqueline, en pénétrant dans la chambre de l'hôpital, trouvent un Pierre joyeux, ayant retrouvé une partie de ses esprits.

-   Salut les filles, comment allez-vous ?

Les deux femmes s'interrogent du regard … et sa sœur, en bonne infirmière, prend la parole.

-   Comment te sens-tu aujourd'hui ?
-   Fort bien, j'ai même réussi à faire quelques pas !

Au même moment, une aide-soignante entre dans la pièce et s'adresse à Jacqueline.

-   Puis-je vous parler en particulier ?
-   Oui, bien sûr !

Pendant que les deux femmes s'éloignent, Frida occupe son compagnon.

-   Votre frère, n'est absolument pas raisonnable !
-   Vous ne m'étonnez pas, ça fait trente-quatre ans qu'il n'en fait qu'à sa tête !
-   Il pense qu'il va pouvoir sortir de l'hôpital d'ici la fin de la semaine ! Si sa mémoire revient petit à petit, il n'a aucune stabilité sur ses deux jambes ! La rééducation, risque d'être longue !
-   Dans son esprit, il passe par une phase naturelle euphorique, à la suite du choc traumatique ! Ne vous inquiétez pas, en général j'arrive à le canaliser !

La discussion entre Pierre et Frida s'éternise un peu, le Commissaire semble fatigué et accuse le coup. Jacqueline en profite.

- Bien. Pierre, je te rappelle que tu es militaire, et ici ce sont les soignants qui donnent les ordres ! Tu vas donc te conformer à leurs directives !

Le petit frère, tout penaud, semble écouter la grande sœur avec le plus grand respect. Après avoir embrassé le malade, les deux femmes quittent la chambre. Frida retrouve le sourire.

- Il est beaucoup mieux, tu ne trouves pas ?
- Sans aucun doute, mais il convient d'être prudent. Tu le connais presque aussi bien que moi : il n'est pas très cartésien ! Il doit entreprendre une longue rééducation et, dans son cas, une rechute pourrait s'avérer dramatique ! Tu voulais me parler de Mathilde ?
- Oui. Je te confirme qu'elle sort mardi matin vers 10 heures ! Peux-tu t'en charger ?
- Bien sûr. Demain vous venez chez les parents à Colombes pour déjeuner ; je prendrai Marie entre « quatre yeux » pour lui parler de sa mère !

Dimanche, au pavillon des Malet, l'ambiance est à la décontraction. Frida et Jacqueline se montrent rassurantes sur l'état de santé de Pierre. Manfred von Riegsburg se permet quelques blagues au deuxième degré sur son beau-frère, estimant que le soldat français n'est pas plus indestructible en 1954 qu'en 1940 ! Nous arrivons au dessert ; avant que les enfants ne quittent la table, Jacqueline attire sa nièce à l'écart.

- Marie, tu vas pouvoir revoir ta maman dans le courant de la semaine prochaine !
- Pourquoi faire ? Elle nous a tous abandonnés il y a sept ans ! rétorque sombrement la jeune fille.
- Tu sais, parfois, dans la vie, les grandes personnes sont confrontées à des choix ! tente de plaider sa tante mais elle n'a pas le temps de poursuivre.

- Ah oui ? Mais là, le choix n'était pas bon ! J'en ai souffert et papa aussi ! Heureusement que Frida était là, sinon je ne sais pas comment nous aurions pu continuer à vivre !

Jacqueline ne s'attendait pas à une réflexion aussi tranchée de sa part, empreinte d'une rancœur tenace, qui couvait avant d'exploser comme une éruption volcanique.

- Je comprends parfaitement, pourtant tout le monde a droit une seconde chance dans sa vie ! Surtout quand il s'agit de sa maman ! Qu'en penses-tu ?
- Je ne sais pas ! mais Marie reste ferme : Tatie, tout ce que je peux te dire, c'est que moi, de mon côté, je n'abandonnerai jamais Papa, Aloïs et Frida, pour aller vivre avec elle !

Jacqueline comprend qu'il est inutile d'aller plus loin aujourd'hui. Elle se contente de prendre sa nièce dans ses bras et sent une larme couler sur la joue de la jeune fille.

Mardi 2 novembre.

Rue des Saussaies, les policiers le nez dans la Presse découvrent l'horreur : sept morts, quatorze blessés, un dépôt de liège incendié, une Coopérative Agricole saccagée, une ferme brûlée dans l'Oranais, une Gendarmerie encerclée … il s'agit du triste bilan perpétré dans les départements algériens le 31 octobre et le 1er novembre. La terreur touche à son comble dans les Aurès. Plus précisément dans les gorges de Tighanimine où un commando FLN arrête un car. L'instituteur Guy Monnerot* 32 ans et son épouse Janine, sont pris pour cible à leur sortie du véhicule, Guy décède pendant son transport à l'hôpital. En s'en prenant ainsi à un enseignant, les rebelles visent toute la culture française. L'émotion touche tous les Français.

Wybot n'est pas le dernier à réagir ; au détour d'un couloir il interpelle Frida.

- Vous avez lu les journaux ? ça me fait penser à votre histoire d'Organisation Spéciale ! Pour l'instant je dois m'occuper de Baranès, Labrusse et Turpin, nous en parlons après leurs interrogatoires ! Le

Directeur n'a pas le temps de développer, Mitterrand arrive, flanqué de Pélabon et d'un autre homme.

- Compte tenu des évènements du week-end, j'ai failli tout annuler ! Je suis venu avec un ami, Jean Jacques Servan Schreiber, directeur de l'Express ! *(Historique).* Je vais pouvoir ainsi lui montrer que l'on ne torture pas dans nos services, que tout se déroule selon les règles les plus strictes ! J'espère que vous ne verrez aucune objection sur sa présence aujourd'hui ?

Le directeur de la DST reste un peu désarmé face à une telle demande, allant à l'encontre de toutes les règles de sécurité. Néanmoins, il est difficile de contester une demande venant de son propre Ministre de tutelle ...

- Monsieur le Ministre, je n'ai pas à m'opposer ! Cette démarche est de votre seule responsabilité.

Servan Schreiber à tout juste 30 ans, a fondé « L'Express », il y a un an. Son influence dans la Presse est déjà considérable. Il a tiré à boulets rouges sur le gouvernement Laniel, favorisant par ses positions l'ascension de Pierre Mendès France à la Présidence du Conseil. Les trois hommes s'installent « aux écoutes » du dernier étage et Wybot peut commencer son interrogatoire à l'étage du dessous.

Turpin, confirme avoir divulgué les notes de Jean Mons du 10 septembre, sous le coup d'une indignation politique. Cette révélation sur une attitude impulsive et spontanée, n'éclaire en rien les fuites du Comité le 26 mai et le 28 juin. Wybot ne lâche pas l'affaire. Turpin craque et finit par admettre, qu'il est également responsable pour le 28 juin.

- J'ai pris connaissance le lendemain de Comité du 28, des notes de Monsieur Mons, prises lors de la séance ! Ces notes se trouvaient dans une chemise sur son bureau ! J'ai recopié les écrits sur une page recto verso, puis je les ai communiqués à Monsieur Labrusse, afin de les remettre à des parlementaires opposés à la poursuite de la guerre en Indochine ! Wybot envoie alors une dernière salve.

- Dans la mesure où vous reconnaissez les faits, pour le 28 juin et le 10 septembre, je ne vois pas pourquoi tout serait différent pour le 26 mai ?
- Oui, c'est encore moi ! J'ai eu l'occasion de consulter les notes prises par Monsieur Mons et j'en ai tiré un résumé succinct à destination de Monsieur Labrusse !

De guerre lasse, Turpin a fini par tout avouer. Wybot fait alors entrer Jean Mons dans la salle d'interrogatoire.

- Je viens d'interroger votre plus proche collaborateur, Jean Louis Turpin : il vient de tout m'avouer. Nous tenons notre coupable ! Maintenant, une autre question se pose : vous m'avez expliqué que personne ne pouvait accéder à vos notes ! Dans ces conditions, comment Monsieur Turpin a-t-il pu se les procurer ? Vous n'allez pas me faire croire que l'armoire a été forcée, dans la mesure où vous gardez toujours les clés sur vous ?

Mons se décompose et Turpin se tasse un peu plus sur sa chaise. Puis le Secrétaire de la Défense reprend d'une voix mal assurée.

- J'ai pu oublier la clé ?
- Admettons ! la première fois le 26 mai dernier je veux bien, mais par la suite, vous n'avez pas pu oublier vos clés trois fois de suite ?
- Sans doute. Dans ce cas, dans le feu de l'action, j'ai pu laisser un dossier sur la table ! Wybot est loin d'être convaincu.
- Laisser des papiers une fois par inadvertance, cela peut arriver ! insiste Wybot, loin d'être convaincu. Pourtant, vous étiez en première ligne pour connaître la première fuite ! Dans ces conditions, je suppose que le Préfet de Police de l'époque, Monsieur Baylot et le Ministre de l'Intérieur, Monsieur Martinaud-Deplat*, vous ont demandé de prendre des mesures d'urgence particulières ? Je ne peux pas croire une seule seconde, qu'un homme rigoureux comme vous l'êtes, n'a pas appliqué les consignes de vigilance qui s'imposaient ?

- Oui … j'ai pu oublier mes papiers une seconde fois … La pression, le stress … la fatigue d'une situation particulièrement tendue …

De manière inattendue, Turpin vient au secours de son patron.

- Ce que j'ai fait Monsieur Mons est inqualifiable, je vous demande pardon ! puis l'assistant fond en larmes, l'homme semble sincère … Il n'arrête pas de répéter : « Je vous ai trahi, c'est terrible ! ».
- Comment vous, Turpin, en qui j'avais toute confiance, avez-vous pu trahir notre amitié ? Mons en a profité pour s'insurger
- Je me rends compte de tout le mal que j'ai pu vous faire ! Je suis le seul responsable des fuites, j'ai détourné vos documents pour ensuite les divulguer ! Je suis l'unique responsable !

Wybot commence à trouver le jeu de rôle qui s'établit entre les deux de moins en moins drôle. Turpin se sacrifie pour sauver Mons, dans une espèce de bouffonnerie et le Directeur de la DST se retrouve piégé. Il demande à Turpin de sortir afin de se retrouver seul de nouveau avec Mons. Le « fidèle collaborateur » du Secrétaire Général n'a pu agir seul, qui peut-il couvrir ? Au même moment un inspecteur pénètre dans la salle et passe un bout de papier à Wybot. Mitterrand souhaite lui parler en particulier.

- Vos inspecteurs sont avec Roger Labrusse dans le bureau d'à côté depuis un moment et il se montre odieux, traitant les officiers de police plus bas que terre, protestant contre son arrestation qu'il estime illégale ! Il faudrait que vous interveniez !

Au même moment Wybot, reçoit la confession de Turpin dactylographiée par un de ses inspecteurs. Une phrase le fait bondir ! Turpin précise par écrit : « Les notes que j'ai transmises à Roger Labrusse ont été communiquées, avec mon consentement, à Monsieur d'Astier de la Vigerie. » Instantanément ça fait tilt dans la tête de Wybot : il existe une connexion directe entre Baranès le journaliste de « Libération », d'Astier le rédacteur en chef du journal et Labrusse. Cette sorte de trio « d'agents secrets » regroupés autour de Mons, pourrait plonger l'état dans l'insécurité.

Le combat Wybot-Labrusse peut commencer ! Ce dernier, en voyant le directeur de la DST change de ton. Il tend la main, comme s'il cherchait une bouée de sauvetage. Wybot ignore le geste et Labrusse pense pouvoir retrouver un vieux camarade :

- Enfin mon Cher Directeur, nous nous sommes rencontrés plusieurs fois et je suis heureux de vous revoir ! Vous vous rendez compte, ils ont osé me déranger en pleine nuit ! J'attends des excuses !

Wybot de marbre, le fixe d'un regard profond, puis il lui lit posément le procès-verbal des aveux de Turpin. Avant de poursuivre par…

- Vrai ou faux ? Vous n'avez que deux possibilités de réponses, c'est oui ou c'est non ?

Labrusse prend cet uppercut pleine face et semble déjà K.O pour le compte !

- Oui, c'est exact ! Puis après un temps mort, le temps de la réflexion, il enchaîne : j'ai rencontré de temps à autre Emmanuel d'Astier, soit à la Chambre, soit à son bureau ! Je ne lui ai jamais parlé des faits se rapportant directement au Comité de la Défense Nationale ! Par contre, j'ai effectivement renseigné André Baranès !
- Tiens donc ? ne trouvez-vous pas qu'il s'agit d'un manque de prudence ?
- Rétrospectivement peut-être, mais je ne faisais que retracer l'essentiel de mes conversations avec Turpin ! Je voyais en lui le journaliste proche de mes idées !

Il se montre habile : comme Turpin s'est attaché à préserver Mons, Labrusse couvre d'Astier, en lâchant une vérité moindre, pour faire passer la pilule. La confrontation Turpin-Labrusse s'impose dans la tête du Directeur de la DST.

- Monsieur Turpin, j'aimerais que vous me confirmiez que vous avez donné votre autorisation de communiquer les documents de Monsieur Mons à Monsieur d'Astier de la Vigerie, comme Monsieur Labrusse le réclamait ?
-

Labrusse ne laisse pas le temps à Turpin de répondre et évoque :

- Effectivement, sur la période fin mai début juin, j'ai fait part à Monsieur d'Astier de mes conversations avec Turpin, sans toutefois rentrer dans les détails !

Après plusieurs heures d'interrogatoire, les masques sont enfin tombés, Wybot peut respirer. En rejoignant son bureau, il croise un de ses inspecteurs dans un couloir.

- Ce n'est plus la peine de chercher Jean Mons, il vient d'être inculpé !
- Comment ça : inculpé, vous plaisantez ? Wybot n'en croit pas ses oreilles. Mais par qui ?
- Si si, je vous assure ! des policiers l'ont embarqué pour « négligence ». Ils avaient un mandat d'un juge d'instruction, parfaitement en règle !
- De quoi, « négligence » ? Wybot marmonne hors de lui … c'est une histoire de fou et dire qu'il y a encore une heure je le tenais !...

Le Directeur de la DST reprend ses esprits et s'efforce de refaire le point avec lui-même. Qui a pu prendre une telle décision ? Mendès et Mitterrand, sont hors de cause, dans la mesure où ils ont demandé à Wybot, de pousser au maximum son enquête. Pourtant, il y a bien une ou plusieurs personnes, qui cherchent à étouffer l'affaire ? En remontant la chronologie de la journée, il apprend qu'André Pélabon, qui suivait les interrogatoires avec Mitterrand et Servan Schreiber, s'est discrètement éclipsé à un moment, au prétexte de rendre compte au Président du Conseil.

Ce départ précipité ne manque pas d'intriguer Wybot, d'autant qu'il s'est produit au moment où le nom de d'Astier de la Vigerie a été prononcé pour la première fois. Il ne peut s'agir d'une coïncidence ! Si d'Astier, présumé chef d'orchestre dans l'Affaire des fuites, avait été averti par Pélabon, pour éteindre l'incendie ? Le raisonnement se tient !

Pour comprendre, il faut remonter à la source. D'Astier, est le principal responsable de la chute du gouvernement Laniel. Il a considéré que le Président du Conseil de l'époque n'avait pas su gérer la catastrophe de Diên

Biên Phu. Mendès France a su profiter de la réaction de la Chambre des Députés pour se propulser à la tête de l'Etat. Trois jours plus tard, le cabinet Laniel est renversé, ouvrant un boulevard à Mendès pour son investiture par l'Assemblée.

Naturellement, d'Astier « avait sans doute omis » de dévoiler à Mendès France la manière dont il s'était procuré les documents sur les fuites. À partir de là, on peut imaginer la panique qui envahit Pélabon en découvrant dans les locaux de la DST, la véritable source de d'Astier. Imaginons une seule seconde que le patron de Libération soit inculpé ?

Mendès risque d'être emporté dans la tourmente. Comment pourra-t-il se disculper d'avoir pu bénéficier de secrets de la Défense Nationale, acquis illégalement ? Dans le même temps, Wybot frustré ne pas avoir une dernière confrontation décisive avec Jean Mons, ronge son frein.

Mercredi 3 novembre.

Turpin et Labrusse sont inculpés à leur tour dans la matinée. Le motif n'est pas la « négligence », mais la « trahison ». Cette fois, privé de Mons, Turpin et Labrusse, le Directeur de la DST, n'a plus de grain à moudre … Sans possibilité de poursuivre ses investigations, Wybot comprend que les trois protagonistes de l'affaire, vont avoir tout leur temps pour échafauder leur défense. Qui va payer les pots cassés ? sinon Mendès et Mitterrand, passant d'un coup, d'investigateurs à accusés.

Au même moment, Jacqueline von Riegsburg attend Mathilde Seigneur à sa sortie de la prison Saint Lazare. Les deux femmes s'embrassent spontanément.

- Où allons-nous ? questionne Mathilde.
- Chez mes parents, le temps qu'il faudra pour que tu te trouves un logement.
- Il va falloir que je retrouve un travail rapidement, pour pouvoir chercher un appartement par la suite !
- Dans les hôpitaux publics, n'y compte pas trop, tu es marquée au fer rouge … restent éventuellement les cliniques privées ! Moi, à ta place,

je m'établirais comme infirmière indépendante, pour faire des soins à domicile !

- Comment se porte Pierre ? s'inquiète Mathilde.
- Il va un peu mieux, mais tu sais très bien qu'avec son type de traumatisme, il va passer par une longue rééducation ! Il faudrait que tu le rencontres rapidement : je pense que tu peux faire beaucoup pour le stimuler ! Comme tu t'en doutes, l'important, c'est d'essayer de déclencher en lui des souvenirs !
- Sans doute, mais Frida ne risque-t-elle pas de mal le prendre ?

Jacqueline affiche un grand sourire et prend son ex-belle-sœur par le bras !

- Tu sais, Frida est passée par tellement d'épreuves, que ce n'est pas la jalousie qui va l'envahir ! Pour elle, comme pour moi, la priorité c'est la santé de Pierre !
- Je me pose des questions sur mon avenir : d'un côté je voudrais me rapprocher de Marie Thérèse *(son ex collègue et amie sur Reims)* et de l'autre il y a Marie !
- Il va falloir être très prudente avec ta fille : pour l'instant, elle ne veut plus attendre parler de toi ! Il faut se mettre une seconde à sa place. Mais je pense qu'au fond d'elle-même, pour l'instant, il y a plus de crainte que de désir de te retrouver !
- D'accord, je saurai être patiente !...

Chapitre 12 : à la recherche de la « Vedette ».

Jeudi 4 novembre.

Wybot n'a toujours pas digéré la tournure des évènements ; il invite Frida et René Serre à venir le rejoindre dans son bureau :

- Eh bien ! maintenant que nous avons été mis sur la touche dans l'Affaire des écoutes, nous allons nous occuper de l'attentat dont Pierre a été la victime ! Commissaire Serre, vous mettez vos inspecteurs sur le coup !
- Je veux bien, répond Serre surpris, mais pour l'instant, nous n'avons aucune piste !

Wybot sûr de lui, lui répond du tac au tac.

- Comme il faut bien commencer par quelque chose, vous vous mettez à la recherche de la voiture ayant provoqué l'accident ! Vous m'épluchez tous les commissariats parisiens pour éventuellement l'enregistrement d'un vol d'une Ford Vedette, les garages alentour pour une possible réparation, les casses, je veux tout savoir ! Frida, vous voyez avec votre journaliste s'il avance dans son enquête !

Comme le Directeur de la DST ne renonce jamais, il lui reste encore un électron libre dans l'Affaire des écoutes : André Baranès. Comme par hasard, le magistrat instructeur, le Commandant Rességuier, n'a pas jugé bon de l'inculper et notre homme s'est envolé dans la nature. Wybot pense au magistrat sans complaisance : « Encore un qui s'est laissé enfumer par le pseudo agent de renseignements bonimenteur. » Après, une question se pose :

le Commissaires Dides ne s'est-il pas porté garant personnellement pour son « super agent » ? La chance et le hasard font parfois bien les choses. Jeanne Lallemand lui passe au téléphone un ami bien placé à la C.I.A :

- Hello Roger, Mike Clark à l'appareil ! Connaissez-vous un certain André Baranès ? Wybot ne peut dissimuler sa joie.
- Affirmatif Mike ! Avez-vous de ses nouvelles ?
- Figurez-vous qu'il vient de faire une offre de services à l'Ambassade des Etats-Unis à Paris ! *(Historique)*.
- Intéressant … et que lui avez-vous répondu ?
- Vous vous doutez bien que nous sommes restés prudents ! Nous lui avons simplement demandé de nous laisser des coordonnés téléphoniques et une adresse ! L'adresse qu'il nous a fournie, correspond au Monastère de la Pierre-qui-vive !
- Parfait Mike ! Surtout vous ne faites rien du tout, cet homme est un danger public ! Je m'en occupe et encore : Merci pour le tuyau !

Baranès n'a pas choisi le lieu au petit bonheur la chance. L'Abbaye Sainte Marie de la Pierre qui vive est blottie au milieu d'une forêt luxuriante au fin fond du Morvan. Bref, le genre d'endroit idéal pour se cacher, où l'on ne se rend pas par hasard ! Les derniers travaux de l'Abbaye, fondée en 1850, datent de 1953 et terminent l'œuvre architecturale désormais érigée en véritable forteresse. Wybot y dépêche ses inspecteurs dès le lendemain de la communication de l'information transmise par la C.I.A.

Baranès s'attendait à recevoir « des missionnaires Yankees », plutôt que « des moines de la DST » ! Il est embarqué manu militari, direction : rue des Saussaies où Wybot l'accueille de manière courtoise, mais sans délicatesse.

- Monsieur Baranès, je vais éviter de vous faire perdre votre temps, ainsi que le mien : voici le double de la déposition que Roger Labrusse a faite dans nos locaux ! et Wybot lui met le document sous les yeux.

Baranès, pour une fois, ne cherche pas à finasser. Comme à son habitude, il se montre affable, aimable et volubile, mais sans fioriture, ne cherchant ni embrouille, ni mensonge.

- Effectivement, ces papiers ont bien été transmis à Roger Labrusse par mon intermédiaire ! Je précise que c'est Labrusse lui-même, qui est venu les récupérer à mon domicile de Clichy, le 17 septembre au soir ! Nous avons également échangé sur les différentes réunions du Conseil de la Défense Nationale !

Ainsi, Baranès recoupe parfaitement les déclarations de Labrusse, sans avoir besoin de le cuisiner. Wybot ne peut s'empêcher de se remémorer les évènements en amont. Dans un premier temps, il a fait surveiller le domicile de Baranès par ses inspecteurs. Ensuite, il a fallu, pour des raisons de susceptibilités, passer le relais aux hommes de la Préfecture de Police. Comment les policiers, n'ont-ils pas pu relever la rencontre entre Baranès et Labrusse ? Lors d'un point sur l'affaire dans le bureau de Mitterrand, le Préfet Dubois n'a jamais fait d'allusion sur le sujet. À partir de là, il faut bien reconnaître que les fonctionnaires de la Préfecture de Police, n'ont pas fait leur travail correctement. Volontairement ou pas ?

Cette fois, tous les protagonistes sont en place, Wybot a tous les éléments pour construire la vérité. Le cerveau s'appelle Emmanuel d'Astier de la Vigerie, le réseau qu'il a mis en place lui permet d'accéder à tous les documents du Secrétariat Général de la Défense Nationale. Ainsi le patron de « Libération », accède aux textes les plus secrets et stratégiques du renseignement militaire. De plus, ce petit jeu dure depuis plusieurs mois, voire des années.

Comme les lignes bougent, les bonnes âmes se remuent. En quittant son bureau, Wybot tombe sur Jean Anet d'Astier de la Vigerie*, le propre neveu d'Emmanuel d'Astier. Les deux hommes se connaissent de longue date. Anet était pilote des Forces Françaises Libres pendant la guerre et le tutoiement entre deux anciens résistants reste de rigueur.

- Bonsoir Roger. Tu as cinq minutes ? je peux te parler ?
- Pour mes amis, j'ai toujours cinq minutes ! Viens, allons au bistrot d'à côté, nous serons plus tranquilles !

Une fois attablés, Jean Anet n'y va pas par quatre chemins.

- J'espère que tu ne vas pas faire de misère à mon oncle ?
- Pourquoi ? qu'est ce qui t'inquiète ?
- Oui, c'est vrai. Jean Mons alimente mon oncle depuis des mois par l'intermédiaire de Labrusse avec des comptes rendus et des renseignements ! Mais je t'assure qu'il ne les a jamais utilisés : il ne savait même pas quoi en faire !... Le neveu semble criant de vérité.
- Admettons … mais, dans ce cas, pourquoi ton oncle n'a pas mis le holà ?
- Sans doute parce que Labrusse l'alimentait également avec d'autres informations qui l'intéressaient directement ! Se rendant compte de sa bévue, il a contacté, il y a moins de 48 heures François Mitterrand !
- Tiens donc, sursaute Wybot. Je doute que Mitterrand l'ait reçu, dans la mesure où le gouvernement a coupé avec le Parti Communiste !
- Mon oncle, n'est pas vraiment communiste, je suppose qu'il a dû faire une exception !
- J'attends la suite avec impatience !
- Il a fait remarquer au Ministre de l'Intérieur que, jamais au grand jamais, il ne s'était servi des notes de Mons pour en parler dans son journal, ni à personne d'autre !
- Très bien. Mais je ne vois pas quel rôle tu veux me faire jouer dans cette affaire ? Au train où vont les choses, je ne doute pas que cela va déboucher sur un procès ! Ton oncle sera appelé à témoigner et moi aussi sans doute ! La Justice doit suivre son cours !

Les deux hommes se séparent, la poignée de main reste franche, Anet repart déçu. Il ne peut que constater que Wybot n'a pas volé son surnom « d'incorruptible » ! La démarche du neveu n'a pas été inutile et éclaire un peu plus le Directeur de la DST. Il est convaincu que d'Astier n'a pas pu traiter les documents par le mépris. Pourquoi ces papiers seraient-ils restés dans le fond d'un tiroir de son bureau ? ça n'a pas de sens, ils ont bien dû suivre un autre chemin, plus ou moins insolite ; reste à découvrir lequel ?

C'est là que le grand prestidigitateur Baranès entre en scène : les documents atterrissent dans sa poche, avec pour seul but d'intoxiquer le gouvernement français. Baranès se sert de « son patron » le Commissaire Dides, chef des menées anticommuniste à la Préfecture de Police, pour faire passer le message. Pour se crédibiliser, il indique à Dides qu'il a dérobé les papiers au PC, dans le bureau de Jacques Duclos.

Les sous-entendus de Baranès laissent à penser que l'Ambassade Soviétique est prévenue par l'intermédiaire du Parti Communiste Français. Une fois le Président du Conseil mis au courant, un vent de panique souffle sur le gouvernement. Au moment où des hommes sont cernés à Diên Biên Phu, la question d'envoyer le contingent pour défendre le Delta du Tonkin se pose. À partir de là on peut tout imaginer, y compris le pire. Par exemple, que le Général Giap soit informé des intentions de l'armée française …

Ainsi, le Président du Conseil de l'époque, Joseph Laniel, se retrouve dans une position particulièrement inconfortable. Deux ministres Martinaud-Deplat à l'Intérieur et René Pleven aux Armées sont mobilisés. En ouvrant la boîte de Pandore, Baranès est-il vraiment conscient de toutes les conséquences à venir ? Toujours est-il que, cinq mois plus tard, Wybot se retrouve avec toutes les cartes en main. Il va falloir qu'il trouve le bon moment pour abattre son jeu, alors qu'il est censé ne plus être dans la partie…

Loin de toutes ces considérations, les familles Malet et von Riegsburg se réunissent pour tenter de redonner une vie normale à Pierre. Ce samedi, dans le pavillon de Colombes, pour la première fois depuis sept ans Mathilde et Marie se retrouvent. La fille, sans vraiment repousser la mère, se montre distante et froide. Frida et Jacqueline sont attentives à ses réactions. Sans doute la jeune fille est-elle troublée par la ressemblance physique stupéfiante qui existe avec sa génitrice. Les deux femmes pensent que la situation devrait s'apaiser rapidement. Malgré tout, Marie continue à envoyer des messages faisant bien sentir que Frida représente son modèle et son autorité. Puis, Frida, Jacqueline et Mathilde se réunissent pour parler de Pierre.

Frida laisse la parole aux deux infirmières.

- Mathilde, comme tu le sais, le meilleur traitement pour Pierre, c'est le choc psychologique qui permettra de réactiver sa mémoire ! Je te propose de jouer demain l'effet de surprise, en te pointant seule à La Salpêtrière ! Frida acquiesce de la tête, Mathilde approuve.

- Effectivement, ça peut être la solution !

Dimanche 7 novembre.

Pendant que Marie et Aloïs sont restés à Colombes chez les grands-parents, Frida débarque au domicile d'Hubert de la Parent. Le journaliste gants de conduite aux mains, casquette et lunette Climax sur la tête, se préparait pour sortir.

- Visiblement vous vous apprêtiez à faire les courses ! Je dirais même plus… les courses automobiles, vu votre tenue ! Frida ne peut s'empêcher de rire.
- Figurez-vous que je vais tester à Montlhéry ma nouvelle voiture !
- Ah bon ? vous avez refourgué votre Jaguar ?
- Oui ! mes grands-parents m'ont offert la dernière Austin Healey 100 ! Je trouve que ça fait plus jeune que la « Jag » !
- Eh bien soit ! Jean Hub, allons tester votre « Healey » ! répond Frida, sur le même ton snobinard, en essayant de garder son sérieux.

Les voilà partis porte d'Italie, pour emprunter la nationale 20 menant à Montlhéry. Bien qu'assez insensible aux voitures de sport, Frida reconnaît que le nouveau bolide bleu nordique et beige, intérieur de cuir gris, ne manque pas d'allure ! et Jean Hubert ne se fait pas prier pour vanter ses qualités …

- Evidemment, ce n'est qu'une 2 litres, mais comme elle est plus légère que la XK 120, la perte de poids compense le manque de puissance ! Et puis, elle beaucoup plus agile pour se faufiler !
- Bien, maintenant, parlons sérieusement ! Est-ce que vous avez pu avancer sur le dossier qui nous intéresse ?
- Oui. Figurez-vous que l'Organisation Spéciale de Mohamed Belouizdad* est officiellement démantelée depuis l'année 1950 … mais elle existe toujours, sous une autre forme !
- Ah bon ? je serais curieuse de savoir sous quelle forme ?

- Depuis une semaine les lignes bougent en Algérie ! Après la mort de Belouizdad en 1952, dans des conditions plus que suspectes, Hocine Aït Ahmed* a repris le flambeau ! Le MTLD *(Mouvement pour le Triomphe des Libertés Démocratiques)* de Messali Hadj* était en conflit avec l'UDMA *(l'Union Démocratique du Manifeste Algérien)* de Ferhat Abbas* ! Les deux organismes représentaient les principales sources d'opposition lors des élections de l'Assemblée Algérienne de 1948 !
- Je veux bien entendre votre leçon d'Histoire, mais je ne vois pas du tout où vous vous voulez en venir ? l'interrompt Frida
- J'y viens ! Tous ces mouvements sont plus ou moins dissous, sauf qu'ils renaissent sous une autre forme ! Ainsi Messali Hadj* vient de former le MNA *(Mouvement Nationaliste Algérien)* et s'oppose au FLN *(Front de Libération Nationale)* d'Ahmed Ben Bella, le nouvel homme fort en Algérie !
- Je vous écoute, mais je ne vois toujours pas ce que Pierre vient faire, au milieu de cette tambouille maghrébine ?
- J'essaie de vous faire comprendre : actuellement personne ne contrôle personne ! Je pense que Pierre, comme le couple d'instituteurs il y a une semaine, n'est qu'une victime collatérale !
- Effectivement, c'est bien possible ! Pourtant, pour l'instant, nous sommes dans une impasse et incapables de trouver une corrélation entre Pierre et l'Algérie ? Qui peut être son agresseur et pourquoi s'est-il trompé de cible ?
- J'ai un début de piste : une Ford Vedette Vendôme bleu marine, a été enlevée de la voie publique et mise en fourrière à Pantin ! Plus intéressant : la voiture avait une aile avant droite enfoncée et elle appartiendrait à un certain Larbi El Bakir ! Cet homme, est un gros importateur de produits du Maghreb ; il fait transiter ses marchandises du port d'Alger à celui de Marseille et possède un bureau à Paris dans le 19e ! Je me suis renseigné : il a été dans la mouvance du MTLD . Je pense que c'est une piste à creuser et la DST a plus de moyens que je ne peux en avoir pour enquêter !

- Formidable Jean Hubert ! approuve Frida, vous m'épaterez toujours ! Je vais voir en interne, bien qu'à mon avis nos services extérieurs aient plus d'éléments et de pouvoir que la DST pour enquêter !

La « Healey » accède à l'autodrome, Jean Hubert s'en donne à cœur joie sur l'anneau de vitesse et fait passer finalement un bon moment à Frida. Cette dernière, en fin d'après-midi, demande au journaliste de la déposer au pavillon des grands-parents, pour qu'elle puisse récupérer ses enfants.

À la Salpêtrière, Mathilde retrouve son ex-mari avec une certaine angoisse. À son grand étonnement, la réaction de Pierre est particulièrement positive.

- Bonjour Mathilde, ça me fait plaisir de te revoir, comment vas-tu ?
- Très bien, je vois que de ton côté les choses s'améliorent !

En bonne infirmière, Mathilda réagit avec prudence et avec l'accord du personnel soignant, elle peut commencer un début de thérapie.

- Il ne fait pas trop mauvais aujourd'hui, si nous allions faire quelques pas dans le jardin ?
- Ah oui, super ! un sourire éclaire le visage de Pierre, j'en ai marre de passer mes journées entre ces quatre murs !

Les voilà dans les jardins. Pendant que les jardiniers ramassent les dernières feuilles mortes de la saison, ils peuvent errer bras dessus bras dessous, au milieu des sculptures. Si, pour celle du Professeur Charcot, il ne persiste que le socle, la statue du neurologue Jules Ballainger ou celle du bienfaiteur Philippe Pinel sont toujours bien en place. Mathilde se lance dans les souvenirs.

- Te rappelles-tu de nos premières rencontres à l'hôpital de Reims ?
- Ah oui … c'était pendant la guerre, c'est bien ça ? Pierre a hésité un instant
- Oui, pour être précis en juin 1940 ! Tu avais été amené au service hospitalier de Maison Blanche dans un sale état, avec déjà un traumatisme crânien et une vilaine blessure à la jambe ! *(Voir Les sacrifiés de l'an 40).*
- Notre fourgon radio … l'Argonne ! Une grosse larme coule sur sa joue.

Mathilde s'en aperçoit et cherche à changer de sujet.

- Ensuite nous avons traversé ensemble de meilleures périodes. Tiens, asseyons-nous quelques instants sur ce banc !
- Pierre continue en boucle, parlant tout seul : Le rital…, le bûcheron…, jus de pomme…, le dogue ! *(Les compagnons de route du sergent Malet, tous morts pendant la débâcle de juin 40).*

Mathilde cherche encore une fois à faire diversion.

- Notre petite Marie est magnifique ! Le Commissaire hésite.
- Marie c'est bien ma fille ? elle a aussi un frère… Aloïs je crois ?
- Nous avons eu Marie ensemble, alors qu'Aloïs est le fils de Frida ! Mais tu es bien le père des deux enfants !

Mathilde se rend compte que, plus l'heure avance, plus l'attention de Pierre décline.

- La fraîcheur tombe ; je vais te raccompagner à ta chambre !

Le retour, pour le Commissaire, se fait plus péniblement. Puis dans un éclair de lucidité, il lance à son ex-femme :

- Reviens bientôt, je n'ai pas envie de rester encore des semaines dans cet hôpital !

Dès son retour à Colombes, l'ensemble de la famille vient aux nouvelles. Jaqueline se montre naturellement la plus attentive.

- Comment l'as-tu trouvé ?
- Je n'ai pas vraiment de comparatif, puisque je ne l'avais pas rencontré depuis son admission à l'hôpital ! Néanmoins, je l'ai trouvé plutôt lucide au début de notre conversation ! Puis, malheureusement pour l'instant, il a du mal à garder son attention plus d'une demi-heure !
- C'est déjà un gros progrès, par rapport à la semaine dernière ! remarque Frida soulagée.

Jacqueline se veut pragmatique et continue d'accorder sa confiance en Mathilde.

- Donc, visiblement, il redevient petit à petit lui-même ! Comment vois-tu la suite ?
- Je pense qu'au fur et à mesure, il se rend compte de son état, il déprime de se voir entre les quatre murs de sa chambre ! Sincèrement, je pense que plus il pourra sortir rapidement de la Salpêtrière, plus sa condition ira en s'améliorant !
- Je ne suis pas une spécialiste, mais il aura toujours besoin au début de sa sortie d'une assistance médicale ? avance Frida, prudente.

Mathilde garde l'initiative.

- Frida, si tu n'y vois pas d'inconvénient, j'ai bien une solution ! Je m'installe un moment chez vous, je m'occupe de Pierre et en même temps je profite un peu de Marie ?

Frida cherche un accord dans le regard de Jacqueline. Elle se contente de lui faire un oui de la tête...

Chapitre 13 : La filière maghrébine.

Lundi 8 novembre.

L'heure du briefing, rue des Saussaies, Wybot s'adresse à Frida :

- Avez-vous pu avancer avec votre journaliste ?
- Oui : une Ford Vedette bleu nuit d'un certain Larbi El Bakir a été retrouvée à la fourrière avec une aile enfoncée ! Le véhicule pourrait correspondre !
- El Bakir vous dites ? le Commissaire Serre a réagi. De notre côté, nous avons découvert qu'une plainte pour vol a été déposée au Commissariat du 19e arrondissement, le 6 octobre, soit le lendemain de l'accident ! Il s'agit bien d'une Ford Vedette, nos informations se recoupent !
- Frida, René, pour l'instant je vous laisse la main sur le dossier ! Wybot se frotte les mains ! Vous me le convoquez au plus vite, nous avons enfin un début de piste !

Le Directeur de la DST a d'autres chats à fouetter … ce début de semaine commence par un coup de téléphone de François Mitterrand.

- Monsieur Wybot, je tenais à vous dire que j'ai fait suspendre à titre conservatoire le Commissaire Dides. Depuis, comme vous pouvez vous en douter, les réactions ne manquent pas !
- De quel ordre ?
- Une partie de l'opposition nationaliste me reproche, ainsi qu'à la DST, d'avoir anéanti le réseau de renseignements anticommuniste qu'il dirigeait !
- Que comptez-vous faire ?

- Dans un premier temps, un communiqué de Presse pour justifier notre action et ensuite, une fois que le soufflé sera retombé, révoquer le Commissaire Dides !
- Il faut nous attendre à un débat parlementaire sur le sujet ?
- Sans aucun doute, c'est pour cela que je tenais à vous prévenir : préparez-vous à être auditionné par des députés !

Mardi 9 novembre.

L'inspecteur Rialet et Frida se chargent de la déposition de Larbi El Bakir. L'homme, la quarantaine, mince, portant beau, se montre particulièrement arrogant.

- Pouvez-vous m'expliquer pourquoi vous m'avez fait déplacer aujourd'hui ? Frida lui répond d'une voix douce.
- Ne vous inquiétez pas, il s'agit d'une simple vérification !

El Bakir fusille la jeune femme du regard : comment ose-t-elle s'adresser ainsi à lui ?

- Vous savez que je ne suis pas n'importe qui ? J'ai des relations haut placées !
- Monsieur El Bakir, dit Rialet, entrant dans le vif du sujet, vous avez déclaré le vol d'un véhicule Ford Vedette Vendôme immatriculée 246 AD 75, au Commissariat du 19e arrondissement, le mercredi 6 octobre !
- C'est tout à fait exact ! répond l'importateur, sans détour, sûr de lui. Je ne vois pas du tout le rapport avec la DST, d'autant que j'ai déjà tout dit, dans les règles, au Commissariat !

L'inspecteur hausse le ton.

- Nous soupçonnons que ce véhicule a provoqué un accident, avec délit de fuite, le mardi 5 octobre, en soirée, boulevard Saint Germain ! De plus, la victime de cet accident, est un officier de police de la DST !

Larbi El Bakir reste parfaitement impassible. Il ne manifeste aucun signe d'étonnement.

- Eh bien, il suffit que vous mettiez la main sur la personne ayant dérobé ma voiture et vous tiendrez votre coupable !

La réponse a le don de faire bouillir Frida.

- Monsieur El Bakir, pouvez-vous nous donner votre emploi du temps au soir du 5 octobre !
- Parfaitement chère Madame ! il continue sur le même ton. J'étais à un vernissage au Salon des Tuileries, Porte Maillot ! Figurez-vous que dans le cadre de mes nombreuses activités, je fais parfois du transport d'œuvres d'art ! Je suis arrivé au Salon vers 21h00 et je l'ai quitté à pas loin de minuit ! Vous pouvez vérifier, des dizaines de témoins m'ont vu !
- Par quel moyen vous êtes-vous rendu à ce vernissage ? poursuit Rialet
- En métro ! Je ne me suis aperçu du vol de mon véhicule que le lendemain matin. La voiture était garée rue de Buzenval, non loin de chez moi !
- Vous avez été sympathisant du MTLD, mouvement politique aujourd'hui interdit et dissous, avance Frida, pouvez-vous nous en dire un peu plus sur le sujet ? El Bakir toise Frida d'un air méprisant.
- Vous savez Mademoiselle, si, tout comme moi vous étiez dans le milieu des affaires, vous sauriez qu'il est impossible de se couper des hommes politiques ! Je ne m'intéresse à ce milieu que pour des raisons commerciales !

A court d'arguments, l'inspecteur conclut l'entretien.

- Très bien Monsieur El Bakir ; nous allons mettre votre déclaration par écrit noir sur blanc !

En sortant de la salle s'interrogatoire, Frida croise son Directeur. Wybot se montre curieux.

- Qu'en pensez-vous ?

- Outre que ce type est particulièrement antipathique, visiblement il nous ment ! Même si je crois qu'il n'est pas directement impliqué ! Avez-vous remarqué ? il n'a pas dégagé la moindre émotion ! Il n'a pas eu l'air surpris, lorsqu'on lui a dit que son véhicule serait impliqué dans un accident !
- Je partage votre opinion ! Maintenant, vous allez tout fouiller dans son passé, examiner son entreprise, chercher dans ses fréquentations, ses relations …

Mercredi 10 novembre.

Les journaux font leur Une sur l'intention de Mitterrand d'envoyer le contingent en Algérie, avec pour but le maintien de l'ordre. Cette annonce tombe mal, au moment où des journaux de droite, comme « L'Aurore », « La Croix », « Le Figaro », s'en prennent au Président du Conseil et au Ministre de l'Intérieur, les traitant de crypto-communistes. Ces articles jettent un pavé dans la mare, pendant que Pierre Mendès France cherche à convaincre les Anglais et les Américains, sur la nécessité d'une défense européenne.

Pire encore : Mitterrand est mis en cause par « Rivarol », « Les Nouveaux Jours » et « Le Journal du Parlement », sur une indiscrétion de Georges Bidault. Devant un magistrat instructeur, Bidault aurait déclaré qu'il avait des soupçons sur une déclaration formulée par Mitterrand au Président Vincent Auriol, lors du Conseil des Ministres du 5 avril 1953. La suite, a provoqué la chute du gouvernement Laniel trois semaines plus tard, *(Historique)*. Cette fois les couteaux sont de sortie et le Ministre de l'Intérieur, dépose plainte pour diffamation contre les trois journaux.

De son côté, Frida Dupire ne perd pas son temps en rassemblant un ensemble d'éléments sur le sieur El Bakir. L'armateur, propriétaire de la Compagnie Algéroise Maritime, ne fait pas seulement du fret entre la France et l'Algérie, mais également avec des pays plus sensibles, comme la Chine et l'Union Soviétique. Un certain Mokhtar Ben Cherif lui sert d'homme de main. L'homme, âgé de 50 ans, possède déjà un beau pedigree : il a été condamné à plusieurs reprises à de la prison ferme pour différents délits, vols, rackets et voies de fait. L'adjudante, avant de consigner son rapport par écrit, s'empresse d'en faire part à son Directeur.

- Très bien ! continuez d'exploiter cette piste ! Avant de l'interroger, il faut blinder le dossier, pour éviter une nouvelle pirouette d'El Bakir.
- Je peux continuer à mettre de la Parent dans la boucle ?
- Parfaitement ! tous les moyens sont bons et au besoin, n'hésitez pas à vous appuyer sur les inspecteurs du Commissaire Serre !

Comme il faut battre le fer tant qu'il est chaud, Frida n'hésite pas à appeler Jean Hubert de la Parent, le soir même à son domicile.

- Bonsoir Jean Hubert ! est-ce que le nom de Mokhtar Ben Cherif vous dit quelque chose ?
- Vaguement … il s'agit d'une petite frappe je crois ! Si vous voulez, je peux vérifier demain dans les archives du journal ?
- Oui, mais rapidement ! je pense que, cette fois, nous tenons une piste sérieuse !
- D'accord ! mais je ne peux pas faire plus vite que la musique : je vous rappelle que demain est un jour férié ! D'un autre côté, « vieux Mokhtar que jamais, pour une fois ce n'est un Sheriff qui va faire la loi ! » et le journaliste explose de rire au téléphone.
- Dite-moi Jean Hubert, vous avez quel âge, pour sortir encore ce genre de blague ?

Jeudi 11 novembre.

Les familles Malet et von Riesburg se relaient auprès de Pierre Malet dans sa chambre. Le Commissaire apprécie particulièrement la présence de ses enfants. Ses facultés reviennent petit à petit.

- J'ai fait mon calcul, dit-il, il y a cinq semaines que je suis entre ces quatre murs ! Jacqueline, Mathilde, je compte sur vous pour faire activer ma sortie !

- J'ai vu avec le professeur qui te soigne, le rassure sa grande sœur. Nous pouvons envisager que tu quittes l'hôpital en fin de semaine prochaine, si tu te montres raisonnable d'ici là !
- Parfait, j'ai hâte de reprendre mes activités !
- Jacqueline vient de dire « si tu montres raisonnable » temporise Frida.
- Tu vas rentrer, en convalescence, comme prévu avec Frida et Jacqueline, confirme Mathilde et je vais m'installer à ton domicile le temps qu'il faudra !

Vendredi 12 novembre.

De la Parent appelle Frida directement à la DST de bonne heure et de bonne humeur.

- J'ai pu récupérer dans les fichiers du journal quelques informations sur Ben Cherif ! Un début d'enquête sur son compte avait été élaboré en mai 1945 lors des évènements de Sétif ; à l'époque j'étais encore étudiant, je n'avais pas vraiment suivi l'affaire ! Il a été incarcéré après des heurts avec la police, qui lui ont coûté une balafre sur le visage ! Puis il a été libéré faute de preuves ! Je vous passe sur ses différents larcins commis par la suite, toujours est-il qu'il est considéré comme très violent, voire dangereux ! Actuellement, il n'a pas de voiture, mais possède une Ratier 750 cc !
- Oui et alors ? je ne vois pas où vous voulez en venir ?
- Tout ça pour vous dire, que c'est normal « qu'un Mokhtar possède une moto ! » s'esclaffe bruyamment Jean Hubert.
- Ce que vous pouvez être lourd, vous n'allez pas m'en faire une à chaque fois ! Le journaliste reprend son sérieux.
- Plus concrètement, il sert occasionnellement de chauffeur à son patron Larbi El Bakir ! De là à penser qu'il possède un double des clés de sa voiture, il n'y a qu'un pas ?
- Très bien, merci beaucoup Jean Hubert, je vous tiens au courant pour la suite.

Frida s'empresse de retrouver son patron, pour lui faire part des démarches de Jean Hubert. Wybot reste circonspect.

- Bien sûr, ça ne fait que renforcer nos soupçons. Cependant, s'il est vraiment coupable, il a eu le temps de se forger un alibi en béton ! Il faut creuser un peu plus ; voyez avec l'inspecteur Rialet du côté de la fourrière, si vous pouvez tirer quelques infos !

Frida s'empresse de se tourner vers l'inspecteur.

- Dominique, j'espère que vous n'avez rien prévu pour demain ?
- Pourquoi, vous avez l'intention de m'inviter ?
- En quelque sorte : nous devons nous rendre à la fourrière de Pantin !
- Pour quoi faire ? Rialet fronce les sourcils.
- C'est là que la voiture d'El Bakir a été embarquée après l'accident !
- D'accord ! j'ai connu plus romantique comme rendez-vous ! mais si vous jugez que ça peut faire avancer les choses …

Samedi 13 novembre.

Frida et Rialet se présentent au 15 rue de la Marseillaise dans le 19e arrondissement. Un homme, la cinquantaine, casquette vissée sur la tête, les accueille plutôt fraîchement et leur demande de montrer patte blanche.

- Que voulez-vous ? Avez-vous un véhicule à récupérer ?
- Inspecteur Rialet ! l'homme regarde sa carte de police sous toutes les coutures. Une Ford Vedette bleu marine immatriculée 246 AD 75, a dû vous être amenée dans la journée du mercredi 6 ou du jeudi 7 octobre ?
- Venez à mon bureau je vais vérifier ! Le gardien se frotte le menton et finit par consulter un énorme registre.
- Oui, ça me revient … elle a été amenée par camion-grue le 7 et avait une aile enfoncée !
- Pouvez-vous nous donner quelques détails, demande Frida. A quel moment la voiture a quitté le dépôt ?

- Oui, elle est restée moins de 24 heures ! Le gars qui est venu la chercher avait le type arabe et portait une vilaine cicatrice sur le visage ; il possédait les papiers du véhicule, parfaitement en règle ! Je me souviens qu'il a même ajouté que son patron était furieux et qu'il allait devoir amener la voiture en réparation !
- Vous ne sauriez pas à quel endroit par hasard ? insiste Frida
- Ah non ma p'tite dame ! je suis désolé.

Rialet met fin à l'entretien.

- Très bien, merci pour ces renseignements. Ils nous ont été très utiles !

En sortant de la fourrière Frida et l'inspecteur débriefent. Pour « la p'tite dame », son opinion est déjà faite.

- Donc, nous avons la quasi-certitude que c'est bien la Ford qui a causé l'accident de Pierre ! De plus, c'est bien Ben Cherif, le sbire d'El Bakir, qui l'a récupérée ! Reste à trouver le garage où a été effectuée la réparation !
- El Bakir habite le 19e : essayons de concentrer nos recherches sur cet arrondissement et, éventuellement, élargissons au 20e !
- Ça me va ! Allons boire un café au troquet du coin, on pourra toujours consulter le Bottin !

Pendant que Rialet s'installe tranquillement à une table, Frida épluche l'annuaire au bar. Après avoir noté quelques adresses, elle rejoint son collègue.

- Avez-vous trouvé notre bonheur ?
- J'ai fait le tri en me concentrant sur les spécialistes en carrosseries : Mercier, un concessionnaire Peugeot Rue de Lyon, est le plus important ! Toutefois, il est un peu éloigné et Ben Cherif a peut-être cherché à faire dans le plus discret ! Dans ce cas, j'en vois deux : le Garage Archereau, dans la rue du même nom et l'Atelier mécanique rue Fessart.

Après voir fait chou blanc au premier endroit, Frida et Rialet ont plus de chance dans le second garage.

- Oui, je me souviens : le type qui m'a amené la voiture avait une sale gueule, avec une cicatrice en travers du visage !
- Pouvez-vous me dire si c'est bien le même homme qui a récupéré la Ford et à quel moment ? cherche à savoir Frida.
- Ne m'en parlez pas ! soupire le mécano. Lorsque je lui ai dit qu'il fallait 10 jours pour récupérer les pièces afin d'effectuer les réparations, « cet espèce de bougnoule », s'est mis à le prendre de haut, j'ai failli l'envoyer balader !
- Ah oui ? et comment l'histoire s'est-elle finie ? intervient Rialet
- Il a récupéré la voiture vers le 20 octobre ; si vous voulez je peux retrouver la date exacte ? là où j'ai été étonné, c'est qu'il m'a réglé en liquide !
- Avez-vous conservé les pièces que vous avez changées ? tente Frida.
- Euh … oui … attendez … l'aile doit encore traîner au fond de l'atelier !
- Peut-on l'examiner ?

Le garagiste les entraîne à l'extrémité du garage et au milieu du bric-à-brac, finit par mettre la main dessus. Après avoir examiné la tôle tordue, Frida s'exclame :

- Regardez inspecteur : le petit bout de tissu coincé, c'est bien un morceau de la veste en tweed de Pierre !

Frida retire précieusement le reste de l'étoffe, pour le ranger avec précaution dans son sac. Puis les deux policiers quittent l'atelier, non sans avoir remercié le garagiste. Rialet se montre à la fois satisfait et perplexe.

- Maintenant, nous sommes sûrs que c'est bien la voiture d'El Bakir qui est impliquée dans l'accident. Malheureusement, dans la mesure où il a porté plainte pour vol, il a toujours beau jeu de dire qu'il est parfaitement étranger à l'affaire !
- Oui, sans doute, nous verrons bien ce que le patron en pense au briefing de lundi ?

Lundi 15 novembre.

Contrairement à son habitude, Wybot ne semble pas particulièrement concentré lors de la réunion avec ses cadres. Frida s'en inquiète.

- Quelque chose ne va pas ?
- Je serais presque tenté de vous dire que rien ne va ! Après votre balade de samedi, Rialet m'a appelé. Pour l'instant, si nous convoquons Ben Chérif, nous allons droit dans le mur ! De ce fait, j'ai demandé au Commissaire Serre qu'il mette en place une surveillance discrète à son égard !
- Dans quel espoir ?
- Si nous arrivons à découvrir quel trafic se cache derrière les affaires d'El Bakir, nous saurons pourquoi une ou plusieurs personnes ont tenté d'assassiner Pierre !
- Je vois, mais ça risque d'être long !
- Nous n'avons pas d'autre choix … à propos, avez-vous lu la Presse de ce jour ?
- Non, pas encore.
- Mitterrand passe à l'offensive ! à ceux qui l'accusent de mollesse, il réplique « qu'il fera tout pour que le peuple algérien fasse partie intégrante du peuple français, se sente comme chez lui, comme nous et parmi nous » !
- De belles paroles, mais j'ai peur que cela ne se finisse comme en Indochine !
- À propos de l'Indochine, maintenant que tout est terminé, je pense que la fuite du 10 septembre sera la dernière et que personne ne sera inquiété ! L'affaire risque d'être magistralement enterrée !
- Pensez-vous réellement que les élus parlementaires de l'opposition vont laisser tomber l'occasion de mettre la pression sur le gouvernement ?
- Je m'attends à devoir répondre à certaines questions d'une commission qui est train de se mettre en place !...

Chapitre 14 : Quitte ou double ?

Mardi 16 novembre.

De manière inattendue, Roger Wybot se retrouve convoqué au quai d'Orsay. Ce n'est pas Pierre Mendès France, qui cumule les postes de Président du Conseil et de Ministre des Affaires Etrangères, mais Christian Fouchet, Ministre en charge des Affaires Marocaines et Tunisiennes, qui l'invite à se déplacer. Le Directeur de la DST avec son franc parler, lui fait part de son humeur avec sa franchise habituelle.

- Allons-nous reparler, une nouvelle fois de l'Affaire des écoutes ?
- Pas du tout, les parlementaires ont le dossier en main ! Comme vous le savez, j'ai en charge les Affaires Marocaines et Tunisiennes ! Les récents évènements en Algérie risquent de faire tache d'huile et de mettre en péril les négociations que j'ai entreprises pour plus d'autonomie des deux Protectorats ! J'aimerais que vous en profitiez pour prendre la température au Maroc !

Wybot trouve la démarche surprenante.

- Ne pensez-vous pas que ce genre de mission incombe plutôt au SDECE ?

Fouchet prend quelques secondes avant de répondre.

- Le Maroc et la Tunisie ne dépendent pas vraiment des Affaires Etrangères ! D'autant que ma demande n'a rien d'officiel ... Informez-vous sur les tendances : j'ai le sentiment que le Sultan Ben Arafa* *(Principal opposant au futur roi Mohamed V chantre de la décolonisation)* a fait son temps ! Il est grand temps, à mon sens, de trouver une solution de rechange !
- De quel ordre ?

- Je pense qu'il devient nécessaire d'instaurer un Conseil de Régence qui se prononcera sur la réglementation de la question dynastique ! Peut-être devrions nous envisager le retour de Ben Youssef *(Sidi Mohammed)* ?
- Ne pensez-vous pas que c'est faire rentrer le loup dans la bergerie, avec un retour au nationalisme exacerbé ? Fouchet semble chercher sa route en tâtonnant.
- Faites-vous une idée, une opinion sur place, nous en reparlerons ! Notre administration directe est sans doute dépassée, une dérive vers plus d'autonomie devient nécessaire, avant de nous retrouver dans la même situation qu'en Indochine et d'être obligé de quitter le pays ! Il s'agit d'une véritable nécessité politique, je compte sur vous !

Sans être particulièrement convaincu par la demande, Wybot à titre personnel, ne souhaite pas que l'Administration Française soit remise en question. Mais il ne s'agit pas de sa première préoccupation, son devoir étant de lutter contre le terrorisme. Sans agent de la DST sur place et sans l'accord du SDECE tenu à l'écart, il va falloir trouver une solution, un relais assurant la communication entre Rabat et Paris.

Le directeur de la DST a déjà sa petite idée, qui fait son bonhomme de chemin. Il profite de la présence de Frida Dupire pour lui soumettre son projet.

- Frida, pouvez-vous me dire : quels rapports entretenez-vous avec le « Juncker » *(Jeune aristocrate en allemand)* von Riegsburg ?
- Manfred ? Aujourd'hui, il est parfaitement intégré à la famille Malet ! Je vous rappelle qu'il a deux enfants avec Jacqueline, la sœur de Pierre ! d'abord surprise par la question, Frida a répondu sans détour.
- Justement, entre Pierre et le Graf, les rapports n'ont pas dû être toujours faciles ? insiste Wybot.
- Vous savez, entre les deux c'est une longue histoire ! sourit franchement Frida. Je vous rappelle qu'ils ont fait connaissance en 1940 : Manfred était l'agent de l'Ahbwer sur Paris, pendant que Pierre jouait le double jeu entre Londres et Vichy ! Jacqueline et Manfred se sont rencontrés et sont tombés tout de suite amoureux, au grand

désespoir de Pierre ! *(Voir Nom de code Grenelle)*. Ensuite, le Graf a sorti Pierre des griffes de la Gestapo, puis il y a eu l'attentat de l'Opéra ! Si Mathilde et Jacqueline ne s'étaient pas trouvés sur place pour lui apporter les premiers soins, Manfred ne serait plus de ce monde ! À la fin de la guerre, le major von Riegsburg a été condamné à de la prison et Pierre a fait des pieds et des mains pour alléger sa peine ! *(Voir Direction guerre froide)*. Bref, même si c'est parfois « chien et chat » entre les deux, je pense qu'ils se respectent et s'apprécient ! Mais, pourquoi me posez vous toutes ces questions ?

- Si mes renseignements sont exacts, von Riegsburg est bien un cadre important de la S.I.A.P.E, le groupe tunisien d'engrais phosphaté ? De ce fait, il entretient régulièrement des contacts commerciaux entre la France, l'Algérie, le Maroc et la Tunisie !
- Je vois que vos fiches sont parfaitement à jour !
- Parfait ! Christian Fouchet, Ministre des Affaires Marocaines et Tunisiennes, vient de confier une tâche de surveillance de la gouvernance marocaine à la DST ! Je pense que von Riegsburg est l'homme de la situation pour effectuer cette mission !
- Vous plaisantez je suppose ? réagit Frida avec véhémence
- Pas du tout ! Le Graf possède en qualité d'ancien officier de l'Ahbwer, toutes les capacités requises pour se livrer aux renseignements ! De plus, je sais que sa fonction à la S.I.A.P.E lui permet d'accéder aux milieux économiques et politiques ! Pour moi, il a le profil idéal !
- Mais enfin, Monsieur le Directeur, vous savez très bien que son passé l'a marqué au fer rouge et que, depuis, il reste plus ou moins sous surveillance de la justice ! Vous le voyez travailler pour la DST, sans pouvoir intervenir officiellement ?
- Ça tombe bien ! notre enquête n'a rien d'officiel ! De plus, je sais très bien qu'il a servi plusieurs fois de relais au Commissaire Malet, notamment dans l'affaire N'Guyen do Daï ! *(Voir Les nuits de l'éventreur)*. Là non plus, ça n'avait rien d'officiel ! et ne me dites pas que vous n'étiez pas au courant ! Frida n'en disconvient pas.
- Très bien, qu'attendez-vous de moi ?

- Vous faites avec lui une première approche et vous convenez d'un rendez-vous à la DST pour que je puisse finaliser !

Jeudi 18 novembre.

Pierre Malet peut enfin retrouver sa liberté après avoir passé très exactement : quarante-quatre jours ! à la Salpêtrière. Toute la famille se retrouve au pavillon de Vincent et Greta Malet. Pierre, pour bien montrer qu'il a récupéré ses facultés, lance un trait d'humour dont il a le secret : « Savez-vous que, sur la demi-douzaine de fois où je me suis retrouvé à l'hôpital, c'est la première fois que je prends autant de vacances ! »

Si une partie de l'assistance s'en amuse, Jacqueline et Mathilde, les deux infirmières goûtent moyennement la plaisanterie. Les enfants, la nièce et le neveu de Pierre n'arrêtent pas de le taquiner, si bien qu'au bout d'un moment Jacqueline met le holà. Après le repas, entre la poire et le fromage, Frida en profite pour s'isoler avec Manfred von Riegsburg :

- Manfred, tu sais que, si j'ai repris du service, c'est pour dénicher la personne qui s'en est pris à Pierre ?
- Oui ; as-tu réussi à trouver une piste ?
- Je ne sais pas encore ! Toujours est-il que nous soupçonnons deux Algériens, mais nous n'avons pour l'instant que des présomptions, sans la moindre preuve ! De plus, nous n'avons pas trouvé le plus petit mobile !
- Je suppose que si tu me donnes ces détails, c'est que je peux t'être d'une utilité ? répond le Graf avec un petit sourire en coin.
- En fait, je voudrais faire d'une pierre deux coups ! D'un côté Roger Wybot, à la demande de Christian Fouchet, cherche un intermédiaire pour prendre la température politique au Maroc, de l'autre je voudrais que tu creuses vers la Compagnie Algéroise Maritime !
- Je connais parfaitement : la S.I.A.P.E utilise régulièrement les services de cette Compagnie pour le transport des phosphates ! J'ai rencontré à plusieurs reprises Larbi El Bakir ! Manfred a réagi instantanément.

- Et, que penses-tu du personnage ? Le Graf, prend tout son temps pour répondre.
- Je dirais qu'il est intelligent… mielleux et fourbe !
- Je vois : moitié sigue, moitié loukoum, tout le charme de l'Orient en quelque sorte ! Penses-tu pouvoir lui tirer les vers du nez ?
- Si je comprends bien, tu me demandes de reprendre du service ? c'est le monde à l'envers ! L'ex du Reich, qui passe au service de la France éternelle ! Cette phrase, a le don de faire sourire Frida.
- Pierre le vaut bien, non ?
- Je suppose que tout ce que tu me proposes se fait dans la plus parfaite illégalité, bien entendu ?
- Ce n'est pas à toi que je vais apprendre que les services de renseignements sont, la plupart du temps, border line ?
- Très bien ! je vais pouvoir reprendre un peu d'exercice et sortir de la routine ! Tu peux donner mon accord à Wybot pour un entretien !

 Le soir, rue du docteur Roux, la famille réaménage l'appartement ; Mathilde squatte la chambre de Marie qui intègre celle d'Aloïs. Le frère râle pour le principe, en se plaignant que sa sœur prend trop de place. Frida et Pierre, retrouvent ensemble le lit familial après un mois et demi d'absence. La conversation va bon train.

- Dis donc ma chérie, je t'ai trouvé bien mystérieuse à un moment, avec Manfred, chez mes parents ?
- J'ai réussi à le convaincre de se faire embaucher par la DST !
- Là, tu me fais marcher ? Pierre rigole franchement.
- Pas du tout : Manfred va profiter de ses contacts en Afrique du Nord, pour nous aider sur différents dossiers !
- Quels dossiers ? Pierre semble horrifié.
- Depuis les récents évènements en Algérie, le gouvernement cherche à éviter que les choses ne prennent de l'ampleur au Maroc et en Tunisie ! Manfred va servir de relais pour glaner des informations à droite et à gauche !
- Mais enfin ? c'est le monde à l'envers ! Malet s'étonne et s'inquiète. Si un organisme doit intervenir c'est bien le S.D.E.C.E ! Tu t'imagines :

Manfred ancien de l'Ahbwer, travaillant pour les Services Secrets français ?

- Bah, ce ne serait pas le premier agent retourné ! Et puis il y a autre chose : nous soupçonnons deux Algériens d'être impliqués dans ta tentative de meurtre ! Manfred connaît l'un d'entre eux et doit nous permettre d'avancer !
- Je vois ! je ne peux pas laisser la DST pendant quelque temps, sans que les choses ne partent dans tous les sens ! Tu t'imagines le risque que vous allez lui faire prendre ? Si cette histoire vient aux oreilles de Jacqueline, je te laisse gérer le dossier avec ma sœur !
- Ne t'inquiète pas mon chéri, je sais toujours aborder la situation avec ta sœur ! Il suffit de la convaincre que nous entreprenons toutes ces actions pour protéger son frère adoré ! Frida s'est blottie contre son compagnon …

Vendredi 19 novembre.

Frida confirme à son Directeur que Manfred von Riegsburg est prêt « à collaborer ». Un rendez-vous est fixé pour le mardi suivant. De leur côté, les inspecteurs du Commissaire Serre font un premier bilan de la filature de Mokhtar Ben Cherif. Ils notent de nombreux déplacements avec son patron Larbi El Bakir aux ambassades de Chine et d'Union Soviétique. Wybot, fait une grimace.

- Il est temps d'agir ; je suis sûr que ces deux Messieurs ne se livrent pas uniquement à faire du commerce ! Frida semble poser la bonne question.
- Si Pierre n'a pas véritablement de lien avec l'Afrique du Nord, ce n'est pas les ennemis qui lui manquent avec les soviets du temps de son passage à Berlin, ou en Chine après son séjour au Vietnam !
- Vous pensez à un « possible contrat » mis sur sa tête, exécuté par Ben Cherif ?
- Si la filière maghrébine se précise, cette conclusion semble logique !
- Très bien : nous allons mettre von Riegsburg sur cette piste !

Le samedi, malgré le froid, la famille Malet, fait une sortie au zoo de Vincennes. Si Aloïs se passionne pour les animaux, Mathilde en profite pour renouer les relations avec sa fille. Bras dessus, bras dessous, Frida et Pierre devisent de choses et d'autres, lorsque soudain le Commissaire lance une idée qui fait réagir.

- Je pourrais assister à l'entretien avec Manfred, mardi à la DST !

Après avoir toisé son compagnon, Frida s'adresse à Mathilde !

- Tu ne connais pas la dernière : Pierre voudrait se rendre mardi prochain à la DST ! La réaction arrive, immédiate.
- Ah non ! certainement pas, je te rappelle que tu es en arrêt maladie ! Au pire si tu insistes, je préviens Jacqueline !
- Oh là là ... avec « deux balances » comme vous, je suis bien accompagné !

Mardi 23 novembre.

Rue des Saussaies, Manfred von Riegsburg se présente à l'heure prévue à la DST. Le Directeur a demandé à Frida d'assister à l'entretien. Wybot se montre plutôt amical et taquin.

- Graf von Riegsburg, c'est un honneur de recevoir dans nos locaux un éminent expert de l'Ahbwer !
- Expert, expert ... je vous rappelle que l'Allemagne a perdu la guerre ! répond Manfred du tac au tac.
- Je pense que Frida vous a mis au courant, de la mission que nous souhaitons vous confier, si vous l'acceptez ?
- Oui, dans les grandes lignes, mais j'ai besoin de plus de détails !
- Disons que votre tâche pourrait se diviser en deux parties ! D'un côté avec vos activités à la S.I.A.P.E, vous êtes en première ligne pour suivre les différents mouvements politiques en Afrique du Nord ; de l'autre, vos échanges avec la Compagnie Algéroise Maritime doivent nous permettre d'avancer dans l'attentat dont le commissaire Malet a été la victime !

- Pensez-vous qu'il puisse exister un rapport entre les deux ?
- Nous comptons sur vous pour nous le dire ! Nous pensons que les activités de Larbi El Bakir vont bien au-delà du transport maritime ; que savez-vous à son sujet ?
- Mon « cher beau-frère », sourit Manfred, vous dirait qu'il ne lui confierait pas sa sœur, autrement dit mon épouse ! Le personnage est … comment vous dites, vous les Français ? … une véritable « savonnette » ! Vous pensez le tenir et il vous échappe ! Il n'a aucun scrupule, il ne s'attache à la politique que pour les bénéfices qu'il peut en tirer ! Une seule chose l'intéresse, ses petites affaires et pour cela tous les moyens sont bons !
- Je vois que vous cernez bien l'individu ! Vous avez déjà une petite idée sur la manière dont vous allez vous y prendre ?
- Je ne vous cacherai pas que, si le commissaire Malet reste une cible pour El Bakir, « ses commanditaires » vont lui demander de terminer le travail !
- Crois-tu que nous devrions mettre Pierre sous protection ? réagit Frida
- Je pense qu'exclure totalement mon beau-frère de votre enquête, serait une grave erreur ! D'une part, même s'il faut rester prudent sur son état de santé, je suis persuadé qu'aujourd'hui il a retrouvé l'essentiel de ses facultés et qu'il est le mieux placé pour s'auto protéger !
- Le Commissaire fait toujours partie de nos effectifs ; Wybot va dans son sens. Je n'attends que le feu vert de la Faculté pour lui faire reprendre son poste !
- Ecoutez, je pense que dans un premier temps, il faut faire un point avec le corps médical ; ensuite nous aviserons ! concède Frida presque convaincue

Un peu plus tard dans la journée, Wybot reçoit un coup de fil de François Mitterrand.

- Cette fois nous y sommes : le débat sur l'Affaire des fuites à la tribune de l'Assemblée est lancé ! Raymond Dronne* *(ancien de la France Libre, premier officier de la 2ᵉ DB à pénétrer dans Paris en août 44),* m'attaque violemment avec Jean Legendre* *(Membre de l'Action Républicaine et Sociale)* !

- Rien d'étonnant : ces deux députés sont très liés avec les milieux nationalistes, où le Commissaire Dides a pignon sur rue !
- Pour l'instant, je n'ai aucun moyen de défense ! Attendez-vous à être convoqué à votre tour, pour subir le même sort !
- Ne vous inquiétez pas, je ne vais pas me dérober ! J'en ai assez de toutes ces personnes qui ne sont que les jouets de manipulateurs qui, sans s'en rendre compte, font le jeu des Communistes et des Soviétiques !

Dès le lendemain, Frida appelle Jacqueline par téléphone.

- As-tu discuté avec Manfred ?
- Je suppose que tu veux me parler de Pierre ! Bon je ne suis pas très chaude, pour qu'il reprenne son boulot à temps complet ! Après, tu sais comment il va réagir, dès qu'il est dans la tête dans le guidon, il est incapable de se ménager !
- D'un autre côté, si nous passons notre temps à le surprotéger, nous l'exposons sans le vouloir à tous les malfaisants qui cherchent à lui faire la peau !
- J'en suis consciente ! Je te propose de prendre l'avis de Mathilde ; après tout, elle est la mieux placée pour donner son avis ! De mémoire, je pense que Pierre doit revenir à la Salpêtrière prochainement pour un check up complet : ainsi nous serons fixés !

Effectivement, le rendez-vous ne tarde pas, Pierre doit se rendre à l'hôpital le vendredi suivant. De son côté, Roger Wybot est convoqué au Palais Bourbon dans moins d'une semaine. Il s'attend à prendre en pleine face les foudres des milieux nationalistes et s'efforce de ménager ses arrières en se remémorant « l'Affaire des fuites » depuis le début. Il s'agit de trouver des contre arguments. Dans ce dossier, André Baranès reste la plaque tournante. Autre sujet sensible : le Commissaire Dides, qui l'a accusé publiquement d'être un agent communiste en se basant sur une fiche saisie lors d'une perquisition au siège du PC. Wybot détient la preuve que Dides a menti et par ailleurs le dépôt de plainte pour diffamation suit son cours.

Mais Dides continue son travail de sape par voie de Presse interposée : Jean Dides doit, par tous les moyens, tirer d'affaire Baranès de son inculpation, afin de ne pas en être lui-même la victime collatérale. Imaginez : les députés découvrent qu'André Baranès le « brillant agent secret » adulé par tout le monde, enfarine, gruge et manipule des politiques et des hauts fonctionnaires depuis quatre ans … imaginez l'effet sur l'opinion publique ! Pas question, pour bon nombre d'entre eux de perdre la face.

Le Directeur de la DST représente encore une fois le gêneur, l'empêcheur de tourner en rond, un personnage épouvantable, suscitant la colère et la réprobation de nombreux parlementaires ! Il doit être donné une bonne fois pour toutes en pâture aux chiens. Wybot entend toutes ces rumeurs et il ne doute pas que la partie va se jouer serrée, pendant la débat au Palais Bourbon…

Chapitre 15 : Malet tend un piège.

Vendredi 26 novembre.

Pierre Malet obtient enfin le feu vert pour reprendre son activité professionnelle le lundi suivant. Un bonheur ne venant jamais seul, il est prévu qu'il fête ses 34 ans chez ses parents, dimanche. Mathilde et Frida s'efforcent de calmer son enthousiasme. Son ex-femme plombe un peu l'ambiance en annonçant sa décision.

- Bien. Maintenant que mon travail d'infirmière à domicile est terminé, je vais pouvoir reprendre une activité et un logement !
- Rien ne presse, tu peux rester encore quelque temps chez nous ! essaie de temporiser Frida.
- Je ne vous l'ai pas encore dit, mais j'ai trouvé un emploi d'infirmière à la Maison Nationale des Artistes à Nogent sur Marne ! Il s'agit d'une maison de retraite qui accueille les acteurs, les comédiens en fin de vie, je serai logée sur place !
- Eh bien c'est parfait ! acquiesce Pierre, nous reprenons tous les deux un nouveau départ ! à quel moment dois-tu commencer ta nouvelle activité ?
- Le mercredi 1e décembre !
- Viendras-tu nous revoir ? Marie, pour la première fois depuis bien longtemps, lui montre ses sentiments.
- Bien sûr ma chérie, désormais je ne vous abandonne plus !

Lundi 29 novembre.

Le Commissaire est accueilli rue des Saussaies avec enthousiasme par ses collègues. Jeanne Lallemand lui tend un bouquet de fleurs, pendant que champagne et gâteau avec 34 bougies arrivent et Wybot « le psychorigide » n'hésite pas à se mêler à cette ambiance !

- Dites-moi Pierre, je vais presque me montrer contrarié par votre retour, tellement votre compagne se montre brillante et efficace à votre place ! Frida, ne lui laisse pas le soin de répondre.
- Rassurez-vous Monsieur le Directeur, la mission que vous m'avez confiée n'est pas encore terminée ! Vous allez encore devoir me supporter quelque temps !

Après ces « quelques mondanités » chacun reprend son travail. Pierre regagne son bureau, où Frida déménage ses affaires.

- Que fais-tu ?
- Maintenant que tu es rentré, je te rends ton espace de travail !
- Il n'en est pas question, cette petite table et cette chaise me suffiront ! et Pierre prend sa chérie dans ses bras.

Le voilà replongé dans les dossiers ; le repas de midi se résume à un sandwich, une bière et il lui reste tout de même une part de son gâteau d'anniversaire pour accompagner son café ! En milieu d'après-midi, il se dirige vers la boîte à pharmacie et avale une aspirine. Frida remarque son manège.

- Bon, Pierre, maintenant ça suffit : tu t'abrutis suffisamment avec ces dossiers pour une première journée de travail !
- Ça tombe bien, faisons un break, allons voir le patron !

Aussitôt dit, aussitôt fait, les voilà tous les deux dans le bureau de Wybot. Pierre ne laisse à personne le soin d'exposer les éléments.

- Quand j'examine le dossier de la Compagnie Algéroise Maritime, je constate que nous tournons en rond ! Nous avons un faisceau de présomptions, sans apporter le moindre petit bout de preuve !

À son intonation, Wybot sent que le Commissaire a un début de solution.

- Que proposez-vous ?
- Aujourd'hui, vous envoyez Manfred von Riegsburg comme une bouteille à la mer ; il va sans doute alimenter un peu plus nos suspicions sur le tandem El Bakir- Ben Chérif, sans toutefois trouver la solution pour les faire tomber : il faut pouvoir les provoquer, trouver un appât pour les faire sortir du bois !
- Ah non ! Frida a bondi sur sa chaise. Il est hors de question de faire prendre des risques inconsidérés à Manfred ou à ta petite personne ! Tu as déjà suffisamment payé comme ça !
- Je pensais à quelque chose de plus sophistiqué, de plus subtil ! continue Pierre sereinement. De la Parent est le premier qui nous a mis la puce à l'oreille, il possède déjà un dossier et des moyens d'investigation ; « Quid ? Détective » est le magazine parfait pour jouer les lanceurs d'alerte : il suffit de convaincre son rédacteur en chef !
- Et si Jean Barois* se montre réticent ? hasarde Frida, prudente.
- Notre Directeur pourra toujours donner un coup de pouce en téléphonant à Jacques Chaban Delmas ! *(Un des administrateurs du journal).*

L'idée semble amuser Wybot, beaucoup moins Frida.

- Et à Jean Hubert tu y as pensé ! Qu'est-ce qu'il risque ?
- Tu sais très bien qu'il rêve toujours de jouer les grands aventuriers ! Il ne fera pas de difficulté et nous le mettrons sous protection !

Mercredi 1er décembre.

Wybot se retrouve face à ses accusateurs au Palais Bourbon. Briefés par Baranès et Dides, les députés nationaliste déversent un tombereau de haine sur la DST. Son Directeur est de nouveau accusé d'être un agent communiste et la Surveillance du Territoire de se comporter comme un « Etat dans l'Etat ». Pierre Mendès France profite d'une suspension de séance pour interpeller Wybot.

- Vous savez qu'avec cette affaire, vous allez nous flanquer le gouvernement par terre !

- Monsieur le Président, je n'y suis pour rien ! affecte d'être surpris Wybot. Comme j'ai eu l'occasion de le dire à Monsieur Mitterrand, si vous ne souhaitez pas contre attaquer en disant toute la vérité sur la chronologie des évènements, je n'y peux rien faire !

Dans une impasse, Mendès semble tenté par une opération vérité en plein Parlement. Au moment où la séance reprend, François Mitterrand à la tribune, bouleverse ses plans. En réponse aux interpellateurs, il ne remet en cause ni le Parti Communiste, ni Emmanuel d'Astier de la Vigerie. Sa chance vient de passer, il ne peut couper court aux rumeurs et aux calomnies. Le gouvernement sauve de justesse sa tête face à la motion de censure, mais pour combien de temps ?

Jeudi 2 décembre.

Frida et Pierre sont sur le pied de guerre aux Editions « Nuits et Jours » qui s'occupent de l'édition de l'hebdomadaire « Quid ? Détective ». Le rédacteur en chef Jean Barois, les accueille, assisté par son journaliste vedette, Jean Hubert de la Parent. Le Commissaire Malet fait un large exposé de ses attentes concernant une publication à charge sur la Compagnie Algérienne Maritime. Barois, se montre loin d'être enthousiaste.

- Je suppose que si je refuse, vous avez les moyens de me faire fléchir ?
- Ecoutez Monsieur Barois, essaie de le rassurer Frida, je ne pense pas que nous ayons besoin d'en d'arriver à cette extrémité ! Et vous Jean Hubert, vous êtes le premier concerné, qu'en dites-vous ?
- J'imagine déjà un angle d'attaque ! s'exclame le journaliste qui frétille déjà d'excitation ! La Compagnie Algérienne Maritime se livre-t-elle au trafic de drogue ?
- Pourquoi choisir ce thème ? s'étonne Pierre.
- Parce que la C.A.M qui vend de la drogue, ça fait du sens ! et Jean Hub part d'un fou rire dont il a le secret.
- Je ne sais pas vous, mais moi j'ai toujours du mal à m'habituer à ce genre d'humour ! constate Frida, la mine consternée auprès du rédacteur en chef.

Barois finit par céder.

- Eh bien, je vous laisse gérer les modalités entre vous, en espérant que le journal ne se retrouve pas avec un nouveau procès sur les bras !

Le journaliste et les policiers de la DST se retrouvent dans un coin de bureau pour échafauder leur stratégie. Frida, en tant qu'ancienne de la maison d'édition, dirige la manœuvre.

- Jean Hubert, votre futur article doit pouvoir paraître dans l'édition du 13 décembre : débrouillez-vous pour avoir la première page ! Pierre comment vois-tu la suite ?
- Comme nous n'avons aucune certitude qu'El Bakir lise « ce canard », à sa parution, pour éviter de perdre du temps, nous allons lui envoyer Manfred en éclaireur ! Il pourra lui mettre la pression, nous verrons bien comment il réagit ?

De son côté, von Riegsburg ne perd pas son temps. Avec sa rigueur toute germanique, il entre en contact avec Albert Forestier*, un officier de police de la P.J de Casablanca. Les deux hommes se sont croisés pendant la guerre, chacun dans un camp différent. Le Graf se présente comme étant un électron libre de la DST. L'inspecteur lui confirme les agissements d'un petit groupe d'européens, « la Main Rouge », se livrant délibérément à des attentats contre des Musulmans. Mercredi dernier, Abdelkrim Diouri*, un négociant proche des indépendantistes a été exécuté. Il s'agirait du cinquième assassinat perpétré par cet organisme, contre des personnalités marocaines, depuis deux ans. Plus grave, des membres du S.D.E.C.E, feraient partie intégrante de « la Main Rouge ». *(Historique)*.

Forestier poursuit son enquête, en perquisitionnant l'hebdomadaire « Zadig », qualifié de « Canard Enchaîné » marocain. Le journal, virulent partisan du Maroc français, publie des menaces contre les libéraux marocains. Le policier vient de faire un rapport au jeune Préfet Raymond Chevrier*, récemment nommé Directeur des Services de Sécurité par Christian Fouchet. Albert Forestier cherche à rentrer en contact avec les tueurs, en indiquant qu'il fait partie de leur bord. Son objectif est de désamorcer leurs opérations, en s'infiltrant dans certaines de leurs expéditions punitives.

Dès le lendemain, Manfred von Riegsburg, en présence de Pierre Malet, se présente rue des Saussaies pour faire son rapport au Directeur de la DST. Roger Wybot ne cache pas son inquiétude et s'explique : un malaise supplémentaire va séparer un peu plus les services intérieur et extérieur de renseignements.

- Je commence à comprendre pourquoi Christian Fouchet, n'a pas fait intervenir le S.D.E.C.E ! J'ai l'impression de revivre « l'Affaire des généraux », avec un nouveau Roger Peyré* sur les bras ! *(Voir Les nuits de l'éventreur).* Messieurs il va falloir redoubler de la plus grande prudence ! Graf von Riegsburg, vous continuez à rester en contact avec Forestier sans vous exposer ! Commissaire Malet, vous faites tout de votre côté pour surveiller le S.D.E.C.E ! Il ne faut absolument pas que Pierre Boursicot* *(Directeur des Services Extérieurs de Renseignements)* et ses sbires soient au courant de nos investigations au Maroc !

Lundi 13 décembre.

« Quid ? Détective » est bien présent en kiosque ; la première page titre sous la plume de Jean Hubert de la Parent « Alger la blanche, la nouvelle héroïne ! » Le journaliste fait preuve de beaucoup plus de finesse dans ses écrits que dans ses « plaisanteries de garçon de bain ». Sans jamais citer ni la Compagnie Algéroise, ni Larbi El Bakir, le lecteur initié ne peut douter des cibles visées. La communication s'établit rapidement entre la DST et Manfred von Riegsburg. Le Graf, décroche un rendez-vous pour le lendemain avec El Bakir à son bureau parisien dans le 19e arrondissement.

Mardi 14 décembre.

Au numéro 32 de la rue Petit, une simple plaque signale : « Compagnie Algérienne Maritime » 1er Etage gauche. Le Graf s'engouffre dans l'immeuble, grimpe rapidement l'escalier pour se rendre à son entretien. Il est accueilli par une secrétaire souriante qui ne le fait patienter que quelques instants, le gérant de la société venant à sa rencontre :

- Graf von Riegsburg ! c'est toujours un plaisir de vous rencontrer. Passons dans mon bureau voulez-vous ?
- Monsieur El Bakir, je suis très ennuyé, commence gravement Manfred. Avez-vous lu ce journal ?

Le Graf lui tend « Qui ? Détective ». Après avoir parcouru l'hebdomadaire, El Bakir perd toute contenance et explose de rage.

- Ce torchon, est un ramassis de mensonges !
- Je comprends tout à fait votre réaction ! reprend Von Riegsburg Néanmoins, je n'ose pas imaginer la réaction des actionnaires de la S.I.A.P.E, lorsqu'ils vont découvrir cette chronique ! Que comptez-vous faire ?
- Je vais les traîner en diffamation, je vais faire avaler son article à ce petit journaleux ! menace le gérant qui ne décolère pas
- Oui, bien sûr … malheureusement, le mal est déjà fait ! Manfred toujours calme, a posé la touche finale.

El bakir finit par retrouver ses esprits et son calme.

- Merci de m'avoir prévenu ! Je compte sur vous, pour défendre ma position auprès des actionnaires de la S.I.A.P.E !
- Rassurez-vous, nous sommes toujours partenaires !

En sortant de son rendez-vous, Manfred entre dans le premier bistrot venu pour téléphoner à son beau-frère.

- Pierre, c'est fait ! El Bakir était complètement déstabilisé, je pense qu'il a mordu à l'hameçon au-delà de nos espérances ! Par contre, je crains qu'il ne s'en prenne à de la Parent !
- C'était plus ou moins prévu ! Ne t'inquiète pas, je fais mettre deux gardes du corps, 24 heures sur 24 à son service !

L'organisation de ce type de surveillance, passe par Alain Montarras*, le Chef de Cabinet de La DST. À 33 ans, cet homme discret né à Tunis est déjà doté d'un solide curriculum vitae. Ancien résistant et membre de la 2e DB, il a participé au débarquement de Normandie, à la Libération de Paris et de Strasbourg, a servi sous les ordres du « capitaine Wybot » et tout naturellement s'est retrouvé à la DST après-guerre. Son frère jumeau Robert, fait également partie des effectifs et ils sont surnommés affectueusement par le service : « Dupont et Dupond » *(Historique)*.

Dès le lendemain, Montarras fait mettre un impressionnant dispositif de surveillance au 26 de la rue Vercingétorix, devant les « Editions Nuits et Jours » et rue Xaintrailles, dans le 13e arrondissement, devant le domicile de Jean Hubert de la Parent. De plus, deux policiers en civil, sont collés aux basques du journaliste. Bref, du moins en théorie, la DST pare à toute éventualité.

Dans le même temps, Roger Wybot retrouve un semblant de bonne humeur. Suite au débat parlementaire sur « l'Affaire des fuites », il obtient pour la circonstance, d'être nommé par Mendès France « Commissaire du Gouvernement ». Ce poste qui, bien que provisoire, lui permet d'élargir son pouvoir d'investigation.

Il ne se passe pas grand-chose jusqu'à la fin de la semaine. Le Commissaire Malet, pour plus de tranquillité, essaie de garder un œil sur de la Parent. Samedi soir, il trouve un prétexte pour l'inviter avec Frida au grand Rex, où passe « Touchez pas au Grisbi », le dernier film de Jean Becker avec Jean Gabin. Ils ont prévu de se retrouver devant le cinéma pour la séance de 20 heures.

Après avoir hésité entre les transports en commun et un déplacement en voiture, le journaliste décide de sortir son véhicule du garage sur le coup de 19h30. Le samedi, les gens sortent tard et pour l'instant, les deux restaurants au pied de son immeuble sont peu fréquentés. Deux policiers de surveillance sont garés dans une « 11 légère » sur la droite de la rue Xaintrailles à voie unique. La rue montante en faux plat accentué, ne doit pas permettre d'organiser une embuscade. Les deux inspecteurs ont une vue parfaite, pour surveiller l'Austin Healey qui sort du parking.

Le moteur BMC laisse entendre son quatre cylindres mélodieux, lorsqu' un véhicule déboule à pleine vitesse de la rue Domrémy. Un homme, placé à l'arrière d'une Ford Vedette, arrose copieusement de son pistolet mitrailleur l'Austin de de la Parent. Dans la semi obscurité, l'impact des balles fait des étincelles contre la carrosserie. Les deux inspecteurs qui ont reçu des consignes, n'hésitent pas un seul instant : ils défouraillent et vident les chargeurs de leurs armes. Une des balles atteint la vitre de custom, pendant qu'une autre crève le pneu arrière gauche de la Ford. Brusquement déséquilibré, le véhicule n'est plus contrôlé par le chauffeur et finit sa course dans un poteau télégraphique à l'angle de la rue Charcot.

Pendant qu'un des policiers se lance à la poursuite des gangsters, l'autre se préoccupe de l'état de santé du journaliste. Alors que des badauds sortent des restaurants, malgré son traumatisme, Jean Hubert garde un semblant de lucidité. Un des restaurateurs l'examine, un filet de sang coule de son bras gauche.

- Les salauds, une « Healey » toute neuve !
- Voyez votre main ! machinalement, Jean Hubert vérifie son état.
- Et en plus, ils ont pété ma Rolex !
- Venez, je vais vous donner les premiers soins ! le restaurateur l'entraîne à l'écart tout en souriant

Le premier inspecteur a rejoint son collègue. Arrivé à la hauteur de la Ford, ils constatent que l'individu responsable du tir gît sur la banquette arrière, touché par un des projectiles. Le chauffeur par contre, s'est envolé. Les secours arrivent rapidement ; Jean Hubert et l'agresseur sont évacués, direction la Salpêtrière. Pierre Malet, par précaution, donne toujours à ses collègues l'endroit où il peut être joint, y compris le week-end. Alors qu'il commence à s'inquiéter devant le Rex, un policier vient le prévenir.

- Monsieur le Commissaire, votre ami le journaliste vient d'être blessé par balle !
- D'après vous, est-il touché sérieusement ? s'inquiète Frida

- Je ne sais pas ! Tout ce que je peux vous dire, c'est qu'il a été évacué à l'hôpital de la Salpêtrière !

Frida et Pierre se précipitent sur place ; l'inspecteur Laroche, un des inspecteurs présents sur le lieu de l'attentat, veille et les rassure.

- Ne vous inquiétez pas Commissaire, le journaliste n'est blessé que superficiellement ! Une balle a pénétré légèrement dans son avant-bras gauche, vous allez pouvoir l'interroger !
- Bien, pouvez-vous me décrire les circonstances de son agression ?

Laroche décrit en détail la scène qu'il a vécue. Il précise que l'un des agresseurs est en fuite, pendant l'autre subit une opération, pour extraire une balle qui a touché un poumon.

Sur ces entrefaites, deux inspecteurs de la Préfecture de Police se présentent. Inutile de préciser que les hommes du Commissaires Dides, se montrent particulièrement agressifs envers leurs collègues de la DST.

- Que faites-vous ici ? Cette enquête est de notre ressort !
- Si vous défendiez correctement nos concitoyens, nous ne serions pas obligés d'intervenir ! répond le Commissaire sur le même ton.
- Messieurs, où vous croyez-vous ? intervient une infirmière. Vous êtes ici dans un hôpital ! Si vous voulez en découdre, allez dehors !
- Viens, allons retrouver Jean Hubert ! Pierre entraîne Frida par la main.

Dans sa chambre, le journaliste rédige tranquillement un futur papier pour son journal.

- Comment vous sentez-vous ? questionne Frida.
- J'ai connu de meilleurs moments, des pires également ! Je n'ai pas vu grand-chose de mon agression qui s'est déroulée en une fraction de seconde : tout ce que peux vous dire, c'est que mon « Healey » est transformée en passoire et que je vois devoir m'acheter une autre « Rolex » !
- Le suspect qui est actuellement au bloc, avait des papiers sur lui : il s'agit d'un certain Mohamed Daoud ! intervient l'inspecteur Laroche.

Le second est visiblement blessé : nous avons retrouvé des traces de sang allant jusqu'à la bouche de métro !

- Bon, interrompt Malet. Nous avons déjà des éléments pour commencer une enquête ! Pour l'instant, nous ne pouvons pas interroger celui que vous avez arrêté et, de toutes façons « nos amis » de la Préfecture de Police s'y opposeraient ! Attendons lundi « à la boîte », pour refaire le point ! ...

Chapitre 16 : Piastre, le revers de la pièce.

Lundi 20 décembre.

Les inspecteurs Laroche et Schmidt, témoins et acteurs de la scène de samedi, sont réunis avec Pierre et Frida dans le bureau de Roger Wybot, pour envisager la suite. Soudain le téléphone sonne.

- Monsieur le Directeur, je vous passe Monsieur Rogues*(André Rogues, Secrétaire Général de la Préfecture de Police de Paris)!
- Bonjour Monsieur Wybot ! Trouvez-vous normal que vos inspecteurs « jouent aux cow-boys » le samedi soir, dans les rues de Paris !

Wybot, qui n'est pas d'humeur badine, lui répond sèchement.

- Monsieur le Secrétaire Général, si Paris n'était pas un décor de western, mes hommes ne se sentiraient pas obligés de jouer les shérifs !

Surpris par la réponse, Rogues met un certain temps pour réagir.

- Je tenais à vous dire que le Parquet nous a confié l'enquête ! De ce fait, nous ne tolérons aucune intervention extérieure !
- Sans vouloir vous contrarier, Monsieur le Secrétaire Général, je vous rappelle que la DST a pour mission la sécurité intérieure du pays ! précise Wybot paternaliste De ce fait, si son Directeur juge bon d'intervenir, il le fera ! Maintenant si cela vous pose un problème, je n'ai pas besoin de vous rappeler le numéro de téléphone du Ministre de l'Intérieur ! En vous souhaitant une bonne journée !

Sans attendre la réponse, Wybot raccroche devant les quatre témoins figés par la scène. Puis le Directeur reprend.

- Où en étions-nous ? l'inspecteur Schmidt développe.

- Mohamed Daoud, l'homme qui est actuellement hospitalisé fait partie de « nos clients » ! Il a 43 ans, né à Casablanca, condamné à la fois au Maroc et en France, pour différents motifs : cambriolage, bagarre au couteau et voie de fait ! Mais, plus intéressant, il fait partie de la Compagnie Algérienne Maritime ! Wybot fronce les sourcils.
- Je vois … tout nous ramène encore une fois à ce Larbi El Bakir !
- D'autant que le chauffeur pourrait très bien être Mokhtar Ben Chérif ? imagine Malet.
- Et la voiture, avez-vous pu en tirer quelque chose ? continue Wybot.
- Pas vraiment, répond Laroche, même s'il s'agit d'une « Vedette », ce n'est pas celle d'El Bakir ! Le modèle est une « Abeille » et non une « Vendôme » ! La voiture a été volée la veille, à un certain Bertrand Leclerc, négociant en vin à Bercy ! Il n'a pas de casier et visiblement aucun rapport avec la Compagnie Algérienne Maritime !
- Laroche et Schmidt, vous voyez avec votre chef de service : je veux que vous localisiez Ben Cherif et que vous me le rameniez ! ordonne le Directeur. Commissaire Malet, vous vous rendez chez El Bakir, sur la pointe des pieds, même si je reste persuadé qu'encore une fois, nous ne pourrons rien en tirer ! Par contre, vous vous y rendrez seul, juste pour information ! Je ne veux plus que Frida, rentre en contact avec cet individu misogyne !

Mardi 21 décembre.

Laroche et Schmidt sont toujours à la recherche de Ben Chérif, qui demeure introuvable. Ils en avertissent Pierre Malet avant sa visite à la Compagnie Algérienne Maritime.

- S'il s'agit bien du chauffeur, il a peut-être été hospitalisé ! Alertez les hôpitaux et les cliniques aux alentours ! réagit le Commissaire.

Malet se présente à la C.A.M sans rendez-vous. La secrétaire tente de lui faire barrage.

- Je ne pense pas que Monsieur El Bakir puisse vous recevoir ! Aujourd'hui, il est particulièrement occupé !

- C'est fâcheux : si je me suis déplacé, c'était pour lui éviter une convocation officielle !

Le gérant comprend rapidement qu'il est de son intérêt de se montrer coopératif.

- Commissaire Malet, que puis-je faire pour vous ? passons dans mon bureau, voulez-vous !

Pierre s'installe confortablement et sort calmement de son porte documents, une photo de Daoud.

- Connaissez-vous cet homme ?
- Non, son visage ne me dit rien ! après examen attentif du cliché, El Bakir est resté de marbre.
- Il s'appelle Mohamed Daoud ; il est impliqué dans une fusillade qui s'est déroulée contre un journaliste, samedi soir, dans le 13e arrondissement !
- C'est horrible ! Je ne comprends pas que dans notre pays, on puisse s'en prendre à la Presse ! El Bakir joue les offusqués.
- Figurez-vous que cet individu travaille pour la Compagnie Algérienne Maritime !
- Vraiment ? il en faut plus pour troubler le gérant. Vous savez, jusqu'à huit cents personnes, en comptant les intérimaires, travaillent dans mon entreprise ! Je ne peux pas connaître tout le monde !
- Très bien. J'ai une dernière question à vous poser : savez-vous de quelle manière nous pourrions joindre Mokhtar Ben Cherif ?
- Ah non, pas du tout ! Figurez-vous, que pour les fêtes de fin d'années, je lui ai accordé dix jours de vacances ! Il avait besoin de se ressourcer dans sa famille algérienne.

Cette fois encore, pour le Commissaire Malet et la DST, il s'agit d'un retour à la case départ.

Mercredi 22 décembre.

Jacqueline von Riegsburg affolée, téléphone directement à son frère au bureau.

- Pierre, ils ont arrêté Christian ! *(Jacqueline appelle toujours le Graf par son deuxième prénom).*
- Qui ça « ils » ?
- Je ne sais pas ! Je sais tout juste qu'il s'agissait de deux policiers en civil, venant de Paris !
- Ne t'inquiète pas, je vais régler rapidement le problème !

Pierre raccroche : pour lui il ne fait aucun doute que des policiers parisiens ne peuvent venir que de la Préfecture de Police. Il cherche à les joindre, sans plus de formalité.

- Bonjour, Commissaire Malet de la DST à l'appareil ! Vous devez retenir dans vos murs Monsieur Manfred von Riegsburg !
- Ne quittez pas, je me renseigne ! deux ou trois minutes s'écoulent. Effectivement Commissaire, mais je ne peux pas vous en dire plus, il est actuellement en garde à vue !

Pierre se précipite dans le bureau de Wybot qui affiche sa mine renfrognée des mauvais jours.

- Je viens d'apprendre que la Préfecture de Police a mis Manfred von Riegsburg en garde à vue !
- Il ne manquait plus que ça ! J'ai reçu l'information que Daoud vient de mourir !
- Laroche et Schmidt, vont devoir rendre des comptes ! s'inquiète Malet.
- Je ne pense pas ! Figurez-vous que le policier mis en faction devant la chambre par la Préfecture de Police s'est absenté pour aller boire un café et le respirateur de Daoud a été débranché pendant son absence ! Naturellement, personne n'a rien vu ni rien entendu ! J'ai failli appeler Rogues, pour le complimenter !
- De mon côté, je préviens l'avocat Jean Daniel Richard, pour comprendre pourquoi Manfred a été mis en garde à vue.

Maître Richard ne manque pas de réactivité et se présente au 12 quai de Gesvres une heure plus tard. « Bonjour, je suis Maître Richard, le conseiller de Manfred von Riegsburg, puis-je m'entretenir en particulier avec mon client ? » L'avocat et le Graf sont bientôt seul à seul dans un box.

- C'est Pierre votre beau-frère qui m'a prévenu, pouvez-vous me donner le motif de votre garde vue ?
- Il m'est reproché d'avoir tenu un rôle important dans « le trafic des Piastres » pendant mon séjour en Indochine !
- Pouvez-vous m'en dire un peu plus ?
- À l'époque, moyennant finance, en profitant de ma position à la S.I.A.P.E, j'ai servi d'intermédiaire à Mathieu Franchini ! *(Voir Les méandres du Mékong).*
- Ouais … il n'y a pas de quoi fouetter un chat ! l'avocat semble dubitatif. En gros, comme beaucoup de monde, vous avez profité d'un système et d'un flou juridique ! Je vais régler le problème, vite fait bien fait !

Richard et von Riegsburg, se retrouvent désormais en face à face avec l'Inspecteur Principal Dupuis.

- Monsieur le Principal, la garde à vue de mon client est totalement injustifiée ! D'une part je vous rappelle qu'une enquête a été diligentée par des parlementaires en juin dernier et qu'à ce jour, il n'a fait l'objet d'aucune suspicion ! D'autre part, s'il fallait mettre en prison toutes les personnes ayant bénéficié de ce système de change avantageux, il faudrait d'abord commencer par les ministres, les parlementaires et les hauts fonctionnaires ! En conséquence, je vous demande de libérer Monsieur von Riegsburg sur le champ !
- Maître, si nous retenons votre client, c'est que nous détenons des informations très sérieuses et incontestables !
- Ah bon ? lesquelles ? Agissez-vous sur dénonciation ?
- Il ne s'agit pas de dénonciation, mais d'informations en provenance du S.D.E.C.E ! Monsieur von Riegsburg, sera présenté demain devant le Juge d'Instruction Éric Marteau ! C'est lui qui décidera des suites à donner !

Furieux, Jean Daniel Richard se précipite dans le premier bistrot pour téléphoner au Commissaire Malet.

- Pierre, Jean Daniel Richard à l'appareil ! La police vient de décider de présenter votre beau-frère, demain, devant le Juge Marteau !
- Pour quel motif ?
- Ils agissent sur une information en provenance du S.D.E.C.E, concernant le trafic des Piastres !
- Comment ? mais c'est surréaliste !
- C'est aussi ce que je me suis dit ! évidemment, comme vous vous en doutez, j'aurais préféré avoir affaire à un autre juge d'instruction ! Mais je vais faire avec, je vous tiens au courant !

Anéanti, Pierre ne voit pas trop comment présenter la situation à sa sœur. Puis, faute de solution, il décide de jouer franc jeu.

- Jacqueline, je suis désolé, mais Manfred va être présenté demain devant un juge d'instruction ... il n'a pas le temps de finir sa phrase.
- Qu'est-ce que tu me racontes ? Quelle en est la raison ?
- On lui reproche d'avoir bénéficié d'une part de l'argent du « trafic des Piastres » ! Jacqueline reste un moment sans voix, avant de reprendre.
- Cette vieille histoire ? ... je suis sûre qu'il y a autre chose derrière ? Pierre, tu me caches des trucs !
- Disons que, cette histoire n'aurait pas d'importance, si la plainte ne venait pas du S.D.E.C.E !
- J'en étais sûre ! Toutes vos histoires de barbouses à Frida et à toi, finissent mal et retombent sur le nez de Christian ! à trois jours de Noël, que vais-je pouvoir annoncer à Frantz et Anne Sophie ? que leur père est en prison à cause de leur oncle ?
- Ecoute... Pierre essaie tant bien que mal de temporiser ... arrête de noircir le tableau, Maître Richard s'occupe du dossier !
- Ah oui ! super ! ça me rassure ! c'est la goutte qui fait déborder le vase .... la dernière fois il lui a fallu six mois pour le faire sortir de prison ! et Jacqueline, raccroche au nez de son frère, qui va devoir maintenant annoncer la nouvelle à son Directeur.

Comme habituellement lorsque la situation est grave, Wybot reste d'un calme olympien. « Vous ne lâchez rien de l'affaire, nous allons avoir l'occasion de faire payer l'addition à la fois à la Préfecture de Police et au S.D.E.C.E ! »

Jeudi 23 décembre.

Dans le cabinet du Juge Marteau au Palais de Justice, le magistrat, un peu méprisant, fait signe à von Riegsburg et son avocat de s'asseoir, tout en restant la tête plongée dans son dossier.

- Décidément, la famille Malet n'arrête pas de me donner du travail ! Après la femme, le mari et maintenant il s'agit du beau frère !

Le juge risque de regretter amèrement cette petite phrase et Jean Daniel Richard en profite pour enchaîner.

- Effectivement, tout comme moi, Monsieur le Procureur pourrait penser qu'il s'agit d'acharnement et de parti pris !

Éric Marteau fait comme s'il n'avait rien entendu.

- Dans votre déclaration aux policiers, vous reconnaissez avoir participé au trafic des Piastres !
- Comme quelques millions de Français ! répond l'avocat.
- Certes, mais tous les Français ne sont pas d'anciens de l'Ahbwer !
- Mon client a été déjà jugé pour ses actes et je ne vois pas le rapport avec l'affaire que nous examinons ? le ton monte …
- Le rapport concerne le Service de Documentation Extérieure et de Contre-Espionnage ! N'oubliez pas que le Viet-Minh a également profité du trafic des Piastres pour se procurer des armes ! Monsieur von Riegsburg, pourrait parfaitement être leur complice !
- Je ne sais pas si votre dossier est à jour, mais je travaille actuellement pour la DST ! annonce posément Manfred qui est le seul resté calme.
- Et alors ? Comme Grenelle *(allusion faite à Pierre Malet)*, vous pourriez être un agent double, encore une fois, au service des ennemis de la France ?

Me Richard, en a déjà beaucoup trop entendu et se lève menaçant.

- Peut-être, mais Pierre Malet, lui, n'a pas collaboré pendant la guerre ! *(Allusion faite à la participation d'Eric Marteau dans le Procès de Riom).* Je vais vous faire dessaisir !
- C'est ça ! en attendant Monsieur von Riegsburg reste sous les verrous !

En se séparant, Manfred glisse discrètement à l'oreille de son avocat : « Dites à Pierre, que j'ai la conviction que Larbi El Bakir fait partie de la « Main Rouge » ! Il comprendra ! ». Toujours sous tension, Jean Daniel Richard, se précipite dans une cabine téléphonique du Palais de Justice, pour appeler la DST.

- Pierre, je sors du Palais : le Juge Marteau laisse pour l'instant von Riegsburg en prison, mais il y a beaucoup plus grave ! Il faudrait que l'on se rencontre rapidement !
- Très bien, vous pouvez passer maintenant rue des Saussaies !

Moins d'une demi-heure plus tard, les deux hommes se retrouvent dans le bureau du Directeur de la DST. L'avocat évoque dans le détail l'interrogatoire du juge, sans omettre la petite phrase de Manfred sur la « Main Rouge ». Comme souvent lorsqu'il est en pleine réflexion, Wybot se frotte le bras gauche de la main droite, puis l'inspiration vient.

- Pour résumer : le S.D.E.C.E a dû s'apercevoir que Manfred von Riegsburg met le nez dans ses affaires au Maroc et cherche à le faire tomber ! De plus, El Bakir continue son petit jeu entre la Main Rouge et nos services extérieurs ! Cerise sur le gâteau, le Juge Marteau incapable de discernement et assoiffé de vengeance, se laisse bercer d'illusions par le S.D.E.C.E et donne du grain à moudre à la Préfecture de Police !
- Vous avez parfaitement résumé la situation ! confirme l'avocat.
- Parfait, merci Maître Richard, le Commissaire Malet va prendre votre déposition et vous la faire signer ! Ensuite de mon côté à l'aide du document, je vais alerter le Garde des Sceaux !

La rédaction dactylographiée du rapport ne prend quelques minutes. Une fois le texte rédigé, Wybot y ajoute sa touche personnelle et fait porter le tout par un coursier à la Chancellerie.

Vendredi 24 décembre.

Ni la Chancellerie, ni la DST ne prennent le temps de préparer le réveillon de Noël. Jean Michel Guérin de Beaumont*, Ministre de la Justice, appelle directement Roger Wybot. Ancien avocat, le Garde des sceaux, est naturellement sensible à la déposition de Jean Daniel Richard.

- Monsieur le Directeur, bonjour ! Je viens de prendre connaissance de votre note, accompagnée par le témoignage de Maître Richard ! Dites-moi, nous nageons en pleine guerre des Polices ?
- Nous pouvons voir les choses de cette manière Monsieur le Ministre !
- J'ai cru comprendre que le Président du Conseil avait élargi vos compétences, en vous nommant Commissaire du Gouvernement ?
- Vous êtes parfaitement renseigné, Monsieur le Ministre !
- Dans ce cas, je vous conseille de prendre vous-même le dossier Marocain en charge et de vous rendre sur place ! Cela vous évitera d'exposer votre agent, le nommé… Manfred von Riegsburg… c'est bien ça ?
- Vous avez compris qu'actuellement mon agent a été incarcéré ?
- Ah oui ; j'ai déjà le Juge Marteau dans le collimateur depuis un certain temps, sur d'autres sujets ! Je vois avec le Procureur et j'en fait mon affaire !
- Très bien, merci Monsieur le Ministre !

Comme de tradition, les familles Malet et von Riegsburg se retrouvent chez les parents de Jacqueline et Pierre, au pavillon de Colombes pour le réveillon de Noël. Inutile de préciser qu'en l'absence de Manfred, l'ambiance n'est pas à la fête. Marie et Aloïs s'efforcent de distraire leurs cousins Frantz et Anne Sophie, privés de leur père. De son côté, Jacqueline ignore parfaitement son frère, qu'elle semble rendre responsable de l'incarcération de son mari.

Mathilde invitée, fait le tampon et s'efforce de renouer le dialogue entre le frère et la sœur.

- Jacqueline, tu sais bien que Pierre fait toujours tout pour sa famille ! Il a déjà sorti Manfred une fois de prison et puis moi aussi dernièrement, il n'y a aucune raison de lui en vouloir !
- Ce n'est pas à Pierre que j'en veux, mais à Christian de s'être laissé embobiné ! Il n'a pas pu s'empêcher de reprendre du service dans les Services Secrets : avec son passé c'était la dernière chose à faire !

Vincent Malet réagit en patriarche.

- Pierre, peux-tu nous dire à quel moment Manfred va être libéré ?
- Nous sommes en période des fêtes, administrativement ça complique sérieusement les choses ! Tout ce que je peux vous dire, c'est que Roger Wybot a mis le Garde des Sceaux dans la boucle ! Il ne reste plus qu'à attendre le résultat ! ...

Chapitre 17 : Mission au Maroc.

La trêve des confiseurs n'a pas forcement la saveur du sucre pour tout le monde. Le Juge Marteau va devoir goûter à la bûche de Noël sans la crème, mais assortie de quelques marrons.

Mardi 27 décembre.

Il est dessaisi de l'affaire von Riegsburg et la levée d'écrou du Graf, doit être effective le lendemain.

Mercredi 28 décembre.

Pierre Malet fait le pied de grue devant « la Petite Roquette » dans l'attente de la sortie de son beau-frère. En se retrouvant, les deux hommes se font une franche accolade, effaçant ainsi un peu plus des souvenirs douloureux, datant de près de 15 ans.

- Manfred, avant de te ramener chez toi, nous devons repasser par la DST !
- Je comprends, j'ai pas mal de choses à vous raconter !

Quelques minutes plus tard, les voilà dans le bureau de Wybot qui se montre presque aussi enthousiaste que le Commissaire.

- Junker von Riegsburg, heureux de vous compter de nouveau parmi nous !

Manfred, entre immédiatement dans le vif du sujet.

- Figurez que la veille de mon arrestation, Larbi El Bakir m'a demandé de passer à son bureau ! Il devait, soi-disant me montrer un dossier le dédouanant des accusations de « Quid ? Détective ». Pendant que nous discutions, il a reçu un coup de fil et, en dehors de toute prudence, il a continué à parler à son interlocuteur, sans se préoccuper de moi !
- Avez-vous pu identifier la personne qui était au bout du fil ? s'enquiert Wybot.
- Il n'a pas cité de nom, mais j'ai compris qu'il s'agissait d'un agent des services extérieurs et ils ont évoqué la « Main Rouge » ! Malheureusement, je n'ai pas pu saisir la signification de leur échange !
- Et après ? Pierre aimerait en savoir plus.
- El Bakir s'est rendu compte de sa bévue ! Il a paru troublé, puis a fait machine arrière ! Concernant le dossier qu'il devait me remettre, il m'a dit que finalement, il devait le compléter et qu'il ne pouvait pas me le remettre en l'état ! Puis il a ajouté qu'il me recontacterait dès que possible, en me remerciant de m'être déplacé ! Vous connaissez la suite, j'ai été arrêté le lendemain à mon domicile !

Wybot, ne met pas très longtemps à imaginer les conséquences.

- Pour moi c'est limpide : El Bakir s'est rendu compte que le Graf représentait une menace, il a prévenu le S.D.E.C.E, qui a fait intervenir les policiers de la Préfecture pour l'arrêter !

Malet va dans son sens, mais doute que la DST puisse apporter des preuves suffisantes.

- Avec El Bakir, c'est toujours la même chose ! Nous arrivons à étoffer un peu plus son dossier à chaque fois, sans apporter le témoignage qui va le faire tomber définitivement !
- Je sais, répond Wybot fataliste, d'autant que nous devons aussi éviter les écueils représentés par le S.D.E.C.E et la Préfecture de Police ! Junker von Riegsburg, un grand merci pour votre contribution, nous allons vous laisser rejoindre votre famille ! Pierre, j'ai besoin de vous

aujourd'hui, nous pourrions demander à Frida de raccompagner le Graf à son domicile ?

L'adjudante ne fait aucune difficulté et Wybot et Malet se retrouvent seuls en tête à tête. Le Commissaire impatient, demande la suite.

- Comment voyez-vous les choses, désormais ?
- Pour les raisons que vous connaissez, nous ne pouvons plus exposer von Riegsburg ! De ce fait, nous devons trouver une autre solution pour continuer l'enquête sur place au Maroc !
- Je vous vois venir, vous allez me demander de faire le déplacement ?
- Oui, enfin … pas seulement ! Vous n'avez aucun mandat, et comme votre beau-frère, vous risquez d'avoir le S.D.E.C.E sur le dos ! De mon côté, mon pouvoir est élargi et en ma qualité de Commissaire du Gouvernement, je vais donc m'y rendre ostensiblement avec une petite équipe dont vous allez faire partie !
- Je vois, « même pas peur » !
- Nos adversaires pourraient s'attaquer physiquement plus facilement à un homme seul qu'à un groupe avec un mandat officiel ! En attendant, je vais vous demander de me trouver tous les éléments possible sur la « Main Rouge » !

Pierre Malet se replonge par nécessité dans le travail administratif. Il s'aperçoit que la Main Rouge tient son origine d'un groupuscule créé à Tunis en 1952, regroupant au départ « des petits Blancs », bientôt assistés par des policiers des services extérieurs français, avec pour objectif unique d'empêcher l'indépendance des pays du Maghreb. Surnommées « l'Escadron de la mort », ses actions, limitées dans un premier temps sur des indépendantistes algériens, marocains et tunisiens, vont bientôt s'étendre sur des citoyens de souche française ou étrangère, comme des avocats, susceptibles de les gêner dans leurs actions.

Leur premier acte significatif remonte au 5 décembre 1952, avec l'assassinat de Farad Hached*, fondateur et leader de l'Union Générale Tunisienne du Travail. L'homme a été exécuté d'une rafale de mitraillette, tirée par une voiture qui a réussi à prendre la fuite. Le Commissaire ne peut s'empêcher de faire le rapprochement avec la tentative contre le journaliste Hubert de La Parent. Jean de Hautecloque*(Cousin du Général Leclerc), Résident Général de France en Tunisie, s'efforce alors d'étouffer l'affaire. Un nom attire plus particulièrement l'attention de Pierre Malet : celui d'Antoine Méléro*. Il s'agit d'un policier chargé de l'enquête sur place, faisant partie du service d'action du S.D.E.C.E. A partir de là, il est facile de faire un rapprochement entre Méléro et la « Main Rouge ».

Mais Malet se retrouve très vite bloqué, le dossier étant couvert par le Secret Défense. De son retour à son domicile, Pierre peut s'offrir un petit moment de détente avec Frida, devant un Whisky.

- Comment Manfred a-t-il été accueilli ?
- Pour ses enfants c'était la fête, par contre il a entendu parler du pays de la part de ta sœur, qui n'a pas manqué de lui faire savoir !
- As-tu des nouvelles de de la Parent ?
- Ah oui ! Frida éclate de rire : il a pris quelques jours de congé dans sa famille bordelaise pour se remettre ! Mais rassure-toi, tu peux l'appeler, il est toujours partant pour de nouvelles aventures !

Si le réveillon du jour de l'an se veut beaucoup plus festif pour les familles Malet et von Riegsburg, la terre ne s'arrête pas pour autant de tourner. L'actualité politique des premiers jours de 1955, mobilisent ministres et parlementaires. Le 5 janvier, François Mitterrand, Ministre de l'Intérieur, propose que l'Algérie soit intégrée à la France. Le Conseil des Ministres approuve le mercredi 9 les réformes en Algérie avec entre autres, un élargissement du droit de vote aux Musulmans. Devant une telle décision, les anti-indépendantiste de l'Afrique du Nord se mobilisent.

La « Main Rouge » n'est pas la dernière à tirer les ficelles. Dans la nuit du 2 au 3 janvier, l'inspecteur Forestier, en lutte contre le terrorisme et « l'Escadron de la mort », se tue en voiture sur une route en lacet entre Ifrane et Casablanca (historique). L'enquête conclut à un banal accident, sauf que la rupture de direction du véhicule, laisse entrevoir une autre hypothèse plus sordide.

Comment ne pas envisager qu'Albert Forestier, auteur de plusieurs rapports à charge, ne soit pas une nouvelle victime de ces officines contre l'indépendance des pays du Maghreb ?

Toujours le 2, l'année a commencé dans une bain de sang, avec l'exécution de Tahar Sebti*, un négociant Marocain actif dans le textile, ami personnel de Jacques Lemaigre Dubreuil* *(dirigeant du groupe Lesieur, militant politique, ancien cagoulard dans les années 30 et proche des milieux autonomistes marocains)*. Dans le même temps, le journaliste Antoine Mazzella* rédacteur en chef du quotidien « le Petit Marocain », ayant échappé à un attentat en octobre dernier, accablé par de nouvelles menaces de mort, ne va pas tarder à rentrer à Paris.

Face à tous ces évènements, Wybot réunit une cellule de crise avec Pierre Malet et Frida Dupire.

- Frida, pouvez-vous confier vos enfants à quelqu'un, pendant huit à dix jours ?
- Oui, ça doit être possible, il faut que je voie avec les parents de Pierre ! Pourquoi cette question ? demande l'adjudante, surprise.
- Les évènements se précipitent au Maroc ! Albert Forestier, qui servait de relais à Manfred von Riegsburg a été tué et je doute qu'il s'agisse d'un accident ! Il devient urgent d'intervenir, je suis en train de monter mon équipe. Il me faut trois personnes, j'ai pensé à Alain Montarras, à Pierre et à vous-même ! Pierre s'inquiète.
- Pourquoi une femme ? La mission, n'est pas forcement dénuée de tout danger !
- Sur place, nous n'aurons pas besoin d'une simple secrétaire, sinon j'aurais demandé à Jeanne Lallemand ! Frida a déjà fait un peu de terrain, elle est débrouillarde et une femme peut parfois obtenir des renseignements plus facilement qu'un homme !
- Pierre, ça va, je ne suis pas en sucre ! Monsieur le Directeur, je vous réponds dès que possible !

En sortant de leur entretien, l'adjudante se blottit contre son compagnon : « Mon chéri, ne fais pas cette tête-là ! Si je tiens à venir avec vous, c'est pour t'éviter de te faire encore une fois renverser par une voiture, quand tu traverseras la rue ! »

Greta Malet accepte rapidement de venir s'occuper de ses petits-enfants sur Paris, pendant que Vincent Malet, en son absence, trouve le couvert chez sa fille Jacqueline. Mercredi 12 janvier, le quatuor de la DST, se retrouve à Orly pour rejoindre Rabat. *(Le premier terrain d'aviation a été construit en 1918, pour accueillir les troupes américaines).* Un Commissaire Divisionnaire de la Police de l'Air, averti de leur passage, vient à leur rencontre.

Il s'adresse à Alain Montarras, le prenant pour Roger Wybot *(Historique).*

- Monsieur le Directeur, je suis heureux de venir vous saluer pour l'occasion ! Montarras flatté, se doit de rétablir la vérité.
- Je ne suis pas le Directeur de la Surveillance du Territoire, mais seulement son Chef de Cabinet ! Notre Directeur, se trouve derrière vous !

Ce n'est pas la première fois qu'une personne fait cette confusion le concernant, il a déjà été pris pour le fils qu'il n'a jamais eu : à 42 ans avec sa petite taille, Roger Wybot en paraît facilement dix de moins ! Il observe la scène amusé, pendant que le malheureux Commissaire se confond en excuses.

A Rabat, le Chef de Cabinet du Résident Général Francis Lacoste* les attend à l'aéroport. Un dîner d'accueil est prévu le soir dans sa résidence. Le dîner se transforme rapidement en soupe à la grimace : Lacoste, ulcéré de voir débarquer le Directeur de la DST avec les pleins pouvoirs qu'il juge exorbitants, ne manque pas de le faire savoir. Wybot, comme souvent dans cette situation, s'efforce de rester pédagogue en lui exposant les buts de sa mission. Il lui remet un courrier de Pierre July* *(Secrétaire d'Etat à la Présidence du Conseil),* lui demandant de mettre à sa disposition les forces de police nécessaires. En découvrant le texte, Lacoste blêmit : sans doute le Résident Général pense-t-il que c'est une première démarche avant que Wybot ne lui prenne sa place ! Le Directeur de la DST s'efforce de le rassurer : « Ne vous inquiétez pas, même si je subis des pressions dans ce sens, je n'ai nullement l'intention de vous remplacer ! » Francis Lacoste se détend enfin.

Dès le lendemain, Wybot commence son tour des popotes. Le Directeur des Services de Sécurité du Préfet Chevrier*, le reçoit plus que fraîchement. Visiblement à contrecœur, il met à sa disposition un petit bureau et, pour toute relation avec la Police locale, un contrôleur de la Sûreté Marocaine berbère Monsieur Agniel*. Le soir Wybot, fait le point avec ses collaborateurs. Pierre Malet, perplexe entame la conversation.

- Que pensez-vous du panier de crabes, dans lequel nous nous trouvons ?
- Il ne fallait pas s'attendre à être accueillis avec des fleurs à la main ! répond Wybot sans détour Nous savons tous que le Maroc baigne dans un climat de méfiance et d'hostilité ! Je pense qu'il ne vous a pas échappé que le discours que l'on nous tient ici n'a rien à voir avec les raisonnements parisiens !
- Avez-vous remarqué qu'Agniel, à l'intention de s'accrocher à mes basques ! râle Malet.
- Oui, nous sommes obligés d'avoir un officier Marocain comme garde chiourme, la tradition le veut ainsi ! confirme Wybot. Frida intervient :
- De mon côté, j'ai pris rendez-vous demain avec Otto Pringer ! intervient Frida.
- Qui est-ce ? s'étonne Wybot face à cette initiative
- Un collègue de Manfred von Riegsburg, à la S.I.A.P.E, ils ont tous les deux fait partie de l'Ahbwer pendant la guerre ! Pringer a des contacts à droite et à gauche, je pense qu'il pourra nous éclairer sur la Main Rouge !
- Très bien ! Par contre vous vous rendrez seule au rendez-vous, comme si vous alliez faire des emplètes ! Ça évitera, que vous vous retrouviez avec un homme d'Agniel sur le dos !

Vendredi 14 janvier.

Frida Dupire se rend passage du Général Moinier, au cœur de la cité Leriche, dans le centre de Rabat. En arrivant sur place, elle est plutôt surprise par le lieu. La S.I.A.P.E, ne fait pas dans le luxe, avec un local restreint et dépouillé. Frida, décide de replonger son interlocuteur dans une ambiance germanique.

- Ich bin Frida Dupire, ich freue mich, sie kennenzulernen, her Pringer.

Otto Pringer, sans avoir le côté aristocratique de Manfred von Riegsburg, se montre fort courtois et galant.

- Frau Dupire, Manfred ne m'avait pas dit, qu'il avait une belle sœur aussi charmante !
- Ne le criez pas trop fort : j'ai fait le voyage avec mon compagnon, il pourrait vous entendre !
- Vous avez de la chance de me trouver à Rabat aujourd'hui, il s'agit pour la S.I.A.P.E d'un bureau annexe, je m'y rends rarement ! Je sais que Manfred a eu quelques ennuis dernièrement en France ! Je suppose que c'est suite à l'enquête qu'il menait sur la Compagnie Algérienne Maritime ?
- Oui, je pense que pour certaines personnes, il devenait gênant !
- Vous avez pu vous rendre compte de l'ambiance qui règne aujourd'hui dans les pays du Maghreb ! Personne ne peut se dire en sécurité ! Vous savez qu'Albert Forestier, qui était le principal informateur du Graf, s'est tué dans un accident de voiture ?
- Oui, enfin, accident … c'est vite dit ! Pouvez-vous m'en dire plus ?
- Forestier avait découvert que Larbi El Bakir, le gérant de la CAM, jouait les indics pour la « Main Rouge », via un policier du S.D.E.C.E répondant au nom d'Antoine Méléro !
- Oui, ce nom me dit quelque chose, Pierre mon compagnon m'en a déjà parlé ! Où peut-on le trouver, d'après vous ?
- En général, il tient ses réunions dans un café « La Gironde » dont le gérant s'appelle François Avival* ! En décembre dernier, trois Marocains se sont fait descendre devant le bar « Mamounia » ! Les trois victimes, ont été abattues quelques minutes après être sorties de « La Gironde » !

- Pensez-vous qu'il peut y avoir un lien entre les deux ?
- Sans aucun doute ! il faudrait, pour en savoir plus, que vous contactiez, le commandant Henri Sartout* !
- Qui est-ce !
- Le Directeur du groupe « Maroc Presse », vous le trouverez facilement ! Voilà, je vous ai dit tout ce que je savais ! Ce fut un plaisir de vous rencontre Frida ! En cas de besoin, n'hésitez surtout pas à me recontacter !

Le soir, l'adjudante ne manque pas de faire un rapport détaillé de son entretien avec son Directeur.

- Excellent travail Frida, demain vous avez quartier libre ! De notre côté, Pierre et moi, nous nous rendrons à la rédaction de « Maroc Presse » !

Samedi 15 janvier.

Roger Wybot et Pierre Malet se présentent rue Al Khalil à l'angle du Boulevard Mohamed V. L'agence « Maroc Presse » s'occupe, entre autres, du quotidien « Le Petit Marocain », le journal en langue française le plus lu dans le pays. Ils sont reçus par Antoine Mazzela* rédacteur en Chef et Henri Sartout. Les deux hommes ne se montrent pas surpris par leur visite.

- Nous vous attentions Messieurs ! Malet réagit.
- Comment ça, vous nous attendiez ? s'étonne Malet.
- A partir du moment où quatre personnes de la DST ont mis les pieds à Rabat, les nouvelles nous sont parvenues plus vite que votre avion ! rétorque Mazzela.
- Sans chercher à trahir le secret de vos sources, vous pouvez nous dire par quel canal ? demande Wybot avec un petit sourire narquois.
- A ce niveau d'information, on ne parle plus de canal, mais de canaux, de grandes rivières ! les sources ne manquent pas, les anti-indépendantistes, le S.D.E.C.E, pour ne citer que les principaux ! Ici pour certains, vous êtes considérés comme la personne prête à brader le Maroc avec vos complices ! A votre place je ferais attention, vous

êtes l'homme à abattre et « un accident est si vite arrivé » ! Tenez, levez-vous et venez près de la fenêtre ! Wybot s'exécute.

- Vous voyez l'homme en civil qui fait les cents pas en bas de l'immeuble ? il s'agit du capitaine Oufkir* : sans que vous le sachiez, il est chargé de votre protection ! Moi-même, rédacteur en Chef, je reçois des menaces tous les jours, par courriers anonymes, à cause de nos publications !
- Nous sommes là avant tout, pour vous écouter et nous informer ! Malet entre dans le vif du sujet : nous cherchons le lien qui relie la « Main Rouge » avec l'inspecteur Méléro, El Bakir et un certain Avival ?
- C'est assez simple, expose Sartout : comme vous le savez déjà, Albert Forestier a travaillé avec nous à ses débuts, comme rédacteur stagiaire avant de rentrer dans la police ! Il nous a permis ainsi par la suite, de nous tenir régulièrement au courant ! En haut de la pyramide, Antoine Méléro, membre de la « Main Rouge » tire les ficelles en se servant du S.D.E.C.E, comme immunité ! Comme il ne veut pas se salir les mains, il utilise François Avival, qui organise les exécutions avec une petite bande ! Larbi El Bakir, au milieu est une sorte de caméléon, qui roule pour les uns et les autres en graissant la patte à des fonctionnaires pour obtenir des marchés ! Nous pensons qu'il reverse une partie de ses subsides à « La Main Rouge », en échange de la protection de Méléro !
- Mais bon sang, s'énerve Pierre, il doit bien exister un moyen pour les coincer ? Nous avons entendu parler de l'assassinat de trois Marocains, en décembre dernier ?
- Peut-être ! Sartout évoque une piste : Forestier a rédigé des notes manuscrites ! Il parle dedans d'un groupe important et dangereux ! Nous pensons qu'il pourrait s'agir de la bande d'Avival et il évoque le mitraillage près du Bar « Mamounia » !
- Ces notes, vous les avez vues, savez-vous à quel endroit peut-on les trouver ? réagit Wybot.

Non, malheureusement, j'ai peur que Méléro se soit montré plus rapide que nous ! Elles risquent d'être détruites ! Par contre, Forestier aurait identifié un témoin surprise, un certain Ben Choukroun* qui aurait assisté à la scène du mitraillage ! Il prétend avoir vu s'enfuir un Européen !

- Une fois que vous avez été mis dans la confidence, pourquoi n'avez-vous pas réagi ? s'offusque Wybot.
- Mais je l'ai fait ! J'ai prévenu le Préfet Chevrier*, responsable de la Sécurité et j'ai encore fait mieux ! J'ai retrouvé Ben Choukroun et je lui ai montré un lot de photos que m'avait transmis Forestier ! Sartout extrait des clichés d'une boîte à biscuits. Regardez Avival en boxeur, Avival en coureur cycliste ! Le témoin l'a parfaitement reconnu au milieu de photos d'anonymes ! Wybot approuve.
- Merci pour tous ces renseignements, ils nous sont d'une forte utilité !
- Comptez-vous maintenant prendre les mesures qui s'imposent ? insiste Sartout.
- Nous devons d'abord procéder à un certain nombre de vérifications ! Bien entendu, nous prenons en compte toutes vos informations cependant, il est important de coucher vos déclarations sur procès-verbal ! Je ne procède jamais autrement, c'est capital pour entamer des poursuites judiciaires ! Mazzela et Sartout se regardent un moment sans rien dire, apparemment inquiets. Wybot insiste.
- Messieurs je vous rappelle que vous êtes les accusateurs ! Vous me demandez de prendre des mesures, à vous de remplir votre rôle en déposant sous serment ! Sartout finit par céder à contre cœur.
- Très bien je passerai lundi matin à la Préfecture ! C'est bien à cet endroit que vous tenez votre PC ?
- Tout à fait ! Croyez bien que je comprends votre inquiétude, néanmoins si vous voulez que nous apportions justice à votre ami Forestier, il n'y a pas moyen de faire autrement !

En sortant du journal, Wybot fait un petit signe de tête au capitaine Oufkir, leur garde du corps. Pierre Malet attend la suite.

- Comment allons-nous procéder désormais ?
- Simplement ! Une fois que Sartout aura déposé, j'organise une confrontation générale avec Avival et ses amis !

- Il risque d'y avoir du sport !
- Oui, comme la confrontation va être chaude, nous devons redoubler de prudence ! à trois avec Montarras qui s'occupe de la logistique et de l'administratif, nous devons pouvoir nous en sortir ! Nous allons renvoyer Frida lundi, par avion, à Paris ! Je vous charge de lui annoncer, en insistant sur l'excellence de son travail depuis le début de l'enquête !

Pierre et sa compagne se retrouvent le soir à la Préfecture, où ils logent dans une annexe. Frida déballe des paquets, en se montrant particulièrement euphorique.

- Mon chéri, j'ai passé une excellente journée ! Je suis allée au souk de la Médina, j'ai trouvé des bijoux pour moi et des tenues rigolotes pour les enfants ! Je t'ai acheté une paire de babouches !
- Très bien … tu vas pouvoir ramener toutes ces belles choses dès lundi à Paris !
- Pourquoi, nous rentrons déjà ?
- Non, toi, tu rentres seule !
- Je ne comprends pas !
- Ecoute mon cœur : tu as fait une excellent travail, Wybot me l'a encore confirmé tout à l'heure et je suis très fier de toi ! Mais ici, il y a vraiment trop de risques !
- Ah bon, ? mais s'il y a des risques pour moi, il y en également pour vous !

Pierre cherche une échappatoire, en le jouant sur un ton humoristique.

- Adjudante ! c'est un ordre de votre Commandant et de votre Directeur !
- Bon, j'accepte ! à la condition que tu me téléphones tous les soirs !

Il la prend affectueusement dans ses bras, avant d'écraser un baiser fougueux sur sa bouche…

Chapitre 18 : Quand l'assassin mène l'enquête.

Lundi 17 janvier.

Pendant qu'Alain Montarras emmène Frida à l'aéroport, Roger Wybot et Pierre Malet reçoivent Henri Sartout dans le minuscule bureau attribué par la Préfecture. Malet, attablé devant une Underwood, prend sa déposition. Au fur et à mesure de l'audition, le langage du journaliste change et il devient de plus en plus évasif. Finalement, le fameux témoin Ben Choukroun, ne serait plus très sûr d'avoir reconnu Avival, et puis, concernant le lien entre l'inspecteur Méléro et Avival … il s'agirait d'une possibilité, mais aucunement d'une certitude …

Pierre jette à Wybot un regard consterné, Wybot qui reste totalement impassible devant les déclarations de Sartout. Puis, le Directeur de la DST, fait entendre posément le son de sa voix.

- J'espère que vous êtes conscient de la portée de vos déclarations !
- Tout à fait Monsieur le Directeur, je n'ai rien à ajouter ! répond Sartout tout en fixant le bout de ses chaussures.

Malet n'a plus qu'à lui faire signer sa déposition et à le libérer. Puis ulcéré, il commente :

- Comme au Monopoly, nous voilà de retour à la case départ, sans toucher 20 000 !
- Je confirme : ce n'est pas demain que quelqu'un va aller directement en prison ! D'un autre côté, avec tous ces assassinats, on ne peut pas en vouloir à un témoin de déposer avec la trouille au ventre !
- Comment envisagez-vous la suite ?

- Nous allons reprendre un par un, tous les attentats des mois derniers au Maroc, pour tenter de séparer ce qui est du contre-terrorisme de ce qui ne l'est pas ! Ce ne sont pas les cadavres qui manquent ! Il va falloir séparer le bon grain de l'ivraie : des Européens, dont un parent ou un ami vient d'être exécuté dans un attentat nationaliste, qui s'en prennent sous le coup de la douleur et de la colère, à des Marocains innocents, ce n'est pas du contre-terrorisme organisé, mais un simple réflexe de vengeance !

Pierre Malet et Alain Montarras se plongent dans les dossiers, mais finalement, une évidence saute rapidement aux yeux : les seuls assassinats susceptibles d'être attribués à un mouvement contre-terrorisme, ramènent systématiquement au rapport Forestier. Le plus sanglant, reste le massacre des trois Marocains devant la « Mamounia ». Les deux hommes apportent leurs conclusions à leur Directeur. Comme dans ces cas-là, Wybot en pleine réflexion se frotte le bras gauche de la main droite. Puis vient l'étincelle.

- Et si Forestier avait tout simplement bidouillé son rapport ? il pourrait être en réalité le véritable coupable ! Qu'en dites-vous ?
- Vous plaisantez, je suppose ? Montarras réagit le premier.
- Résumons la situation ! Forestier avoue lui-même qu'il était au bar de « la Gironde » le soir du triple meurtre, en même temps que les trois Marocains ! Il les a vu sortir, suivis de près par Avival ! Ce dernier serait parti par une porte dérobée et il n'a pas pu voir s'il était armé ! Ensuite, Forestier a entendu les coups de feu et le bruit d'une voiture s'éloigner ! Lorsqu'il a débouché devant la « Mamounia », il était déjà trop tard ! Il a simplement aperçu le fameux Ben Choukroun, dont on ne sait même pas s'il existe vraiment ! Avouez que tout cela est un peu rocambolesque ! Avival, serait sorti, à pied, armé d'une mitraillette, puis se serait sauvé, attendu par un complice ! Franchement, exécuter les Marocains à côté de son bar, c'est ridicule !
- J'avoue que c'est un peu alambiqué, avance Malet. Et de là à accuser Forestier, il y a une marge ! D'autant que je vous rappelle que Forestier a été exécuté, dix jours plus tard !

- Je vous l'accorde, mais nous pourrions également ajouter que, le négociant Tahar Sebti, a été tué la veille du pseudo-accident de Forestier !
- Toutes ces hypothèses, ne nous font pas avancer d'un iota ! persiste Montarras sceptique

Wybot décide de prendre le taureau par les cornes.

- Une chose est sûre : Forestier en savait trop ! Je veux en avoir le cœur net ; demain nous irons avec Pierre, fouiller son appartement !
- Sans mandat ? ce n'est pas dans vos habitudes, Monsieur le Directeur ! s'insurge Montarras.
- Au point où nous en sommes, il faut savoir vivre dangereusement !

Mardi 18 janvier.

Albert Forestier habitait au 3e étage d'un immeuble rue Al Khalil, non loin de l'agence « Maroc Presse ». Les trois hommes de la DST, partent ensemble à son domicile. L'objectif annoncé est de se servir d'Alain Montarras comme un leurre, pour décrocher le capitaine Oufkir, toujours attaché à leur sécurité.

En approche de l'objectif, Montarras prend ses jambes à son cou pour semer l'opportun. Oufkir tombe dans le piège et se met à sa poursuite. Malet et Wybot, ont désormais les mains libres pour s'occuper de l'appartement de Forestier. Le directeur de la DST, ne s'embarrasse pas de principes en faisant sauter les scellés ! Il ne lui faut que quelques minutes pour mettre la main sur une mitraillette Thompson, planquée au fond d'un placard.

- Pierre, regardez ce que j'ai trouvé !
- Effectivement ! d'un autre côté, trouver ce type d'arme chez un policier, ne prouve rien !
- Je l'embarque dans ce papier journal, pour la faire analyser par l'identité judiciaire ! Nous n'allons pas tarder à être fixés, je leur laisse 48 heures, pour nous répondre !

En sortant de l'immeuble, ils rejoignent Alain Montarras à l'endroit fixé. Pierre vient aux nouvelles.

- Comment as-tu justifié ta fuite ?
- Comme Oufkir avait le souffle court, j'ai fini par me laisser rejoindre ! sourit Montarras. Ensuite, j'ai simplement indiqué que je m'étais lancé après un individu qui me paraissait suspect et qui avait réussi à m'échapper !

En attendant l'analyse de la Thompson, l'arme est vite identifiée grâce à son numéro de série. Elle n'appartient pas à Forestier, mais à son supérieur direct, l'Inspecteur Divisionnaire Delrieu*. Wybot, s'empresse de le convoquer pour l'interroger sur le sujet. Sans surprise, Delrieu confirme que l'arme lui appartient bien, mais que Forestier lui avait emprunté, sans lui donner plus de précisions.

L'interrogatoire de Delrieu passe mal dans les milieux de la Police. La suspicion d'origine à l'égard de la DST se transforme bientôt en hostilité. Comment peut-on mettre en cause Albert Forestier, « tombé en héros, au champ d'honneur », assassiné pour avoir traqué les milieux les plus hostiles au contre-terrorisme ? Afin d'éteindre l'incendie, Malet et Wybot sont convoqués dès le lendemain par le Préfet Chevrier.

- Messieurs, je n'ai pas que des compliments à vous faire ! Vous vous êtes rendus tous les deux, sans autorisation, dans un appartement dont vous avez brisé les scellés en dehors de toutes procédures !
- Monsieur le Préfet, j'ai été mandaté par le Président du Conseil pour enquêter sur les dérives criminelles actuelles au Maroc ! répond Wybot d'un ton égal. Je ne vous cacherai pas, concernant les procédures, que certains fonctionnaires de police et de l'administration, prennent un certain nombre de libertés !
- Qu'entendez-vous par là ? Soyez plus précis !
- L'arme que nous avons saisie, je vous l'accorde de manière un peu cavalière au domicile de l'inspecteur Forestier, appartient au principale Delrieu et aurait pu servir dans plusieurs attentats !
- Vous rendez-vous compte de la portée de vos accusations ?
- J'espère que nous pourrons en obtenir la confirmation demain !

- Monsieur le Préfet, est-ce que le nom de Ben Choukroun vous évoque quelque chose ? Malet en profite pour changer de sujet.
- Non, pas du tout ! Qui est-ce ?
- Il s'agirait d'un témoin dans l'affaire de l'assassinat des trois Marocains ! Le commandant Sartout vous en aurait-il parlé ?
- J'ai rencontré à plusieurs reprises Sartout, mais je n'ai aucun souvenir qu'il m'ait cité ce nom ! En attendant que l'Identité Judiciaire prononce son expertise sur l'arme que vous avez saisie, je vous autorise à poursuivre votre enquête ! Mais je vous préviens, si désormais vous faites le moindre écart, je vous renvoie à Paris !
- Ne vous inquiétez pas, Monsieur le Préfet : dorénavant, nous appliquerons la procédure, toute la procédure, rien que la procédure ! concède Wybot rassurant.

En quittant Chevrier, Pierre Malet souffle à l'oreille de Wybot : « Je souhaite que pour la Thompson vous ayez raison, sinon nous aurons droit à trois allers simples pour Paris ! »

Vendredi 21 janvier.

Le Professeur Sannie*, responsable de l'Identité Judiciaire, rejoint le bureau de la DST pour apporter ses conclusions sur l'analyse de l'arme. Il tend son rapport à Wybot, tout en le commentant.

- La mitraillette que vous m'avez confiée a bien été utilisée dans l'exécution des trois Marocains, mais également dans l'attentat d'Omar Glaoui*, un des dirigeants de l'Istiqlal ! (*Parti politique marocain monarchique de droite, pro-indépendantiste).* Wybot sourit de satisfaction.
- Merci professeur pour cette précision !

Une fois Sannie parti, Pierre Malet affiche un visage particulièrement fermé. Son directeur, ne manque pas de le remarquer et cherche à en connaître la raison.

- Qu'avez-vous ? Etes-vous jaloux par mon sens de l'analyse, dans cette affaire ?
- Non, ce n'est pas le fond du problème ! J'ai l'impression que plus nous apprenons de choses, plus nous régressons ! Bientôt, Forestier va être accusé de toutes « les ratonnades » du pays ! S'il est sans doute coupable, il n'a pas pu agir tout seul ! Qui a organisé le sabotage de sa voiture ? Est-il si brillant, pour avoir su manipuler la rédaction de « Maroc Presse », sans attirer le moindre doute ? Et puis le Préfet Chevrier, a-t-il des pertes de mémoires, ou Sartout se montre-il le roi de l'enfumage ?

Devant une telle conviction, Montarras et Wybot figés, se regardent sans pouvoir apporter la moindre réponse. Puis après plusieurs secondes de silence, le Directeur de la DST donne ses directives.

- Bon, très bien ! nous allons recommencer depuis le début ! Pierre vous me réépluchez les rapports de Forestier et tout ce que vous pouvez trouver sur l'attentat d'Omar Glaoui ! Alain, vous câblez à la rue des Saussaies, je veux qu'ils me remontent les fiches que nous possédons sur Forestier et Sartout ! Vous insistez pour que Frida prenne le dossier en main, plutôt que Jeanne Lallemand ! Pierre, au lieu de convoquer directement François Avival, nous allons nous rendre demain dans son bistrot ! Je serais curieux, de connaitre sa version dans l'assassinat des trois Marocains ?

Le soir, après consultation des différents dossiers, Pierre Malet apporte quelques éléments de réponses :

- Le 12 décembre dernier, Omar Glaoui a été transporté à l'hôpital, grièvement blessé ! Un inspecteur est venu recueillir sa disposition ; les soignants n'y étaient pas très favorables, compte tenu de l'état de leur patient ! Une infirmière est restée pendant l'entretien ! Selon son témoignage, l'inspecteur lui a demandé s'il pouvait décrire le visage de son agresseur ? Glaoui, s'est hissé à l'aide de ses coudes en faisant une description précise ! Puis horrifié, les yeux exorbités, s'est laissé retombé en arrière !

- Je suppose que vous pensez que Glaoui, en voyant le visage de Forestier, a reconnu son agresseur ?
- Oui, de toute évidence, d'autant que les balles retrouvées dans le corps de Glaoui, proviennent de la Thompson de Delrieu ! Mais nous n'en saurons pas plus ! D'une part, parce que Omar Glaoui, est mort en agonisant trois jours après, d'autre part parce que le rapport supposé de Forestier s'est perdu ! Nous n'avons rien d'autre que le témoignage de l'infirmière ! L'affaire a été classée !
- Je vois, ça rend simplement Forestier un peu plus coupable ! conclut Montarras.

Samedi 22 janvier.

Malet et Wybot n'obtiennent pas de la Préfecture le véhicule souhaité pour se rendre au café « la Gironde ». Ils n'ont d'autre choix que d'emprunter un taxi Renault 4 cv jaune, conduit par un jeune Marocain portant fez et costume traditionnel. Le chauffeur, visiblement tremblant de peur à l'annonce l'adresse communiquée, se contente de les déposer place Djema el Fna, à quelques centaines de mètres du bistrot de François Avival. Puis il leur indique le chemin à suivre. Les deux hommes finissent leur parcours à pied. Pierre, sur le ton de la plaisanterie lâche : « Bienvenue dans le coupe-gorge ! » En pénétrant dans l'établissement, le patron derrière son bar, une petite quarantaine, affiche une musculature harmonieuse de sportif sous un débardeur blanc.

- Que prendront ces Messieurs ? Wybot interroge Malet du regard.
- Pierre, à cette heure … Patron, deux anisettes ! Aviva ne met pas longtemps à comprendre et tout en les servant lance :
- Vous êtes des flics ?
- Finement observé ! répond Malet en lui montrant sa carte de Police. Je suis le Commissaire Malet de la DST et voici mon patron Monsieur Wybot !
- Si c'est encore pour me parler de l'assassinat des Marocains, j'ai déjà tout dit à l'inspecteur Forestier, entre autres !

- Eh oui, sauf que, depuis, l'inspecteur est décédé tragiquement !
- Vous ne comptez pas également, me coller sa mort sur le dos ?
- Non ... enfin pas pour l'instant ! Nous ne pensons pas que vous ayez un lien direct avec le meurtre de ces trois hommes ! Mais pour en être tout à fait sûr, nous aurions besoin d'entendre votre version !
- Eh bien, il ne devait être pas être loin de 22 heures, les trois maghrébins avaient déjà pas mal bu, ils commençaient à être éméchés et Forestier se trouvait assis à la table juste derrière vous ! Ils m'ont demandé une nouvelle tournée ! Dans un premier temps, j'ai refusé, puis devant leur insistance, j'ai accepté en leur faisant promettre qu'ils quittent ensuite enfin mon bar !
- Vous connaissiez bien Forestier ? Fréquentait-il régulièrement votre établissement ? Wybot aimerait des précisions ...
- Il venait de temps en temps, épiait les uns et les autres... enfin, surtout les Arabes ! Je n'avais pas de sympathie particulière pour sa petite personne ! Pierre le relance.
- Et par la suite, les Marocains n'ont pas fait d'histoire ? relance Pierre.
- Non, ils sont sortis ensemble et j'ai entendu le bruit d'un moteur démarrer ! Peu de temps après, l'inspecteur Forestier a suivi, il est monté dans sa 203 noire, et a démarré sur les chapeaux de roues !
- Etes-vous bien sûr qu'il soit parti dans sa voiture ?
- Absolument ! sa Peugeot était garée juste devant la porte !
- Et vous, êtes-vous sorti du bar ?
- Pas dans un premier temps, il y avait encore des consommateurs, je n'allais pas laisser ma serveuse toute seule ! Ensuite, nous avons entendu des coups de feu ! Dans le café, il y a eu un début de panique, certains de mes clients sont partis sans payer, j'étais furieux ! Vous savez, les Arabes représentent près de la moitié de ma clientèle, je ne vais pas m'amuser à « les dessouder » !
- Une dernière question, est-ce que le nom de Ben Choukroun vous dit quelque chose ?
- Oui, c'est un habitué, mais ce soir-là je ne l'ai pas vu, il n'était pas là !

Malet et Wybot, quittent ensuite le bar à la recherche d'un taxi pour rentrer.

- Pierre, qu'en pensez-vous ?
- Je ne sais pas s'il ment, mais il donne l'impression d'être sincère !
- Si nous imaginons qu'il dise la vérité, la scène a pu se dérouler de la manière suivante : Forestier prend la voiture des maghrébins en chasse, déboule vers le boulevard de la Gironde et réussit à les coincer à la hauteur de la « Mamounia » ! Le temps de défourailler, il arrose copieusement leur voiture, et le lendemain il rédige son rapport, en attribuant généreusement le crime à François Avival et au clan des ultras !
- Oui ça se tient ! Nous avons enfin un début d'explication, reste maintenant à trouver la liste de ses complices !...

Lundi 24 janvier.

Alain Montarras retrouve ses deux collègues « au point de rassemblement », dans le minuscule bureau accordé généreusement par Francis Lacoste à la DST.

- Bonne nouvelle, nous venons d'avoir un retour de Paris ! Si Frida n'a pas trouvé grand-chose sur Sartout que nous ne sachions déjà, par contre, elle a fait une découverte plutôt gratinée sur Forestier : ses citations à l'Ordre de l'Armée pendant sa période en Indochine, sont totalement bidons ! Au Tonkin, il avait été affecté à la défense d'un poste où il ne s'est jamais rien passé et à son retour, il a même détourné du papier à en-tête officiel, pour se rédiger deux éblouissantes citations à l'Ordre de l'Armée ! *(Historique)*.

Wybot reprend sa position favorite pour réfléchir, avant de résumer.

- Je serais tout de même étonné si les découvertes de Frida n'avaient pas fuité à un moment ou à un autre, du côté de la Police et de « Maroc Presse » ?
- Quelles conclusions en tirez-vous ? s'informe Montarras.
- Si Delrieu et Sartout étaient au courant, ils avaient à la fois un moyen de pression et de chantage sur Forestier !
- L'inspecteur Forestier, « le bras armé » à la fois de la Police et de la Presse contre l'anti-terrorisme, c'est cocasse non ? sourit Malet.

- Je ne dis pas que les deux se sont alliés, mais simplement, ils en avaient la possibilité, chacun de leur côté ! Soyons sérieux, Delrieu qui prête sa mitraillette à son subordonné sans lui poser de questions, croyez-vous que cela soit crédible ? Et puis, Sartout n'a jamais caché que Forestier venait lui rendre compte régulièrement de ses enquêtes et de ses investigations, soi-disant pour avancer dans la lutte contre l'anti-terrorisme ! D'après vous, lequel des deux manipulait l'autre ?
- Que comptez-vous faire ? Malet a cessé de sourire.
- Je fais un rapport dès aujourd'hui sur nos investigations avec pour destinataires Lacoste et Chevrier, en mettant en copie Mendès France et Fouchet ! J'attends ensuite, qu'ils prennent leurs responsabilités !...

Chapitre 19 : Retour au bercail.

Mercredi 26 janvier.

Le Directeur de la DST est convoqué par Raymond Chevrier. Un étage seulement sépare « le cagibi » de Wybot du spacieux et confortable bureau du Préfet, responsable de la Sécurité.

- Mon Cher Wybot, je viens de lire votre rapport à la fois complet et très bien documenté ! Sans présager des réactions du Président du Conseil et de Christian Fouchet, dont je dépends, je vais vous donner mon sentiment ! Concernant l'inspecteur Forestier, avec le rapport balistique du professeur Sanie et les différents éléments dont vous disposez, sa culpabilité semble indiscutable ! Le problème c'est, qu'étant déjà mort, il ne pourra ni témoigner ni être jugé ! Pour le reste, vous êtes dans les supputations et les hypothèses ! Pour Henri Sartout, vouloir s'en prendre à la Presse, il vous faudra autre chose ! Concernant le principal Delrieu, je vous rappelle que j'ai déjà servi de pompier de service pour éteindre l'incendie qui couvait au niveau de la Police et de la Justice, à la suite de vos frasques au domicile de Forestier ! Et là où l'on touche au sublime, c'est avec Antoine Méléro et le S.D.E.C.E ! J'ai beau avoir de l'estime pour vous, ne comptez pas sur moi pour jouer les kamikazes !

Après l'avoir écouté soigneusement, Wybot cherche quelques contre arguments.

- Sans vouloir vous paraître insolent Monsieur le Préfet, je vous rappelle que le Maroc a subi, depuis décembre 1953, plus de 1200 attaques émanant des deux camps, provoquant 259 morts et 732 blessés *(Chiffres officiels)*, dont la plupart ont eu lieu à Casablanca dont vous êtes le responsable de la Sécurité !
- Même si je ne suis pas en place depuis le début, je n'en disconviens pas, et croyez bien que je ne cherche nullement à fuir mes responsabilités ! Être responsable est une chose, avoir les moyens de faire appliquer les règles en est une autre ! Je n'irai pas au casse-pipe, sans être couvert par écrit, soit par Mendès, soit par Fouchet !
- Très bien Monsieur le Préfet, merci pour votre franchise ! Je vois qu'il est urgent d'attendre, je reviens vers vous si je reçois une réponse positive du gouvernement !

Wybot grognon, redescend d'un étage pour retrouver ses deux compagnons de route. Malet se montre curieux en premier.

- Qu'en est-il ressorti, de cet entretien avec le préfet ?
- Rien … enfin, pas grand-chose ! Chevrier ne se mouillera pas, il attend des directives venant de plus haut ! D'un autre côté, je me mets un peu sa place : dans sa position je ferais probablement la même chose ! à part le fait que Forestier soit un meurtrier, nous n'avons que des soupçons contre les autres, certes recevables, mais sans apporter de véritables preuves !
- Et attendant que Fouchet ou Mendès réagissent, allons-nous rester les bras croisés ? ajoute Montarras
- Ecoutez, nous ne sommes pas ici en France métropolitaine ! Nous n'avons qu'un pouvoir très limité et nous sommes à peine tolérés ! Au moindre écart, nous aurons la Police et la Justice locale qui feront bloc contre nous ! Vous voyez bien que nous n'avons pas d'autre choix : attendre !
- Francis Lacoste est destinataire de votre rapport, il pourrait avoir son mot à dire ? idée émise par Malet …
- Je n'y crois absolument pas ! Chevrier a dû le consulter avant de me convoquer, ils ont certainement adopté une position commune !

Vendredi 27 janvier.

Alain Montarras, affolé, montre la presse parisienne à ses collègues.

- Regardez, le Conseil des Ministres de mercredi s'est très mal passé, pour le Président ! Mendès France va poser la question de confiance à l'Assemblée la semaine prochaine ! L'ambiance est bien plombée … Wybot finit par réagir.
- Evidemment, ça change la donne, il faut absolument que je puisse joindre Matignon aujourd'hui !

Après bien des essais infructueux, Roger Wybot réussit à contacter André Pélabon *(Directeur de Cabinet de Mendès France)* en fin d'après-midi. L'échange est court et à sens unique.

- Vous me demandez si le Président a lu votre rapport ? Franchement, je n'en sais fichtre rien ! Monsieur Wybot franchement, ne pensez-vous pas qu'en ce moment, le Président à d'autres chats à fouetter ? C'est ça, essayez de le joindre en début de semaine !

Complètement déprimé, Wybot ne sait plus à quel saint se vouer. Ses partenaires de la DST ne sont pas faits pour lui redonner le moral, à commencer par Alain Montarras.

- Avez-vous réussi à joindre Mendès ?
- Non, je ne sais même pas s'il a lu mon rapport ! Mais je viens de prendre une décision, nous rentrons dimanche à Paris !
- J'en vois au moins deux qui vont être soulagés : Chevrier et Lacoste ! répond Malet, fataliste.
- Lundi, je fais le siège de Matignon : à un moment ou un autre, il faudra bien que Mendès me reçoive ! Wybot se met en position offensive !

Dans l'avion de retour, les trois policiers envisagent différents scénarios possibles. Montarras se montre le plus inquiet.

- Comment pensez-vous que Mendès France puisse réagir ?

- Le problème, n'est pas de savoir comment il va réagir, mais de savoir s'il va pouvoir réagir ! Soit, le Palais Bourbon lui renouvelle sa confiance, soit il tombe à cause d'une motion de censure ! Dans cette deuxième version, nous repartons de zéro !
- Dans ce cas nous pourrons toujours nous occuper de « nos amis » El Bakir et Ben Chérif ! répond Malet, pragmatique.

A Orly, les trois hommes ont la bonne surprise d'être attendus par Frida Dupire, qui s'étonne de ce retour précipité.

- Heureusement que Pierre m'a prévenue de votre retour, hier soir par téléphone !
- Vous savez Frida, j'étais sûr que votre conjoint vous manquait, c'est pour ça que nous avons écourté notre séjour ! réplique Wybot avec humour.

Lundi 30 janvier.

Dès la première heure, Wybot fait le pied de grue dans l'antichambre du bureau du Président du Conseil. Après une attente interminable, Mendès France finit par faire une apparition, les traits tirés, le sourcil broussailleux, mais le regard toujours aussi profond.

- Ah Wybot ! je vous avais presque oublié ! Si vous voulez me parler de votre rapport : oui je l'ai lu, et la situation au Maroc est pire que mon évaluation de départ ! Néanmoins, je vous rappelle que lors de ma nomination j'ai mis en place un Ministre chargé des Affaires Marocaines et Tunisiennes ! Veuillez donc voir avec Monsieur Fouchet ! Bien, maintenant il faut que je vous laisse ; passez une bonne journée Monsieur Wybot !

Loin de se décourager, le Directeur de la DST, se présente quelques minutes plus tard au Quai d'Orsay. A sa grande surprise, alors qu'il n'a pas rendez-vous, Christian Fouchet, ne met que quelques minutes avant de le recevoir. Le Ministre, se montre beaucoup plus détendu que le Président du Conseil.

- Monsieur le Ministre, merci de m'accorder quelques minutes au milieu de votre agenda, que je suppose pléthorique !
- N'en croyez rien, je suis déjà dans mes cartons, alors j'ai tout mon temps !
- Pourquoi, vous pensez, que tout est déjà perdu ? frémit Wybot.
- Mendès a une partie du gouvernement contre lui, tout va se jouer samedi prochain à la Chambre ! Disons, en étant optimiste, c'est du 50/50 ! Mais je suppose, que vous êtes venu me parler de votre rapport ? Vous me demandez plus de moyens, c'est-à-dire ?
- J'ai passé avec deux collaborateurs presque un mois à Casablanca ! Sur place, je me suis rendu compte d'une hostilité générale envers la DST ! Je reste persuadé que les milieux anti-nationalistes, sont infiltrés à tous les niveaux : Presse, Police et Justice ! De ce fait, j'ai besoin d'une trentaine de mes hommes, pour pouvoir mener des enquêtes en parallèles !

Fouchet, grimace de façon énigmatique.

- Vous savez qu'avec Mendès, nous avons pensé sérieusement à vous mettre à la place de Lacoste ! De cette façon, vous auriez tous les pouvoirs !
- Ce n'est pas ce que je demande Monsieur le Ministre ; ma situation à la DST me convient très bien ! insiste Wybot qui prend cette proposition comme une douche froide.
- Oui ? mais enfin, vous avez une petite semaine pour y réfléchir ! En fonction du verdict de samedi, nous aurons l'occasion d'en reparler… ou pas !

Retour rue des Saussaies … Roger Wybot ne se fait plus d'illusions. Il réunit ses proches collaborateurs pour envisager la suite.

- Je sors de Matignon : mon entretien avec Mendès a duré deux minutes ! Ensuite, j'ai échangé un peu plus longtemps avec Fouchet ! En gros, nous devrions subir « une nouvelle vacance du pouvoir » à partir de lundi ! Commissaire Serre, pendant notre absence, avez-vous eu des nouvelles d'El Bakir et de Ben Chérif ?

- Ben Chérif reste introuvable et El Bakir, aux dernières nouvelles, serait dans son agence de Marseille !
- Très bien ! vous me lancez un mandat d'amener contre Ben Cherif ; pour El Bakir, j'ai encore besoin de réfléchir. Je pense que nous allons nous déplacer pour l'interroger une nouvelle fois !

Samedi 5 février.

Chacun retient son souffle, tous les yeux sont braqués vers le Palais Bourbon : Pierre Mendès France, dans un ultime discours, tente de défendre sa politique, en évoquant depuis son arrivée au pouvoir il y a sept mois et dix-huit jours : la fin de la guerre en Indochine et sa dépense d'énergie pour préserver l'Afrique du Nord à l'intérieur de la République Française.

Les charges les plus violentes viennent de l'intérieur du Parti Radical dont Mendès possède la carte. René Mayer*, de confession israélite, député de Constantine, défenseur des colons algériens et Léon Martinaud-Deplat*, proche du lobby ultra colonialiste au Maroc, se montrent les plus virulents.

L'inéluctable ne pouvait qu'arriver. Plébiscité à son arrivée par 417 voix contre 47, Mendès France est aujourd'hui désavoué, par 319 voix contre 273 et 22 abstentions : la France entre dans sa 6e crise ministérielle depuis le début de la législature ...

Lundi 7 février.

Rue des Saussaies, chacun a plus ou moins la gueule de bois, Wybot imperturbable, donne son briefing hebdomadaire. Une question fuse :

- Le président Coty vient de solliciter Antoine Pinay, pour constituer le nouveau gouvernement, qu'en pensez-vous ?
- Excellent choix, même si je crains qu'il ait du mal à se trouver une coalition !

Une fois la réunion terminée, il convoque son cercle le plus proche.

- Commissaire Serre, j'ai pris ma décision : je veux que vous constituiez une équipe pour suivre les moindres faits et gestes d'El Bakir à Marseille ! Je veux également, recevoir un rapport quotidien !

La prédiction du Directeur de la DST ne tarde pas à se confirmer. Comme depuis la création de la 4e république, les partis se déchirent pour s'attribuer une parcelle de pouvoir. Antoine Pinay, malgré toute sa bonne volonté, ne réussit pas à fédérer suffisamment de députés autour de son projet. Il annonce à René Coty qu'il renonce à former un nouveau gouvernement.

Jeudi 10 février.

René Serre, la mine pantoise, rejoint Wybot dans son bureau.

- Laroche vient de m'appeler, ils ont réussi à localiser Ben Chérif à Marseille ! Avec Schmidt, ils l'ont pris en chasse, mais il a réussi à leur échapper !
- Bravo, de mieux en mieux ! grogne Wybot.
- Il y a autre chose : Ben Chérif sortait des bureaux de la Compagnie Algérienne Maritime !
- De quoi ? explose Wybot. J'appelle le juge pour avoir un mandat d'amener contre El Bakir et vous me le ramenez par la peau des fesses !

Le Président de la République René Coty multiplie les tentatives pour trouver un successeur à Pierre Mendès France pour le poste de Président du Conseil. Après l'indépendant Antoine Pinay, Pierre Pfimlin M.R.P et Christian Pineau S.F.I.O, ne remportent pas plus de succès. Edgar Faure, du Parti Radical est sollicité pour former un ministère de très large union nationale.

Mercredi 16 février.

Larbi El Bakir se retrouve dans les locaux de la DST. Roger Wybot ne laisse à personne le soin de l'interroger. Frida Dupire est simplement à ses côtés pour taper le procès-verbal. Le gérant de la CAM reste égal à lui-même.

- Monsieur le Directeur, je proteste contre les conditions de mon arrestation ! Il s'agit purement et simplement d'acharnement, j'exige un avocat !
- Pour l'instant, vous n'avez pas besoin d'avocat, vous n'êtes pas encore en garde à vue ! Mais je voudrais que nous revenions sur le cas de Mokhtar Ben Chérif, qui, je vous le rappelle vous sert de chauffeur ! allègue Wybot qui s'efforce de rester serein. La dernière fois que nous nous sommes vus, alors que nous étions à sa recherche, vous nous avez déclaré qu'il prenait des vacances en Algérie ! Nous vous avions recommandé de nous prévenir dès son retour ! Depuis, un mandat d'amener a été lancé contre lui ! Or, nous constatons qu'il se trouvait dans les locaux de la CAM à Marseille, jeudi dernier en même temps que vous, sans manifestation de votre part !
- Monsieur Wybot, personnellement, je n'ai pas de pouvoir de police, invoque El Bakir sans se démonter. Je lui ai simplement recommandé de vous contacter pour lui éviter des ennuis ! Et puis franchement, je ne vois pas les griefs que vous avez contre lui !
- Même si je n'ai pas à vous répondre, je vais quand même vous le dire : comme vous le savez déjà, le 18 décembre dernier, il y a eu une tentative de meurtre sur un journaliste dans le 13e arrondissement ; le tireur présumé, un certain Mohammed Daoud était un employé de la CAM ! Hospitalisé, il a été exécuté pendant son séjour à l'hôpital par un inconnu ! Nous soupçonnons Ben Chérif de lui avoir servi de chauffeur lors de l'agression du journaliste !
- Ah bon ? qu'est-ce qui vous fait penser ça ?
- Nous avons appris par la suite, que le lendemain, Ben Chérif avait été blessé par balle et je doute qu'il soit allé se faire soigner en Algérie ?
- Je comprends, mais je vous assure que je n'ai rien à voir dans tout ça !
- Autre chose, connaissez-vous l'inspecteur Albert Forestier ?
- Connaître c'est beaucoup dire ... j'ai eu l'occasion de le rencontrer dans mes démarches au Maroc ! J'ai appris qu'il s'est tué dans un accident de voiture, c'est terrible !
- Vous entretenez des relations avec la Presse ?

- Bien sûr, je fais passer régulièrement des publicités pour ma compagnie, dans « Le petit Marocain », entre autres !
- Derrière question : Antoine Méléro est-ce aussi une de vos relations ?
- C'est un policier je crois ? Comme pour Forestier, je l'ai croisé ! Vous savez à Casablanca, les élites sont un petit monde où tout le monde connaît tout le monde ! Que des gens de la Presse comme Antoine Mazzela ou Henri Sartout fréquentent des policiers comme Forestier ou Méléro découle d'une certaine logique !
- Très bien ; Madame Dupire va vous faire signer votre déposition et bien entendu, vous continuez de rester à notre disposition !

Pierre Malet, qui a suivi l'interrogatoire derrière une vitre sans tain, rejoint son directeur, pour établir un constat.

- Eh bien, El Bakir continue de se foutre ouvertement de notre gueule !
- Je vous le confirme ! Mais il est suffisamment malin pour comprendre mon mode de fonctionnement : il sait très bien que lorsque je lui pose une question, j'ai déjà la réponse ; il ne nie jamais, pour éviter de se retrouver en difficulté !
- Nous aurions pu le présenter devant un juge d'instruction ?
- Certes, mais pour ne pas avoir dénoncé Ben Chérif, que risque- t-il ? Pas grand-chose ! La clef, pour le faire tomber, reste Mokhtar Ben Chérif ! Nous devons le retrouver vivant pour le faire parler, avant que lui aussi … ne soit victime d'un accident !

Le 23 février, Edgar Faure réussit enfin à former un gouvernement. Robert Schuman (MRP) devient Ministre de la Justice, Antoine Pinay (CNIP) prend le portefeuille des Affaires Etrangères et Maurice Bourgès Maunoury (Radical), celui de l'Intérieur. La plupart des nouveaux ministres se trouvaient dans l'ancienne opposition. Ni François Mitterrand, ni Pierre Mendès France bien entendu, ne font partie de ce gouvernement. Dès le lendemain, le Directeur de la DST est convoqué à Matignon, par le nouveau Président du Conseil.

L'entrevue se passe en dehors de tout protocole, sans que le Ministre de l'Intérieur ne soit convié *(Historique).*

> Mendès, m'a transmis votre rapport sur la situation au Maroc ; effectivement, il devient urgent d'intervenir ! Je souhaite que vous repreniez votre enquête sur le contre-terrorisme ! Je vous donne carte blanche !

- En théorie c'est bien joli, mais en pratique c'est autre chose ! Comme vous avez pu le lire, sur place je ne trouve qu'hostilité de la part de la Police, de la Justice et du S.D.E.C.E !

Faure tire nerveusement sur sa pipe, tout en réfléchissant.

- Nos institutions sont une chose et notre administration directe est dépassée ! Il devient indispensable de donner aux Marocains plus d'autonomie ! Il s'agit d'une véritable nécessité politique !
- À première vue, je suis loin d'être partisan d'une remise en question de notre Administration !

Faure plisse malicieusement son visage.

- Vous n'allez pas vous contredire ! En vous lisant, on voit bien que rien ne fonctionne correctement ! Il n'y a pas autre chose à faire !
- Vous savez pourquoi je ne partage pas votre opinion ? Eh bien : en commençant par l'autonomie, on finit toujours par l'indépendance totale ! Ce n'est pas la peine de temporiser avec des mesures provisoires, autant annoncer la couleur tout de suite !
- Tata, tata, tata ! Ne vous montrez pas pessimiste, nous conserverons l'autonomie sur l'essentiel : un seul drapeau, une seule armée, une seule diplomatie ! Par ailleurs, j'envisage au cours de cette phase préparatoire de vous confier la Résidence Générale au Maroc ! Comme ça, vous ne pourrez pas me dire que je ne vous donne pas les moyens ! Si j'ai pensé à vous, c'est sur la recommandation de votre ami Roger Stéphane* *(Ecrivain, journaliste, ancien résistant, cofondateur de « l'Observateur », et comme Roger Wybot, homosexuel assumé).*

Le directeur de la DST, toujours pas convaincu, se refuse toutefois à braquer le Président du Conseil, dès leur premier rencontre.

- Ecoutez Monsieur le Président, vous pouvez comprendre que ce genre de décision ne se prend pas sur un coup de tête !
- Tout à fait ! Disons que je vous laisse trois à quatre semaines, pour me confirmer votre position et je ne doute pas qu'elle ira dans le bon sens !

Chapitre 20 : Une drôle de bouillabaisse.

Vendredi 25 février.

Alain Montarras et Pierre Malet sont réunis dans le bureau de Wybot pour débriefer le rendez-vous de la veille avec le Président du Conseil. Montarras se montre curieux.

- Avez-vous l'intention d'accepter la proposition d'Edgar Faure, pour le poste de Résident Général au Maroc !
- Certainement pas ! répond fermement le Directeur. Ce poste ne m'attire pas, avec une cascade d'ennuis en tous genres à suivre ! Je cherche simplement à gagner un peu de temps ! Mais je ne me fais pas d'illusions, nous ne couperons pas à une deuxième expédition à Casablanca, sans plus de moyens que la première fois !

Frida frappe à la porte du bureau et pénètre dans la pièce sans plus attendre, avec deux journaux sous le bras.

- Excusez-moi de vous déranger, mais il y a deux articles à peu près identiques dans le « Provençal » et le « Méridional » annonçant le suicide de Larbi El Bakir !

Les trois hommes restent bouche bée. Puis Pierre Malet, fait la lecture à voix haute d'un des quotidiens.

- *« Nous apprenons le suicide par arme à feu de l'armateur Larbi El Bakir. Son corps a été retrouvé dans son bureau, par une femme de ménage mercredi matin. Nous ne manquerons pas de tenir au courant nos lecteurs de la suite de l'enquête, dans nos prochaines éditions »* .

Sans la moindre émotion apparente, Wybot décroche son téléphone :

- Commissaire Serre veuillez me rejoindre immédiatement dans mon bureau ! »

René Serre, au ton de la voix, sait que ce n'est pas le moment de traîner des pieds et se présente devant son directeur moins de deux minutes plus tard. Wybot lui lance le « Méridional » au visage.

- Trouvez-vous, normal que nous découvrions la mort de Labi El Bakir par voie de presse, alors que vos hommes sont sur place ?
- Monsieur le Directeur, Schmidt vient de me prévenir ! J'avais demandé à nos inspecteurs de rester très discrets dans leur surveillance, pour éviter d'attirer l'attention sur…
- Oui, bon, ça va ! les raisons pour lesquelles nous n'y arrivons pas, je les connais toutes !

Chacun retient son souffle en silence. Puis, après un moment qui semble interminable …

- Pierre, que pensez-vous de ce suicide ? reprend Wybot.
- Je n'y crois pas un seul instant ! Nous pensions que le prochain sur la liste serait Ben Cherif, puis finalement, c'est son patron qui disparaît.
- Si ça continue, le combat va cesser faute de combattants ! hasarde Frida.

Wybot ne tarde pas à prendre une décision.

- Deux choses Pierre : vous allez retrouver l'équipe du Commissaire Serre à Marseille, je veux connaître le fin fond de ce soi-disant suicide ! D'autre part, il faut absolument mettre la main sur Ben Chérif vivant ! Demain, s'il meurt, nous n'aurons plus rien pour poursuivre notre enquête !
- Monsieur le Directeur, puis-je accompagner Pierre à Marseille ? intervient Frida.
- Permission accordée, vous pourrez toujours l'aider à traverser la rue ! Wybot a esquissé un sourire.

Dans les 48 heures qui suivent, Frida s'organise afin de confier Marie et Aloïs à leur oncle et tante, Manfred et Jacqueline. Le couple de la DST rejoint la cité phocéenne le dimanche soir.

Pierre et Frida retrouvent les inspecteurs Laroche et Schmidt au « Modern' Hôtel ». L'établissement, à proximité immédiate du Vieux Port, offre une vue presque totale et imprenable sur la Cannebière. Le quatuor de la DST, installé confortablement dans les fauteuils de l'accueil, fait un premier résumé de la situation. Laroche fait le point :

- Larbi El Bakir aurait laissé une lettre d'adieux dactylographiée sur son bureau, pour justifier son suicide ! Vous vous doutez bien que pour l'instant, nous n'avons pas pu en obtenir le contenu ! L'enquête a été confiée à la Police Judiciaire de Marseille !

Malet explique les suites à donner.

- Très bien ; demain je me présente à la Police ! Je vais insister sur le fait que El Bakir était dans le viseur de la DST pour obtenir le contenu de cette lettre ! En cas de difficulté, j'appelle le patron pour qu'il fasse pression !

Soudain Frida, pousse un cri.

- Pierre, regarde qui se présente à la réception de l'hôtel !

L'homme en question se retourne.

- Je savais bien que je vous trouverais ici !

Le Commissaire, le regard menaçant, l'interpelle.

- De la Parent, que faites-vous dans cet établissement ?
- Mon métier Pierre, tout simplement ! J'ai appris pour le suicide de l'armateur : c'est le genre d'affaire qui va passionner nos lecteurs !
- Comment avez-vous su que nous nous trouvions dans cet hôtel ?
- Par votre beau-frère !

- Je doute, connaissant Manfred, qu'il ait pu vous laisser notre adresse ... Frida est sceptique.
- Si, si ! j'étais venu lui parler de son arrestation ; comme il restait silencieux, j'ai fini par lui dire : « *Attention Her Major, chai les moyens de vous faire barler !* » poursuit le journaliste, tout sourire.
- Oh, Oh, il a dû beaucoup apprécier ! marmonne Frida. Manfred aime passionnément qu'on lui rappelle son passé dans l'Ahbwer !
- Ben, j'ai cru qu'il allait me taper dessus ! Pour le calmer, je lui ai dit « Vous n'allez tout de même pas taper sur un lâche ! » et le journaliste se tient les côtes de rire.
- Et pour la suite ? relance Pierre.
- Je pense qu'il a fini par tout me dire pour se débarrasser de moi ! Bon, ce soir, pour fêter nos retrouvailles vous êtes mes invités ! Je réserve une table pour cinq à la « Brasserie des Flots Bleus » !

« Les Flots Bleus » » est un établissement ancré sur la corniche, à quelques encablures du Vallon des Auffes. Dominant la mer, il offre à ses clients une perspective majestueuse, sur les petites îles d'Endoume et l'Archipel du Frioul. A la nuit tombée, les badauds doivent se contenter des lumières scintillantes dans l'obscurité.

Jean Hubert de la Parent, commande vins fins et plats raffinés, cherche à en mettre plein la vue à ses invités ! au point que Frida se demande si l'addition va passer en notes de frais, ou si le journaliste va régler « la douloureuse » avec ses propres deniers ! Pierre Malet, après avoir donné des consignes à Laroche et Schmidt, se montre prudent dans sa conversation. Jean Hub, comme à son habitude, cherche à l'embobiner.

- Pierre, vous souvenez-vous de notre expédition à la Gendarmerie de Béthune ? *(Voir Les nuits de l'éventreur).* Malet lui répond cash.
- Parfaitement ! C'est pour ça, que vous ne viendrez pas demain avec moi au commissariat !

Lundi 28 février.

- Le couple de la DST se présente à l'accueil du 13 boulevard Garibaldi, centre névralgique de la Police marseillaise. Malet s'adresse au planton.
- Bonjour, je suis le Commissaire Fixin Malet et voici l'adjudante Dupire ; nous travaillons tous les deux pour la DST et nous voudrions rencontrer votre Commissaire.

Le Brigadier ne fait aucune difficulté.

- Veuillez-vous asseoir, je le préviens immédiatement !

Pierre et Frida n'ont pas longtemps à attendre.

- Commissaire Malet, je suis le Principal Dubosc, par une étrange coïncidence, je m'apprêtais à passer un coup de fil à Paris, pour vous demander de vous déplacer !
- Ah bon ? pour quelle raison ?
- Passons dans mon bureau voulez-vous, je vais vous l'expliquer !

A peine assis, Dubosc, extrait d'un dossier une page dactylographiée qu'il tend à Malet qui lit à haute voix.

- *« Je soussigné, Larbi El Bakir, être le seul responsable de la tentative de meurtre contre le Commissaire Malet. J'ai agi sur demande pour un contrat, que je n'ai pu refuser à la suite d'un chantage, dont j'ai été la victime. Ayant échoué, aujourd'hui la pression est trop forte, je préfère mettre fin à mes jours ».*

Malet reste sans voix ; Dubosc le relance après plusieurs secondes de silence.

- Qu'en pensez-vous ?
- Plusieurs choses : d'abord, il faudrait retrouver la machine à écrire qui a servi à taper ce texte ! Ensuite, aucune signature ne figure sur le document, n'importe qui a pu le taper ! Enfin, El Bakir parle d'un commanditaire, sans citer de nom. C'est plutôt curieux pour une personne qui l'aurait poussé à se suicider ?

- Je peux vous apporter au moins trois réponses sûres ! La machine qui a servi est bien l'Underwood retrouvée sur son bureau ! L'arme utilisée n'est qu'un vieux revolver Webley calibre 45, datant d'avant-guerre ! Et avant que vous me posiez la question : oui nous avons retrouvé des traces de poudre sur ses doigts !

Dubosc sort du dossier une photo de l'arme. Frida qui regarde attentivement intervient.

- Pourriez-vous me montrer l'autre cliché : celui où El Bakir, étendu sur son bureau, tient le revolver ?

Le Divisionnaire s'exécute.

- Il y a un problème : El Bakir tient son arme dans la main droite, alors qu'il était gaucher !
- Comment ? Vous êtes sûre ? interroge Dubosc.
- Pour moi, il n'y a pas le moindre doute ! Nous avons recueilli sa déposition, il y a deux semaines dans les locaux de la DST et il a signé le procès-verbal devant moi de la main gauche !
- Evidemment ça change la donne !
- Je suppose que vous avez demandé une autopsie ? avance Pierre.
- Naturellement ; je dois me rendre demain à l'Institut pour connaître les résultats ! Si vous le souhaitez, vous pourrez m'accompagner.
- Bien volontiers ! Autre chose, je suppose que vous avez entendu parler de son chauffeur Moktar Ben Chérif !
- Oh que oui ! Mais il n'est pas simplement son chauffeur, il fait partie du milieu marseillais ! Il est associé avec un certain Javier Romero, un espagnol qui s'occupe de prostitution, Moktar sert de rabatteur ! Le tout est contrôlé depuis Paris par Jo Attia* et Joseph Renucci* qui font partie de vos clients, je crois ?
- Oui ! enfin, ce n'est pas si simple, ! le grand banditisme, ne concerne pas directement la DST ; Attia rend de menus services au S.D.E.C.E et c'est pour ça qu'il passe le plus souvent entre les gouttes et qu'il est surnommé « le roi du non-lieu » ! *(Historique).* Pour Renucci, c'est pire

encore : lui aussi fricote avec le S.D.E.C.E et il a été longtemps couvert par le député Antoine Chalvet de Récy* ! Depuis, ce dernier est en prison pour vol, recel, faux et usage de faux ! *(Historique)*.

- Je dois également vous préciser, qu'il existe une ramification internationale pilotée par Lucky Luciano*, exilé en Italie depuis qu'il est interdit de séjour aux Etats-Unis !

Un flash traverse l'esprit de Frida.

- On peut imaginer que la Compagnie Algérienne Maritime serve de plaque tournante ?
- Pour moi, ça ne fait pas le moindre doute ! Les bateaux de la CAM, font régulièrement des transports entre les ports de Gênes, de Casablanca et de Marseille ! Les trafics de drogue et de cigarettes rentrent de cette manière en France !
- Maintenant, va se poser le problème de la succession de El Bakir à la tête de la CAM ? Pierre essaie d'envisager la suite …
- Oui, mais pour l'instant, il est trop tôt pour répondre ! Merci pour votre collaboration Commissaire, je vous attends demain à 10 heures à l'Institut Médico-Légal de la Timone !

En sortant du Commissariat, Frida pense pouvoir être éclairée par son compagnon.

- Qu'en penses-tu ?
- Je me pose bien sûr plein de questions ! Pourquoi, si des commanditaires ont mis un contrat sur ma tête, ils n'ont pas insisté après le pseudo-accident dont j'ai été la victime au Boulevard Saint Germain ? Si El Bakir a été assassiné, Ben Chérif ne peut pas être l'assassin, il doit savoir depuis longtemps que son ex-patron est gaucher ! Le plus inquiétant concerne le S.D.E.C.E : nous les retrouvons dans tous les mauvais coups !
- Vas-tu joindre Wybot dès ce soir ?
- Non. Je voudrais d'abord avoir le résultat de l'autopsie ! Nous apprendrons peut-être quelque chose de nouveau ?

Le soir, les quatre policiers de la DST, retrouvent l'incontournable Jean Hubert de la Parent.

- J'ai trouvé un restaurant pour ce soir !
- Vous ne pensez qu'à bouffer ? répond Laroche d'un air amusé.
- Mais je n'oublie pas qu'avec l'inspecteur Schmidt, vous êtes mon ange gardien, depuis que vous m'avez sauvé la vie devant chez moi ! Il est normal que je vous soigne ! Je vous propose pour ce soir, « Les Mets de Provence », à deux pas d'ici sur le Vieux Port ! Spécialités : le saucisson d'Arles, les tartines de Martigues, la timbale de bœuf en daube, le quichet aux anchois …
- Bon, ça va, vous n'allez pas nous faire toute la carte ! l'interrompt Malet. Vous qui mettez votre nez partout, est ce qu'un type répondant au nom Javier Romero, vous dit quelque chose !
- Bien sûr ! il vit du milieu de la prostitution ! Comme il tire sur des gros cigares, je l'ai surnommé « Gros Mégot » ! et Jean Hub part d'un fou rire. On peut dire qu'avec « ses dames », Javier à fait son beurre ! cette fois, le journaliste se tient les côtes …
- Il est toujours comme ça ? interroge Schmidt consterné
- Non, d'habitude, il est pire ! répond Frida.
- Et que savez-vous d'autre sur lui ? insiste Pierre.
- Ben, il magouille à la fois avec les milieux corse et marseillais ! Mais pourquoi vous intéressez vous à lui ?
- Parce que visiblement, il serait plus ou moins associé avec Ben Cherif ! Je vais vous faire une fleur Jean Hubert ; vous pouvez dévoiler dans « votre canard » : la Police soupçonne que El Bakir a été assassiné, sans donner aucun nom !
- Le patron, voudrait recevoir de vos nouvelles ! transmet Laroche à Pierre.
- - J'ai prévu de le rappeler demain, après ma visite à l'Institut Médico-légal

Mardi 1er mars.

Pierre Malet retrouve le Commissaire Dubosc au 264 rue Saint Pierre.

- Avez-vous passé une bonne soirée ?
- Oui, à trop manger ! il faut absolument que je me remette au sport !
- Entre nous, je m'appelle Albert, puis-je vous appeler Pierre ?
- Sans problème ! Dites-moi, apparemment la Timone est en plein travaux ?
- Oui, la modernisation a commencé il y a un peu plus d'un an ! Le premier bâtiment date du milieu du 19e siècle, à l'origine il accueillait des malades souffrant de problèmes psychiatriques ! Depuis 1945, l'hôpital n'a cessé de se développer, dans tous les services ! Nous voilà arrivé à l'Institut. Docteur Jaffré, je vous présente le Commissaire de la DST de Paris !
- Mince ! la Sécurité Intérieure, ! quel honneur de vous accueillir !
- Votre client a-t-il parlé ? Pierre entre dans le vif du sujet …
- Je vous confirme qu'il est bien mort par balle à bout touchant au niveau du temporal droit ! Plus intéressant, l'analyse toxicologique démontre qu'il consommait de la cocaïne et qu'il avait ingéré un puissant neuroleptique, la Loxapine !
- Et que peut-on en déduire ? Dubosc, demande des détails.
- Vu son état, il n'a pas pu appuyer tout seul sur la détente ! Je vous certifie qu'il s'agit bien d'un meurtre !
- Très bien docteur, merci de bien vouloir m'envoyer votre compte rendu par écrit !

En sortant de l'Institut, Pierre semble découvrir une nouvelle possibilité.

- Nous cherchions quel moyen de pression pouvait jouer sur El Bakir ? La cocaïne nous ouvre une nouvelle perspective ! Vous me disiez que Romero faisait de la drogue et la prostitution ses fonds de commerce ! Si nous arrivons à mettre la main dessus, nous pourrions remonter jusqu'à Ben Chérif !
- Il tient une espèce de clandé « la Lanterne Rouge », dans un quartier nommé « le Panier » ! Inutile de vous dire qu'il s'agit d'un nom prédestiné ! On ne peut pas vraiment parler de maison close, mais, néanmoins des hôtesses proposent leurs services tarifés, le tout sous le contrôle de Javier Romero !

- Très bien, je vais y jeter un œil ce soir !
- Surtout ne sortez pas « tout nu », le quartier n'est vraiment pas sûr à la tombée de la nuit !
- Merci Albert, je vous tiens au courant !

Pierre cherche le premier bistrot sur sa route pour appeler la DST. Jeanne Lallemand lui passe Wybot.

- Je commençais à être inquiet de ne pas avoir de vos nouvelles ?
- Monsieur le Directeur, nous nageons en plein Pastis ! Je vous confirme que El Bakir a bien été assassiné et que son crime a été maquillé en suicide ! à priori, Ben Chérif ne serait pas le coupable, je pense plutôt au milieu marseillais ! Là où ça se complique, c'est que Jo Attia et Jo Renucci, seraient mêlés à l'affaire, et, cerise sur le gâteau, à chaque fois que nous découvrons une nouvelle piste, nous tombons sur le S.D.E.C.E !
- J'ai peur que nos services extérieurs, avec les attentats qui se multiplient en Afrique du Nord, ne s'accordent de plus en plus de libertés, au détriment des lois de la République ! Que comptez-vous faire ?
- J'ai un excellent contact ici, à Marseille, avec le commissaire Dubosc ! De plus, j'ai un nouvel indice avec un certain Javier Romero, j'espère pouvoir rentrer en contact avec lui dès ce soir !
- Très bien ! Demandez à Laroche et Schmidt de revenir à Paris, il est inutile de rester à quatre sur place et surtout soyez prudent !

De retour à l'hôtel, de la Parent continue de parler restauration.

- Pierre, que diriez-vous, d'une bonne bouillabaisse pour ce soir ?
- Nous allons manger léger ! dans l'immédiat j'ai un autre projet pour nous deux !
- Ah bon ? nous partons vers de nouvelles aventures ? trépigne Jean Hub tout excité

- On peut dire ça ! Nous allons en début de soirée à la « Lanterne Rouge », retrouver des femmes de petite vertu ! J'espère que cela vous inspire ?
- Oh, vous savez, moi, faire l'amour avec des filles qui travaillent … Jean Hub affiche un air blasé !
- Frida, peux-tu me passer ton PPK ?
- Je vois que tu ne changes pas, tu es encore parti sans arme ? Je n'aime pas du tout ton projet de ce soir et pas seulement parce qu'il y a des filles !
- Ne t'inquiète pas, tout va bien se passer !

Frida fait contre mauvaise fortune bon cœur et s'efforce de chasser ses idées noires ; elle lance sur le ton de la plaisanterie, avec un clin d'œil appuyé :

- Bon, alors bonne soirée les garçons !...

Chapitre 21 : French déconnection.

Malet et de La Parent remontent lentement la rue des Accoules, passant devant l'église Notre Dame. La pente raide de cette ruelle sinistre ralentit leur progression. Le manque d'éclairage ajoute à la torpeur menaçante d'un possible mauvais coup. Puis ils tournent sur la droite, pour grimper les marches de la Butte des Moulins et finissent par découvrir la « Lanterne Rouge ».

Pierre décide de se servir de Jean Hub comme d'un leurre, d'un appât. En pénétrant dans l'établissement, un groupe de filles se précipite sur le journaliste, pendant que le Commissaire accède au bar. Un serveur à la mine patibulaire s'adresse à lui.

- Que prendrez-vous ?
- Deux whiskys !
- Si votre copain n'avez pas l'air d'un pédé, je vous aurais pris pour deux flics ! le barman le sert le sourire aux lèvres.
- Ah bon ? qu'est-ce qui vous fait dire ça ?
- En général, lorsque toutes les filles, se précipitent de cette manière, c'est que le gars est homosexuel !
- Dites-moi, je cherche à joindre Javier Romero ?
- Ah ouais, qu'est-ce que vous lui voulez ?
- Je viens de perdre Larbi El Bakir, qui était mon fournisseur ! Je sais qu'il était associé avec Romero !
- Si c'est de « la blanche » que vous cherchez, on peut s'arranger !

Le serveur, se dirige dans l'arrière-salle et revient moins d'une minute après avec deux sachets. « Voilà ça fait 1000 francs et les whiskys c'est pour moi ! »

Bien que le tarif lui semble prohibitif, Pierre paie sans faire d'histoires, met les deux sachets dans sa poche, prend les deux verres d'alcool pour rejoindre Jean Hubert. Ce dernier, fort occupé avec deux filles sur les genoux, parvient néanmoins à se libérer, pour glisser un mot à l'oreille de Pierre.

- Une des filles est prête à nous parler ! Rendez-vous dans cinq minutes au bas des escaliers de la Butte à l'angle de la rue des Accoules !
- Parfait ! Patron, ces demoiselles ont très bon genre !

Le Commissaire leur glisse quelques billets pour s'en débarrasser, tout en leur tapant sur les fesses et elles s'éloignent tout en gloussant. Puis Pierre et Jean Hubert, terminent leurs verres avant de quitter l'établissement. Comme prévu, ils retrouvent l'escorte à l'endroit indiqué.

- Bonjour je m'appelle Gaby ; j'ai appris que vous étiez journaliste et policier ! Je voulais vous parler de Moktar, qui est un véritable porc : il viole régulièrement les filles tout en se montrant brutal ! Javier c'est autre chose, il nous envoie de temps en temps quelques avoinées, mais il ne se montre jamais d'une brutalité sexuelle !
- Justement, savez-vous comment nous pourrions les joindre ?
- C'est compliqué : ils vont, ils viennent ! Le plus simple serait que je vous prévienne ! A quel endroit puis-je vous joindre ?
- Au Modern'Hôtel ; vous demandez le commissaire Malet ! Merci pour ce que vous faites et restez prudente !

De retour à l'hôtel, nos deux compères retrouvent Frida sirotant une Marie Brizard, dans un fauteuil de l'entrée.

- Laroche et Schmidt, ne sont pas avec toi ?
- Non, ils ont pris le train de nuit Gare Saint Charles, direction Paris ! Ils regrettent tous les deux les restos proposés par Jean Hubert ! Et vous les garçons, parlez-moi de votre soirée ? Jean Hub, se montre dithyrambique.

- Super, nous sommes tombés sur Gaby, une fille très sympathique et en plus « carrossée comme une Facel Vega » !
- Qui est cette Gaby ? Frida regarde Pierre droit dans les yeux appréciant peu l'analogie
- Une fille, qui va nous servir d'indic ! Rassure-toi, je la laisse volontiers à Jean Hubert ; personnellement j'ai déjà ma blonde et c'est toi !

Mercredi 2 mars.

Le commissaire Malet et Frida retrouvent Dubosc dans son commissariat.

- Regardez ce que j'ai trouvé hier à la « Lanterne Rouge » ! Pierre, met les deux sachets de cocaïne sur le bureau du Commissaire.
- Je suppose que vous avez une idée derrière la tête ?
- Oui, vous pourriez demander une commission rogatoire, pour fouiller le « bar à putes », histoire de faire sortir du bois Ben Chérif ou Romero ?
- Effectivement, ça peut être une bonne idée !
- Autre chose, est ce qu'une certaine Gaby, vous dit quelque chose ?
- Parfaitement, Gabrielle Le Kermarec, alias Gaby, une Bretonne de 19 ans, je vois que vous avez bon goût ! La remarque n'est toujours pas faite pour plaire à Frida qui lui jette un regard noir. Pourquoi vous intéresse-t-elle ?
- Parce que visiblement, elle en a assez des traitements que lui font subir Ben Chérif et Romero ! Si nous réussissons à la faire parler, elle pourrait faire tomber nos deux lascars, d'autant qu'elle est mineure ! En montant correctement notre dossier, nous pouvons soit les mettre à l'ombre, soit leur mettre la pression pour qu'ils nous lâchent des noms contre une remise de peine ! Connaissez-vous ses parents ?
- Certes elle est mineure, mais émancipée ! Le père travaille comme ouvrier métallurgiste à Brest et la mère fait des ménages ; vous savez, c'est le genre de gamines qui deviennent la proie des souteneurs, en leur promettant de faire carrière dans le cinéma, ou comme

chanteuse ! Pierre, si vous réussissez à lui faire cracher le morceau, vous prenez de gros risques ! Les malfaisants auront vite fait de la dessouder !

Frida joue les bonnes âmes et répond sans quitter son compagnon des yeux.

- Ne vous inquiétez pas Commissaire, je vais m'occuper d'elle personnellement : aucun oiseau de mauvaise augure ne pourra l'approcher !

Toujours aussi exubérant, Jean Hubert propose son plan pour la soirée.

- Pour la bouillabaisse, c'est ce soir ou jamais, le boss m'a sollicité pour que je rentre demain à Paris !
- Avez-vous trouvé une adresse ? c'est Frida qui demande des précisions.
- Oui, chez « Fonfon », sur le Vieux Port ! Par contre je suis ennuyé, je ne pourrai pas faire mes adieux à Gaby ! Pierre, merci de l'embrasser de ma part !
- Ne vous inquiétez pas Jean Hubert, je le ferai moi-même, je ne voudrais que Pierre vous la vole ! s'interpose Frida …

Jeudi 3 mars.

De retour au commissariat de la rue Saint Pierre, Malet vient aux nouvelles auprès de Dubosc.

- J'ai découvert le successeur potentiel d'El Barkir à la tête de la CAM ! Un certain Mourad Ben Youssef, le type était déjà actionnaire dans la Compagnie ! Il n'a pas de casier, par contre je doute qu'il soit blanc bleu ! D'autre part, j'aurai la commission rogatoire dans la journée, pour la perquise à la « Lanterne Rouge », j'ai prévu de débarquer avec une équipe demain à 21 heures précises ! Viendrez-vous avec nous ?
- Non, pour l'instant je préfère rester dans l'ombre ! Si vous le permettez, je vous attendrai ici au commissariat ! Serait-il possible d'avoir un coin bureau et un téléphone pour la journée ?

- Naturellement, je passe la consigne !

Un quart d'heure après, Malet se retrouve confortablement installé pour appeler la DST.

- Monsieur le Directeur, j'aurais besoin de renseignements dans la journée sur deux individus, Javier Romero et Mourad Ben Youssef !
- Très bien je mets une équipe sur le coup et je vous rappelle dès que possible !

La pause déjeuner n'a rien à voir avec les sorties gastronomiques de Jean Hubert. Le midi, c'est sandwich jambon-beurre et bière pour tout le monde. Pierre reçoit sa réponse en début d'après-midi de la part de Wybot.

- Pour Ben Youssef, nous n'avons rien trouvé ; par contre, le cas Romero est intéressant ! Comme vous le savez déjà, il est de nationalité espagnole et en 1936 à 18 ans à peine, il faisait partie des Brigades Républicaines ! Avec l'arrivée de Franco, il s'est retrouvé réfugié politique en France ! Son parcours pendant la guerre est plus ou moins ambiguë, entre collaboration et résistance, puis depuis la Libération, il donne dans la prostitution et la drogue !
- Sans être inquiété ?
- Disons qu'il est toujours sur le fil du rasoir pour une possible expulsion, le plus souvent couvert par le S.D.E.C.E !
- Bon, en tout cas, si nous mettons la main dessus, ça nous donne un moyen de pression !

Vendredi 4 mars.

Sur les coups de 22 heures, le panier à salade se gare dans la cour du commissariat de la rue Saint Pierre. Les policiers débarquent du tube Citroën, une dizaine de ces dames de la « Lanterne Rouge », ainsi que le barman. Dubosc rejoint Pierre et Frida à son bureau.

- Avez-vous trouvé quelque chose ?

- Pas grand-chose, une dizaine de sachets de Coke, juste de quoi fermer le bar temporairement, mais aucune trace de Romero !
- J'ai vu que vous aviez embarqué Gaby ; pouvez-vous la mettre à l'isolement, de façon à pouvoir l'interroger sans risque.

La jeune femme arrive quelques instants après et Frida en profite pour la dévisager des pieds à la tête. Pierre s'aperçoit de son manège et interroge discrètement sa compagne.

- Quelque chose ne va pas ?
- Elle est maquillée comme une voiture volée et en plus, je suis sûre que la « Facel Vega » est une fausse blonde !
- Pour le maquillage ça fait partie de ses attributions et je ne sais pas s'il s'agit d'une fausse blonde, je n'ai pas eu l'occasion d'aller voir ! lui répond Pierre sur un ton amusé.
- Bonsoir Commissaire, je sais ou crèche Javier !
- Je vous écoute ?
- Il loge au « Paradis Bristol », 7 rue de Madagascar !
- Merci Gabrielle, vous continuez à faire comme si de rien n'était ! Nous allons vous sortir de là !

Pendant que Dubosc ramène Gaby au milieu de ses copines, Frida marmonne :

- *Merci Gabrielle, nous allons vous sortir de là… gnagnagna !...*

Cette fois, Pierre le prend mal.

- Ecoute, tu ne voudrais tout de même pas que je continue à la laisser jouer les putes, au milieu de mecs qui peuvent lui faire la peau à chaque instant ! Surtout, qu'elle prend des risques énormes pour la Police !
- Ok mon chéri, j'arrête de jouer les jalouses ! Frida s'est radoucie. Je dois reconnaître qu'elle est plutôt mignonne, surtout si elle évitait de se transformer en cagole !

Dubosc réapparait.

- Demain matin à la première heure, on serre Javier Romero, je compte ensuite sur vous pour l'interroger !

Alors que Pierre couché dans son lit, pense avoir fini sa journée, Frida apparait nue comme un ver. Elle profite de l'obscurité de la chambre, en jouant avec la lumière de la salle bain, tout en prenant des poses suggestives dans le chambranle de la porte donnant sur la chambre.

- Ça vous dit Commissaire ? D'autant que mes prestations à moi, ne sont pas tarifées !

Samedi 5 mars.

Il est un peu plus de 9 heures lorsque Javier Romero débarque au commissariat, bien encadré par les hommes du Commissaire Dubosc. L'un d'eux annonce.

- Romero vient de nous dire qu'il ne parlera pas sans son avocat !
- Ce n'est pas grave, nous avons tout notre temps ; en attendant, laissez-le mijoter au frigo (*Cellule*) ! répond son patron. Pierre, venez en attendant allons prendre un petit café !

Une heure plus tard, les conditions sont réunies pour procéder à l'interrogatoire. Les deux Commissaires sont face à l'avocat et son client. L'échange « en double messieurs », peut commencer pour un duel serré « service volée ».

- Je suis Maître Lafarge ! Commissaire, vos hommes ont sorti de son lit mon client aux aurores, j'aimerais en connaître la raison ?
- C'est très simple Maître, nous avons effectué hier une perquisition dans les règles à la « Lanterne Rouge » dont il est le gérant et nous y avons trouvé de la cocaïne ! répond calmement Dubosc.
- Monsieur Romero n'a rien à voir dans cette affaire ! s'indigne Lafarge

- Alors qui ? Votre barman ? les filles qu'il emploie pour « des ballets roses » dont certaines sont mineures ? où simplement des clients de passages ? Le ton monte.
- Là Monsieur le Commissaire, vous allez beaucoup trop loin, vous n'avez aucune preuve !

Pierre prend le relais.

- Je suis le commissaire Malet de la DST et je pense que votre client représente un danger pour la sécurité intérieure de notre Pays ! Avec toutes les casseroles qu'il se trimbale, j'ai parfaitement les moyens de l'expédier de l'autre côté des Pyrénées avec un signalement au passage à la Brigada Politico Social ! *(Police Secrète Espagnole)*.
- C'est ignoble ! L'avocat a les yeux qui lui sortent de la tête.

Pierre, cette fois, lui balance des boulets de canon.

- Non Maître, ce qui est ignoble, c'est de mettre des filles sur le trottoir, de trafiquer de la drogue, de couvrir des crimes ! Je vous préviens une dernière fois, Monsieur Romero : soit vous répondez à toutes nos questions, honnêtement, soit je mets mes menaces à exécution ! Et ne pensez pas que le S.D.E.C.E, cette fois pourra vous tirer d'affaire !

Complètement terrorisé à l'idée de retrouver Franco et sa Guardia Civil, Romero ne peut plus résister aux terribles « passing shot » de Pierre Malet.

- Très bien, j'ai compris, que voulez-vous savoir ?

Pierre fait signe à son collègue de sortir la lettre de repentance de Larbi El Bakir.

- Pouvez-vous nous dire, ce que vous en pensez ?   Complètement déstabilisé Romero, semble perdu.
- Ce n'est pas moi, je n'y suis pour rien … ni Ben Cherif ! Malet embraye instantanément.
- Intéressante votre remarque ; si je vous suis bien, vous êtes en train de nous dire qu'il ne s'agit pas d'un suicide ?

Acculé, Javier finit par se livrer.

- Larbi prenait de plus en plus de coke et faisait n'importe quoi ! Il devenait de plus en plus gênant pour pas mal de monde ! Les Chinois, les Soviétiques avec lesquels il trafiquait non seulement de la marchandise, mais servait d'espion ! D'autant qu'il jouait un triple jeu avec le S.D.E.C.E ! Même à l'intérieur de la Compagnie Maritime, sa crédibilité était remise en cause !

Dubosc cherche à en savoir plus.

- Pour résumer, vous nous confirmez que El Bakir a bien été victime d'un meurtre et qu'il nous faut chercher les potentiels commanditaires parmi les services d'espionnage soviétiques et chinois, le S.D.E.C.E, voire la CAM ?
- Je ne sais pas… je ne sais plus…c'est à vous de voir !

Pierre essaie de l'aider à retrouver ses esprits.

- Vous nous avez parlé de Mokhtar Ben Cherif, nous aimerions pouvoir mettre la main dessus ?
- Vous savez, il était persuadé que le crime de El Bakir lui serait imputé ! Il ne m'a pas caché qu'il partait se mettre au vert en Algérie !
- Maintenant, que comptez-vous faire de mon client ? Lafarge s'inquiète du sort de Romero.

Dubosc lui répond sans ambiguïté.

- Nous ne sommes pas des monstres et nous sommes parfaitement conscients que Monsieur Romero, risque gros si nous le laissons partir maintenant !   Nous prolongeons donc sa garde à vue et nous le présenterons ensuite devant un juge d'instruction pour trafic de drogue ! Après, la balle est dans votre camp ; à vous de voir si vous préférez nier tout en bloc, ou si vous souhaitez que votre client soit préservé à l'ombre d'une prison !

Jeu set et match, de la paire de double des policiers. Satisfait Albert Dubosc, ne manque pas de le faire savoir à Pierre Malet.

-   Voilà au moins un problème résolu !
-   Maintenant, reste à se pencher sur le cas de Gabrielle de Kermarec, qui reste une cible potentielle !
-   Avez-vous une idée derrière la tête ?
-   Ma mission à Marseille est terminée ! Je pensais exfiltrer Gaby vers Paris ; à un moment où à un autre, elle sera amenée à témoigner dans le procès de Javier Romer et nous aviserons à ce moment-là !
-   Je ne peux que vous rejoindre sur ce point ! Comment comptez-vous vous y prendre ?
-   Je vais avoir besoin d'un dernier service de votre part ! Dans la mesure où la « Lanterne Rouge » est fermée, je suppose que vous connaissez l'adresse où elle loge ?
-   Oui : elle demeure avec deux autres filles, dans un petit appartement à La Castellane appartenant à Ben Chérif !
-   Très bien, vous l'emballez demain matin pour la ramener au commissariat ! Vous dites à vos hommes qu'elle prépare une petite valise avec du linge pour deux jours !
-   Je vois, et ensuite vous l'embarquez direction Paris ?
-   Exactement, moins nous traînons à Marseille, mieux c'est !

De retour à l'hôtel, Pierre doit un minimum d'explications à sa compagne. Après lui avoir fait un résumé sur la disparition de Ben Cherif et l'incarcération de Romero, arrive le sujet qui fâche. Pour son plus grand soulagement, Frida aborde le problème la première.

-   Et pour Gabrielle, nous ne pouvons pas l'abandonner ?
-   Non, nous la ramenons et j'allais te proposer que nous la logions quelque temps chez nous ?
-   Je suis d'accord, c'est le seul choix ! répond Frida d'un ton grave. Ou alors… nous la confions à Jean Hubert ! et, elle explose de rire…

Chapitre 22 : D.S.T contre S.D.E.C.E.

Dimanche 6 mars.

Gabrielle Le Kermarec attend, assise sagement sur un banc de l'accueil du Commissariat. Sans fard, elle paraît plus douce et plus juvénile. Son visage, s'éclaire d'un faible sourire à l'apparition du couple de la DST.

- Bonjour Frida, bonjour Commissaire !

L'adjudante joue d'entrée les chaperonnes.

- Le temps de régler quelques détails et nous prenons tous les trois le train, direction Paris !
- Et là-bas, qu'est-ce que je vais devenir ? s'inquiète Gaby.
- Nous avons tout prévu ! Dans un premier temps tu vas loger chez nous et on t'aidera à trouver un travail honnête !

Puis Dubosc fait son apparition.

- Tiens Gaby, je te rends tes papiers en règle et je te souhaite bonne chance dans ta nouvelle vie !

Une heure plus tard, le trio se retrouve gare Saint Charles. Pierre, pour plus de confort, a pris des billets de classe Pullman dans le « Mistral ». Les huit heures à passer dans le wagon, devraient permettre d'en savoir un peu plus sur la jeune femme. Frida se montre la plus curieuse.

- Nous ne savons presque rien de toi, parle nous un peu de ta jeunesse !
- Je suis née à Morlaix, mais j'ai vécu presque tout le temps à Brest ! J'ai un frère, Yannick, de trois ans mon aîné ! Mon père, travaille sur les chantiers navals et mon frère l'a rejoint il y a quelque temps !

- Comment est-ce que tu as pu te retrouver à Marseille ?
- L'an dernier, j'ai réussi à passer la première partie de mon Bac es Lettres, mais mon père a estimé que, pour une fille, il était inutile de faire des études plus longues. Il a mis fin ainsi à mon rêve de devenir professeur de lettres ! Au mois de juillet, il y avait un télécrochet en public à Brest. Mokhtar m'a repérée, il est allé voir mes parents en disant qu'il était impresario et qu'il allait faire de moi une vedette ! Il était bien habillé, il a laissé de l'argent à mes parents, en disant que c'était une avance sur mes premiers cachets ! Moi, j'étais un peu paumée et j'ai accepté de le suivre ! Vous connaissez la suite !

Le temps d'un bon repas au Wagon Restaurant et le voyage passe relativement vite. Le couple peut enfin retrouver ses enfants ramenés par « l'oncle Manfred ». Frida fait les présentations.

- Cette jeune femme s'appelle Gabrielle, elle va passer quelque temps avec nous !
- Dis donc ! je te trouve drôlement jolie ! Aloïs a les yeux qui scintillent.

Frida glisse un mot malicieux à l'oreille de son compagnon.

- Je vois que le fils a les mêmes goûts que le père !
- Non, que Jean Hubert, nuance ! lui répond Pierre sur le même ton.

Dans le même temps, Manfred reprend ses allures d'aristocrate pour s'adresser à Gaby. La jeune femme saisit bien ses pointes d'accent germanique, elle lui répond dans la langue de Goethe, au grand étonnement de Frida.

- Ah ? en plus, tu parles allemand ?
- Pas très bien, en classe j'ai surtout fait du Latin et du Grec ancien !
- Je suppose que je vais devoir encore céder ma chambre ? s'inquiète Marie.
- Ah non, Maman, Papa ! Gabrielle dort avec moi, s'il vous plaît ! implore Aloïs !

Une fois le problème de couchage réglé, Frida et Pierre continuent la discussion dans la chambre parentale et Frida fait son mea culpa.

- J'avoue que je me suis trompée sur le compte de Gabrielle !
- C'est-à-dire ?
- Ce n'est pas seulement une jolie poupée, mais elle est intelligente, instruite et a su se cultiver, dans un milieu social pas forcément favorable !
- Si tu me dis toutes ces choses, c'est que tu as sans doute une idée derrière la tête ?
- Ma période militaire se termine et je n'ai pas l'intention de prolonger l'expérience avec Wybot ! La DST, à petite dose, ça me convient. Mais il ne faut pas que cela dure trop longtemps ! Je suis persuadée que Barois serait prêt à me reprendre au journal ; j'y mettrai une condition : avoir Gaby comme assistante !
- C'est bien joli, mais la direction t'a peut-être déjà remplacée ?
- Demain, j'appelle Jean Hubert pour prendre la température ! D'autre part je pense que Gabrielle pourrait passer l'an prochain la deuxième partie de son Bac, en candidate libre ?
- Je vois que tu foisonnes d'idées ! Mais pour l'heure, il est temps que tu t'occupes de moi !...

Lundi 7 mars.

Frida et Pierre retrouvent la rue des Saussaies. Après le briefing hebdomadaire, le couple rejoint le bureau de leur Directeur pour faire un point personnel de leurs situations. Frida anticipe les questions éventuelles.

- Monsieur le Directeur, ma période militaire va bientôt se terminer, je vais devoir vous quitter ! Bien qu'il s'efforce de ne rien laisser paraître, Wybot accuse le coup.
- Frida, vous savez qu'à la DST vous serez toujours chez vous ! Et vous Pierre, j'espère que vous n'avez pas d'autres projets ?
- Non pas pour l'instant ; je vais vous faire mon rapport sur notre déplacement de Marseille ! En gros, lorsque l'on règle un problème, un autre apparaît au même moment ! Il y a une interdépendance entre les services secrets Chinois, Soviétiques et le Maroc, avec la CAM,

comme plaque tournante ! Au milieu, le rôle du S.D.E.C.E, devient de plus en plus opaque !

- Demain j'ai rendez-vous à Matignon, je vais aborder le sujet !
- Je suppose qu'Edgar Faure va vous relancer pour prendre la place de Francis Lacoste ?
- Sans doute, mais vous connaissez déjà ma réponse !

En fin de matinée, Frida appelle Jean Hubert, sachant que la conférence de rédaction doit être terminée.

- Bonjour Jean Hubert ! nous sommes rentrés dimanche et je voulais savoir comment ça se passe depuis mon départ de la rédaction ?
- Barois vient de virer son assistante ce matin, c'est déjà la deuxième qu'il use depuis que tu es partie ! répond-il dans un éclat de rire.
- Très bien je vais reprendre contact avec lui, mais pour l'instant vous ne dites rien !

Mardi 8 mars.

Edgar Faure a pris soin de se faire assister par Pierre July*, le nouveau Ministre des Affaires Marocaines. Ce dernier ouvre le débat.

- Monsieur Wybot, nous avons pris soin de réexaminer vos différents rapports sur la situation au Maroc. Je vous lis : « *D'après mon enquête, un contre-terrorisme vraiment organisé ne me paraît pas encore exister au Maroc, mais que ce n'est sans doute qu'une question de temps. Tous les éléments propices à son éclosion sont en place. Il en jaillira cette fois un véritable contre-terrorisme brutal, sanglant et ce ne sera plus la création paradoxale d'un provocateur qui voudrait y faire croire.* » Pouvez-vous nous préciser le fond de votre pensée ?
- Ce qui frappe actuellement, c'est le lien qui peut exister entre le terrorisme et le contre-terrorisme ! Dès lors que l'on néglige le terrorisme, le contre-terrorisme naît par ricochet, par réaction ! Que le gouvernement impose des consignes strictes, que la Police remplisse son office, que les contre-pouvoirs soient poursuivis et châtiés tombe sous le sens ! Aujourd'hui, nous sommes loin de la coupe aux lèvres !

Des citoyens se sentent obligés de se défendre eux-mêmes, en s'organisant en milices, de s'ériger en justiciers ! Le contre-terrorisme, dans mon analyse, n'est qu'un sous-produit du terrorisme, contre lequel les autorités responsables n'agissent pas ! J'ai pu constater lors de mon premier voyage au Maroc, que le terrorisme nationaliste arabe est particulièrement aiguisé : il se nourrit de nos changements politiques, trop souvent hésitants ; « une certaine mollesse » de notre gouvernance fait naître l'inquiétude de la Communauté Européenne sur place, qui se sent trahie, lâchée ! De plus, dans le cas où nous serions amenés à accorder au Maroc plus d'autonomie en cédant une partie de nos pouvoirs de Police, nous rentrerions dans une dérive irréversible !

À l'écoute de cette dernière phrase, Pierre July se lève de son siège et réagit violemment.

- Comme vous y allez ! Vous êtes fou ? vous raisonnez comme si nous devions accorder une autonomie interne au Maroc ! Nous n'en sommes pas encore là, fort heureusement !

Edgar Faure, jusque-là silencieux, s'efforce de calmer le jeu.

Monsieur Wybot, j'ai bien compris en vous lisant, que vous n'avez pas le profil pour devenir Résident Permanent au Maroc et succéder ainsi à Francis Lacoste ! Toutefois, votre éclairage mérite une certaine considération, et je ne manquerai pas de vous consulter sur le sujet à l'avenir !

Dans le même temps, Frida a pris sa journée pour s'occuper de Gabrielle. Au programme du jour : séance chez le coiffeur, et tournée des magasins d'habillement. Devant tant de sollicitude, la Bretonne cherche à en savoir plus. Frida évoque la possibilité qu'elle puisse se construire une expérience dans la presse écrite. Gaby réagit positivement, au-delà de son espérance.

Histoire de faire table rase avec son passé, la jeune femme adopte au salon de coiffure, une coupe « genre garçonne », abandonnant le blond platine pour sa couleur naturelle, châtain. Puis, vient la tournée des boutiques. Gaby continue de se laisser guider, adoptant des tenues de fille de son âge, mais beaucoup plus sobres que ses accoutrements habituels. Dans les cabines d'essayage, Frida comprend qu'avec sa plastique impeccable, ses jambes harmonieusement musclées, sa poitrine généreuse et ses fesses rebondies, elle fasse tourner la plupart des têtes des garçons. Craint-elle toujours pour son chéri ?

- As-tu fait du sport, lorsque tu étais plus jeune ?
- J'ai fait de la danse classique, pendant une dizaine d'années !
- Est-ce que Pierre pourrait être ton genre d'homme ?

D'abord surprise par la question, Gaby se met à rire.

- Ah non ! même si je trouve beaucoup de charme au Commissaire, nous avons 15 ans d'écart et surtout, il est beaucoup trop sérieux pour moi ! Je suis attirée par plus de fantaisie, un Jean Hubert et son côté déjanté, me conviendrait mieux !

Retour à l'appartement, rue du Docteur du Roux, les commentaires fusent, Pierre en premier !

- Ouah, le look !
- Est-ce que je vous plais ? Gaby tourne sur elle-même.
- Tu es toujours aussi jolie ! telle est la réponse d'Aloïs !

Mercredi 9 mars.

Frida débarque à l'improviste à la rédaction de « Quid ? Détective ». Elle est tout de suite assaillie par ses anciens collègues. Le brouhaha attire l'attention du rédacteur en chef qui sort de son bureau.

- Frida, quelle bonne surprise ! puis il s'adresse à l'assistance. Je vous l'enlève cinq minutes ! Savez-vous que vous manquez à tout le monde à la rédaction ?

La grande blonde préfère le laisser venir avec ses propositions.

- Je vois effectivement que j'ai gardé une certaine popularité !
- Je m'en veux beaucoup pour l'article de de La Parent que j'ai laissé passer, concernant votre compagnon ! Saurez-vous un jour me pardonner ?
- C'est déjà une histoire ancienne, on ne va pas refaire le passé !
- Très bien, merci. J'ai une proposition à vous faire : vous reprenez votre poste à la rédaction, avec une augmentation de salaire !

Frida laisse passer un petit temps, avant de répondre.

- C'est envisageable, mais à une condition !
- Oui, laquelle ?
- La charge de travail est de plus en plus importante, j'aurai besoin d'une assistante à temps partielle !
- Oui … pourquoi pas, encore faut-il trouver la candidate ?
- Je connais quelqu'un de disponible, qui pourrait être intéressée !
- Impeccable, prenons rendez-vous avec elle ! Jeudi, vendredi, dès que c'est possible ?
- Demain sera parfait !

Jeudi 10 mars.

Coachée, briefée et maquillée par Frida, Gabrielle est fin prête pour passer son entretien d'embauche. La formalité ne dure qu'une quinzaine de minutes. Jean Barois confirme le contrat des deux jeunes femmes, pour un début d'exercice lundi prochain. En attendant, Gaby fait le tour du service de la rédaction, chaperonnée « par sa marraine ». Puis Jean Hubert fait son apparition, toujours de manière fracassante.

- Salut la compagnie, bonjour les filles ! il finit par tomber nez à nez avec Gabrielle.
- Bonjour Jean Hubert !

Véritablement tétanisé par la transformation de la jeune femme, il finit par articuler péniblement :

- On se connaît … non ? puis il hurle « Gaby » !

Frida le ramène à la réalité.

Calmez-vous, Jean Hubert ! Oui, c'est bien elle ; mais il n'y a pas de quoi ameuter la terre entière !

- Que faites-vous dans nos murs ?
- Je deviens l'assistante de Frida à la rédaction, à compter de lundi prochain !
- Formidable ! J'ai une autre bonne nouvelle, je viens de récupérer mon Austin Healey enfin réparée !

Frida glisse à l'oreille de son assistance : « Tu vas voir qu'il va te proposer une balade en voiture ».

- Gaby, ils annoncent du beau temps ce week-end, nous pourrions aller faire un tour dimanche sur l'anneau de Montlhéry ? Les deux femmes étouffent un fou rire.
- Si vous voulez Jean Hubert, mais maintenant il faut nous laisser travailler ! répond Gabrielle.

Dimanche, en fin d'après-midi, Gabrielle rentre au domicile des Malet, toute émoustillée par sa journée. Pierre cherche à en savoir plus.

- As-tu passé un bon moment ?
- Formidable, jamais aucun homme ne s'est montré aussi prévenant avec moi ! Dommage que je n'ai pas le permis, j'aurais bien conduit sa voiture ! Jean Hub est vraiment quelqu'un d'exceptionnel !

Frida glisse discrètement à son compagnon.

- Ne t'inquiète pas, je vais mette les choses au point, dès demain, avec Jean Hubert !

Lundi 14 mars.

Gabrielle participe à sa première conférence de rédaction. Une fois terminée, Frida attire Jean Hubert à l'écart.

- Il faut que je vous parle !

Le journaliste, toujours sous le charme de la belle Gaby, n'a d'yeux que pour elle ; il fixe Frida d'un regard incrédule.

- Je vous écoute !
- Gabrielle ne doit pas être une de vos conquêtes habituelles, que vous allez jeter après avoir joué quelque temps avec elle !

Le journaliste la main sur le cœur, écarquille les pupilles, avant de partir dans une tirade pleine de sincérité.

- Pas du tout Frida, je vous assure que nous avons des sentiments l'un pour l'autre ! Jamais je n'ai rencontré une fille comme elle, je l'aime vraiment ! Vous me connaissez …
- Justement ! Ça va, ça va, ce n'est la première fois que vous vous emballez ! Je veux bien vous accorder le bénéfice du doute, mais je vous préviens : au moindre faux pas, vous aurez à faire à moi ! Je vous garde à l'œil !

Jeudi 17 mars.

Roger Wybot est convoqué une troisième fois par le Président du Conseil, trois semaines seulement après l'arrivée de ce dernier à Matignon. Edgar Faure, cette fois, a pris soin d'inviter son Ministre de l'Intérieur Maurice Bourgès Maunaury*.

- Monsieur Wybot, ma décision est prise, : Gilbert Grandval* va succéder à Francis Lacoste, comme Résident Permanent au Maroc ! à cette annonce, le patron de la DST ne montre pas une émotion particulière … Mais si je vous ai demandé de venir aujourd'hui, c'est que vous allez devoir témoigner à Casablanca, dans le cadre du meurtre de Forestier !

Bourgès Maunory annonce la couleur.

- Il va falloir vous montrer très prudent !
- Très prudent ? que voulez-vous dire ? Je vais me contenter de rapporter des faits établis ! à savoir : l'inspecteur Forestier s'est servi de l'arme

appartenant à son chef le Principal Delrieu pour commettre un homicide sur trois Marocains !

- Justement, d'autres personnes risquent d'être mises en cause ! Je pense au journaliste Sartout, voire, pire, au S.D.E.C.E. précise le ministre

Wybot manque de s'étouffer.

- Comment voulez-vous que le S.D.E.C.E ne soit pas impliqué, alors qu'il utilise les services de personnages aussi sulfureux que Jo Attia ou Joseph Renucci et que certains de ses membres, font partie de la « Main Rouge » ?

Bourgès Maunory, s'efforce de couvrir un organisme dépendant directement de sa personne.

- Nos services extérieurs font un travail remarquable sur le terrain, dans des conditions particulièrement difficiles et hostiles ; et en infiltrant la « Main Rouge », ils restent dans leur rôle !
- Monsieur le Ministre, j'espère que vous ne doutez pas que la DST fait également un travail remarquable, pour la sécurité intérieure de nos concitoyens ?
- Pas du tout ! Je ne pense pas avoir remis un seul instant vos méthodes de travail en cause ?
- Très bien ! dans ce cas, imaginez une seule seconde, que la DST se livre au quart de la moitié des actions hors la loi du S.D.E.C.E ! Quelles seraient vos réactions, vis-à-vis de mon service ?

Edgar Faure, voyant que la situation dérape totalement, s'efforce de reprendre le contrôle.

- Messieurs, Messieurs, voyons ! gardons un peu de distance vis-à-vis des évènements ! Je ne doute pas un seul instant que Monsieur Wybot, fort de nos conseils, saura garder bonne mesure dans son témoignage, dans l'intérêt du pays !...

Chapitre 23 : « Le vieux porc de Marseille ! »

Trois mois viennent de s'écouler, l'état d'urgence et la censure ont été établis début avril en Algérie. Le gouvernement, pour essayer de calmer des tensions, fait un geste au mois de mai en laissant en liberté provisoire, quatorze membres de l'ancien mouvement pour le Triomphe des Libertés Démocratiques. Toujours au mois de mai, La France renforce son Armée en rappelant ses réservistes. Frida se montre inquiète.

- Pierre crois-tu, que nous risquons d'être mobilisés pour partir en Algérie ?
- Pour l'heure sûrement pas ! Comme je suis Commissaire à la DST, je suis protégé par mon statut et toi avec deux enfants mineurs à charge, tu te trouves épargnée !

Gabrielle de Kermarec, avec l'accord des Malet, déménage pour vivre chez Jean Hubert de La Parent. Début juin, Pierre et Gaby sont appelés comme témoins dans le cadre du procès en correctionnelle de Javier Romero. Dans le train qui les transporte pour la gare Saint Charles, le Commissaire briefe la jeune femme. Pour Pierre, il s'agit de tenir sa parole. Faire condamner Romero à une peine raisonnable, afin qu'il soit à l'abri de possibles représailles … Les marges de manœuvre ne sont pas très importantes. Quelles seront les réactions des juges si le cas de la Compagnie Algérienne Maritime est abordé, sur fond de S.E.D.C.E ? Malet cherche à éviter le sujet à tout prix !

Mardi 7 juin.

Gabrielle se présente à la barre, particulièrement tendue.

- Mademoiselle de Kermarec, pouvez-vous nous dire si vous aviez remarqué que de la drogue circulait dans l'établissement la « Lanterne Rouge » ?

Gaby, habilement, s'en tient aux consignes de Pierre.

- Monsieur Le Président, mon rôle comme pour toutes les filles de l'établissement était de me montrer aimable avec les clients, en essayant de les pousser à la consommation !
- Lorsque vous parlez de « consommation », pouvez-vous nous en dire un peu plus ?

Rires dans la salle … le Président fait un appel au calme.

- Quand je parle de consommation, il s'agit de consommation d'alcool, rien d'autre ! précise-t-il.
- Entre nous il n'était nullement question de drogue ; ensuite les filles avaient la liberté de finir la soirée avec le client, ou pas !
- Je suppose que ces « prestations de fin de soirée », étaient tarifées ?
- Oui, à l'appréciation de la fille, qui devait ensuite reverser une part de l'argent à la « Lanterne Rouge » !
- Vous êtes-vous livrée à ce genre de prestations ?

Au bord des larmes, tout en reniflant, Gaby a du mal à s'exprimer.

- Oui… Mokhtar pour faire rentrer de l'argent, nous encourageait à aguicher le client !
- Lorsque vous parlez de Mokhtar, je suppose qu'il s'agit de Ben Chérif ?
- Exactement, Monsieur le Président !
- Pouvez-vous nous dire : dans quelles circonstances avez-vous été amenée à travailler à la « Lanterne Rouge ?
- Mokhtar servait de rabatteur, il m'a repérée lors d'un radio crochet à Brest ; il a fait miroiter à mes parents que j'allais devenir une vedette de la chanson, en leur donnant un peu d'argent sur mes futurs cachets ! Ensuite, il a employé la manière forte, comme il le faisait pour soumettre toutes les filles ! Il m'a battue, violée à plusieurs

reprises, comme un véritable « porc » ! cette fois Gaby craque complètement et s'effondre, en larmes.

Le Président ordonne une interruption de séance. En quittant la barre, Gaby se précipite dans les bras du Commissaire.

- C'était horrible, j'avais l'impression de me mettre à poil devant tout le monde ! Paternaliste, Pierre, s'efforce de la réconforter. Il lui pose un baiser délicat sur le front.
- Tu as été parfaite ! Viens, allons boire un café, reprends ton calme en contrôlant ta respiration.

Une heure plus tard, Gabrielle se retrouve de nouveau en salle d'audience. Le Président s'efforce de se montrer bienveillant.

- Mademoiselle de Kermarec, vous sentez-vous en état de reprendre les débats ?

Droite comme un « i » Gaby, répond d'une voix ferme.

- Oui, Monsieur le Président !
- Concernant l'accusé Monsieur Romero, ici présent, pouvez-vous nous indiquer quel était son rôle ?
- Javier s'occupait de gérer la « Lanterne Rouge », Mokhtar était finalement peu présent, occupé à recruter des filles, ou à autre chose ! et le Procureur prend la parole :
- Comment Romero se comportait-il vis-vis de vous ?
- Il avait parfois la main leste, mais il ne s'en prenait jamais sexuellement aux filles !
- Lorsque vous dites concernant Ben Chérif, je vous cite : « il était occupé à recruter des filles ou à autre chose ». Que voulez-vous dire par « autre chose » ?
- Il n'avait pas pour habitude de me faire ses confidences ! Mais je savais par des bruits de couloir qu'il avait d'autres activités, sans en connaître la nature !
- Comment avez-vous réussi à fuir la « Lanterne Rouge » ?

- Grâce à l'intervention du Commissaire Malet !
- Merci Mademoiselle pour votre franchise. J'appelle désormais à la barre le Commissaire Malet !
- Commissaire, vous travaillez pour la DST, à quelle occasion avez-vous été amené à entrer en contact avec la « Lanterne Rouge » ?
- Je suis descendu sur Marseille pour enquêter sur la mort de Larbi El Bakir ! Mokhtar Ben Chérif lui servait ponctuellement de chauffeur et j'ai pu remonter sa piste jusqu'à la « lanterne Rouge » !
- C'est vous qui, en partie, avez découvert la drogue ? poursuit le Procureur.
- Il s'agit d'un travail en commun, entre la P.J de Marseille et la DST !
- Selon vous, quel peut être le lien entre la drogue, la prostitution, Romero, El bakir et Ben Chérif ?
- Pour moi, seul Ben Cherif pourra nous éclairer sur le sujet ! Mais comme vous le savez déjà, il est actuellement en fuite, sans doute en Algérie !

Le juge libère Pierre Malet et différents témoins se succèdent ensuite à la barre : les filles du bar, le barman et le Commissaire Dubosc entre autres, sans apporter d'éclairage nouveau. Puis, vient le moment des différentes plaidoiries. Le Procureur réclame cinq ans de prison ferme, dont deux avec sursis, pour trafic de drogue et proxénétisme. Le juge décide de mettre la sentence en délibéré. Les deux Commissaires et Gabrielle se retrouvent dans un café à la sortie du tribunal. Dubosc se réjouit de retrouver Gabrielle.

- Quelle transformation ! J'ai cru comprendre que tu te lançais dans le journalisme ?
- Disons que je ne suis qu'une apprentie stagiaire dans la presse écrite, mais j'ai peut-être trouvé ma vocation !
- Pierre, que pensez-vous du déroulement du procès ?
- Pour l'instant, en attendant le verdict définitif, Romero s'en sort plutôt bien ! Sur le papier il risquait 10 ans ! Mais bon, le problème ne pourra se régler que lorsque nous réussirons à mettre la main sur Ben Cherif !

Dimanche 12 juin.

Trois heures du matin, le téléphone sonne chez les Malet. Complètement endormie, Frida finit par décrocher.

- Allô ?... Oui je vous le passe !
- Qui est-ce ?
- Wybot ! Qui ça pourrait être d'autre, à une heure pareille ?
- Oui… ! Très bien j'y serai !
- Que se passe -t'il ?
- Lemaigre Dubreuil*, vient d'être assassiné à Casablanca ! Le patron, m'a demandé de le retrouver demain à 7 heures au bureau !

Entre deux bâillements, Frida lui fait part de ses états d'âme.

- Il fait chier ! Il aurait pu appeler Montarras, c'est toujours son chef de cabinet, que je sache !

7 heures pétantes, rue des Saussaies.

- Edgar Faure m'a appelé à deux heures du matin pour m'annoncer la nouvelle ! Inutile de vous dire qu'il ne s'agit pas d'une victime lambda ! La haute finance, l'industrie, ça va réagir ! sans parler de l'opinion publique !
- Dans quelles circonstances est-il mort ?
- Tué d'une rafale de mitraillette ; pour l'instant je n'en sais pas plus ! Faure m'a demandé de me rendre sur place dans la journée !
- Pourquoi ? il pense que vous allez pouvoir trouver le ou les coupables, en quelques heures ou quelques jours ?
- Disons que je vais lui servir d'alibi ! Une enquête menée sur place par le chef de la DST lui permettra de mieux résister aux interpellations de la Chambre !
- Quel rôle comptez-vous me faire jouer ?
- Dans la mesure où je ne peux rien préparer, vous allez me servir de relais sur Paris ! Pour l'instant j'appelle Bourgès Maunory, et ensuite vous me conduirez à Orly !

Après son entretien téléphonique avec le Ministre de l'Intérieur, Wybot obtient quelques précisions. Lemaigre Dubreuil s'est rendu dans son appartement marocain en provenance de Paris ; il en est sorti vers onze heures du soir pour prendre sa Stubebaker avec un jeune ami. Au moment où il a voulu pénétrer dans sa voiture, une traction est arrivée à sa hauteur et un des passagers a tiré deux rafales de mitraillettes. Lemaigre Dubreuil est mort pratiquement sur le coup, alors que son passager s'en est sorti par miracle.

- Pierre, le jeune passager est indemne et doit rentrer aujourd'hui à Paris par avion. Comme je n'aurai pas le temps de l'interroger, je vous charge de le faire !
- Dites-moi, votre récit est glaçant ! On se croirait dans le Chicago des années trente ? C'est du boulot de gangsters … ou de policiers ?
- Justement vous venez de me donner une idée ! Comme il faut bien commencer par quelque chose, un homme pourrait nous guider dans ce labyrinthe, je pense à … Jo Renucci !
- Vous plaisantez, j'espère ? D'abord, je doute qu'il soit en France, il a déjà un contrat sur sa tête avec la Mafia et comment voulez-vous mettre la main dessus ?
- Je sais qu'il s'est réfugié au Maroc ! Débrouillez-vous, trouvez-moi quelqu'un qui détient son adresse, si vous devez le payer, faites-le ! Nous devons avancer d'une manière ou d'une autre !

Perplexe, Malet ne sait qui contacter, d'autant que passer, par le S.D.E.C.E, ne paraît pas la meilleure des solutions. À peine arrivé à Orly, le Directeur de la DST embarque, direction Casablanca. Quelques minutes plus tard, le Commissaire récupère le fameux témoin, un certain Simon Castet*, dans le bureau de la Police de l'Air. Finalement, son interrogatoire se montre plus que décevant : il ne fournit pas plus d'éléments que ceux communiqués par Bourgès Maunaury.

En arrivant à l'aéroport de Casablanca, Wybot découvre Philippe Durand *(L'auteur a changé volontairement le nom),* un Lieutenant de Vaisseau de réserve, ancien Officier d'Ordonnance du Général Giraud.

- Tiens ? que faites-vous là ?
- Oh rien … j'attends un ami ! lui répond évasivement Durand.

Le Directeur de la DST ne va pas tarder à comprendre qu'il est sous surveillance en posant le pied au sol en terrain inconnu. Edgar Faure a beau l'avoir délégué légalement, il ne possède aucun pouvoir sur le sol marocain. La Police locale est seule compétente et il n'y a pas de raison qu'elle se montre plus coopérative que lors de son premier voyage et elle garde en mémoire la saisie par Wybot et Malet de la mitraillette au domicile de l'inspecteur Forestier et appartenant au Principal Delrieu. De ce fait, sur place, Wybot ne peut compter que sur lui-même. L'hypothèse se vérifie dès le premier contact avec le Divisionnaire Vermeulen.

- Désolé, nous ne pouvons rien pour vous ! Comme vous devez le savoir, sur une enquête judiciaire, nous sommes soumis aux règles de la commission rogatoire ! Nous ne pouvons pas vous répondre, il faut que vous vous adressiez directement à la Justice !

Sans se décourager, Wybot se tourne vers les magistrats. La fin de non-recevoir se veut encore plus marquée de la part du Juge Ceccaldi*.

- Impossible : j'estime que votre intervention pourrait troubler les témoins ! Je suis seul maître de l'Instruction ! Que votre ministre vous demande une enquête administrative, soit ! mais ici, nous procédons à une enquête judiciaire, ce n'est pas la même chose !

Furieux, Wybot décide de contacter le Procureur de Casablanca. Ce dernier donne son feu vert pour l'interrogatoire du principal Delrieu. Le Juge Ceccaldi continue son opposition en niant les évidences. Il fait fi de l'analyse du professeur Sannie, pourtant incontestable, sur la mitraillette ayant servi au massacre des trois Marocains. Delrieu adopte, devant le juge, une position pour le moins inattendue.

- Monsieur Wybot, envoyé en mission au Maroc par le gouvernement, ne pouvait pas rentrer les mains vides ! De ce fait, il a fait fabriquer ou fabriqué lui-même le rapport Sannie !

Devant une telle mauvaise foi, Wybot réussit néanmoins à garder son calme.

- Monsieur le Juge, le professeur Sannie fait partie des plus grands spécialistes du laboratoire de la Préfecture de Police ! De plus son intégrité ne peut être remise en cause, il suffit donc de lui poser la question ?

Ceccaldi se contente d'une réponse évasive.

Face à cette nouvelle impasse, Wybot décide de prendre le taureau par les cornes. Il réussit à faire délocaliser l'affaire sur Rabat. Cette fois le nouveau juge d'instruction, assure que Delrieu sera placé rapidement sous mandat de dépôt. Le Directeur de la DST peut ainsi continuer ses investigations. Il doit entendre de nouveaux témoins et s'appuie sur deux policiers locaux. Moins d'une heure plus tard, il reçoit à son hôtel une lettre de menaces sous double enveloppe. La précision du texte ne laisse pas de place au doute : seuls les policiers ont pu l'inspirer ou la rédiger.

Autre problème : le Juge Ceccaldi se voit confier l'affaire Lemaigre Dubreuil ! Inutile de dire qu'il garde en travers de la gorge d'avoir été dessaisi du dossier Delrieu. Une reconstitution a lieu devant l'immeuble « Liberté », endroit où la Studebaker de l'homme d'affaire a été mitraillée. Un témoin se présente spontanément, prétendant avoir d'importantes révélations à fournir. *(Plus tard, il sera identifié comme un déséquilibré).* Le Juge Ceccaldi s'oppose formellement à ce que Wybot puisse l'entendre.

- Cela relève du secret de l'instruction, vous n'avez pas à intervenir !

Cette fois, le Directeur de la DST ne se contient plus et, devant témoins et badauds contenus par des policiers, il éructe :

- Votre comportement est une entrave à la bonne marche d'une Justice que vous prétendez représenter ! Si vous êtes là pour faire une obstruction systématique à l'éclatement de la vérité, ayez au moins le courage de le dire et finissons-en avec cette parodie !

La réponse de Ceccaldi, se veut tout aussi cinglante.

- Je vais vous faire poursuivre, pour insulte à magistrat !
- Ah bon ? vous souhaitez être encore destitué ?

Le Procureur Général Franceschi* qui assiste à la scène s'efforce d'apaiser les esprits. Wybot arrive à garder sur place quelques alliés de poids, comme Francis Lacoste toujours en place, ou le Préfet Chevrier.

Au cours de ses investigations, le patron de la DST cible le docteur Causse*, Président du Groupement Présence Française, leader de l'activisme européen au Maroc. Ce dernier, pour échapper à un interrogatoire, simule une blessure accidentelle. Au moment de l'entendre, son entourage prétend qu'il se trouve sur une table d'opération sous anesthésie !

Le Préfet Chevrier se rend rapidement compte des différents dysfonctionnements de la Police Marocaine, et décide de faire venir de Paris « un policier indépendant », le Commissaire Valois*.

Le « nouvel allié » de Wybot se révèle par la suite, avoir joué un rôle trouble dans « l'Affaire des fuites » ! Il a escamoté une rencontre secrète, capitale, entre Labrusse et Baranès. *(Historique).* Le Commissaire Valois des R.G se garde bien de dire qu'il a été envoyé au Maroc, sur l'intervention du Préfet Dubois. Il s'avère rapidement que personne ne souhaite découvrir la vérité sur l'assassinat de Lemaire Dubreuil.

À force de ramer, Pierre Malet, de Paris, finit par trouver le contact permettant de trouver l'adresse de Jo Renucci. Comme c'est souvent le cas, cet indicateur louche, fait des petits boulots pour le S.D.E.C.E. Le renseignement coûte « la modique somme » de 1500 francs aux contribuables Français … Pierre s'empresse de communiquer l'information à son Directeur, en lui indiquant qu'un mystérieux correspondant va le contacter : Wybot reçoit effectivement rapidement un appel téléphonique d'un interlocuteur lui donnant un rendez-vous. Deux heures plus tard, les deux hommes se retrouvent dans un bar.

- Bonjour, je viens de la part de « Monsieur Jo » ! Il ne peut pas se montrer à Casablanca et vous propose de le rejoindre à la campagne !

Malgré les risques, Wybot accepte de se déplacer dans une petite auberge, perdue dans la nature au milieu de nulle part. Après avoir traversé la salle, il retrouve Renucci au fond d'une arrière-cuisine. Dans cette ambiance de mauvais film d'espionnage, Jo Renucci « porte beau, comme un ministre du milieu », cherchant à en imposer par une certaine gravité. Le parrain de la pègre ne peut pas faire son numéro bien longtemps : Wybot le coupe très vite dans son élan.

- Ecoutez, je tenais absolument à vous rencontrer pour une chose très précise ! Je suis sûr que vous ne pouvez pas ignorer qui a tué Lemaigre Dubreuil !

Sans répondre à la question, Renucci part dans des explications sans grand intérêt, Wybot finit par l'interrompre de nouveau :

- Je ne voudrais pas me montrer désagréable avec vous, mais si vous ne m'aidez pas un peu, je vous fais expulser vers la France ! Inutile de vous préciser les risques que vous encourez ?

Renucci sait que si, par malheur, ça devait lui arriver, il perdrait toutes ses protections, ses gardes du corps, ses « porte flingues », chargés autour de lui de former un cordon infranchissable. Une expulsion du Maroc, lui coûterait sans le moindre doute, une condamnation à mort.

- Monsieur Le Directeur, ne faites pas cela ; nous ne sommes jamais combattus par le passé, vous connaissez mes sentiments patriotiques ! Laissez-moi 48 heures pour me retourner, j'ai besoin de me protéger ! Retrouvons-nous ici dans deux jours et je vous promets de vous aider, parole de voyou !

Magnanime, Wybot décide de lui laisser sa chance.

- Très bien ; vous auriez pu m'épargner vos sentiments sur la Patrie ! Vous avez 48 heures, pas une minute de plus !...

Chapitre 24 : à qui le mot de la fin ?

Dimanche 19 juin.

Une semaine s'est écoulée depuis l'assassinat de Jacques Lemaigre Dubreuil. Joseph Renucci, se trouve à l'endroit prévu, à l'heure prévue. Roger Wybot, lui met la pression d'entrée.

- J'espère, que vous avez eu suffisamment de temps pour réfléchir ?
- Je ne suis pas un ingrat, Monsieur le Directeur, je ne vous laisserai pas tomber ! Vous comprendrez que dans ma situation, je dois me montrer prudent ! Je suis prêt pourtant à vous laisser des éléments vous permettant d'ouvrir quelques pistes !

Devant un tel préambule, Wybot se montre sceptique :

- En ce moment, vous ne seriez pas en train d'essayer de m'enfumer, par hasard ?
- Non, c'est juré, foi de Renucci : il vous suffit de chercher autour de vous ! Je suis persuadé que, dans votre entourage actuel, vous dégagerez une piste. C'est tout ce que je puis vous dire, pour le moment !

A mots couverts, feutrés, réservés, Renucci confirme plus ou moins clairement l'implication de la Police locale. Wybot regrette que 48 heures se soient écoulées pour glaner une information, sans plus de précisions. Sourire aux lèvres, « Monsieur Jo », finit par lâcher.

- Si j'apprends quelque chose d'intéressant, je vous recontacte !

Evidemment, en réfléchissant, la piste policière se tient. Une conjuration de policiers et de truands patriotiques, pour éliminer Lemaigre Dubreuil ce « bradeur du Maroc », fait du sens. Déjà hostile depuis le début, la Police avec son esprit de corps indestructible, va continuer de verrouiller le système …

Sans moyens sur place, Wybot va devoir regagner Paris, les mains presque vides. Tout au plus, il pourra revendiquer les attentats contre-terroristes commis par feu l'Inspecteur Forestier. L'arrestation de son supérieur et complice le Principal Delrieu, ne reste qu'un modeste succès. Le Directeur de la DST n'a plus qu'à rédiger son rapport et plier ses bagages.

De retour rue des Saussaies, la convocation à Matignon ne tarde pas. Edgar Faure se montre plutôt de bonne humeur. Une convention franco-tunisienne accorde à la Tunisie une totale autonomie, sorte de premier pas vers l'indépendance qui ne dit pas son nom. Une sérieuse reprise en mains se fait en Algérie où les autorités procèdent à l'arrestation de centaines de personnes, dont le Secrétaire Général du Parti Communiste.

- Mon chez Wybot, c'est toujours un plaisir de m'entretenir avec vous ! J'ai pris connaissance de votre rapport : comme à son habitude, il est fort détaillé et argumenté ! L'arrestation de ce petit inspecteur, comment s'appelle-t-il déjà ? … ah oui, Delrieu, montre que nous appliquons les lois de la République, sans concession et avec la plus grande fermeté !
- Monsieur le Président, je me permets cependant d'attirer de nouveau votre attention sur le premier rapport que j'ai envoyé à votre prédécesseur et dont vous avez pris connaissance à votre arrivée à Matignon ! Il est bien évident qu'un certain nombre de choses ne fonctionnement pas normalement au Maroc ! Bien sûr, nous ne pourrons pas changer d'un coup de baguette magique les trois quarts et encore moins l'esprit des fonctionnaires en place ! Certes, il faut du temps, mais force est de constater que depuis ce premier rapport, il n'y a eu aucune avancée !
- Ne croyez pas que depuis, je sois resté inactif ! j'ai longuement conversé avec Pierre July sur la possibilité de fusionner l'activité de Ministre des Affaires Marocaines et Tunisiennes, avec le poste de Résident Permanent ! J'ai conscience que le dualisme entre Rabat et Paris, paralyse et interfère les décisions sur le terrain ! Aujourd'hui, outre l'hostilité de July sur le sujet, je me heurte à une majorité au Conseil des Ministres ! J'en suis réduit à une tactique de petits pas !

D'autre part, je vous confirme que Francis Lacoste, malgré toute sa bonne volonté, sera bien remplacé par Gilbert Grandval ! Il faut bien à un moment où à un autre, créer un choc politique !

Francis Lacoste, sacrifié sur l'autel de la politique ? Ne s'agit-il pas plutôt d'une tempête dans un verre d'eau, pour satisfaire à la vindicte populaire. Et Edgar Faure de conclure :

- L'opinion du Conseil a prévalu : il n'est pas possible de mener la politique que nous entendons suivre et qui diffère assez nettement sur certains points, avec vos propositions !

En sortant de Matignon, Wybot est convaincu d'une chose : la France, à marche forcée, s'engage sur la voie de l'indépendance du Maroc. Bientôt, il ne sera plus nécessaire d'avoir à Rabat, un Résident Général ou un Ministre Résident.

Alors qu'il pense en avoir fini avec le Maroc, Pierre Malet l'interpelle sur la mort de Jacques Lemaigre Dubreuil.

- Je viens d'avoir l'indic qui nous a mis sur la piste de Jo Renucci. D'après lui, le chauffeur qui conduisait la traction lors de l'attentat serait un certain Louis Damiani* !
- Tiens donc, « Monsieur Jo », nous fait passer ses messages par petites doses !
- Autre chose, la voiture appartiendrait à Charles Luigi*.
- Qu'avons-nous sur Damiani et Luigi ?
- Damiani serait un petit truand sans envergure. Par contre, Luigi fait partie de la mouvance du docteur Causse qui comme vous le savez, fricote avec la Main Rouge. De là à penser que les policiers sont impliqués ... il n'y a pas loin !
- Bon, en attendant d'en savoir plus, je voudrais que vous recontactiez Simon Castet ! Je suis persuadé que ce jeune homme, pourrait en dire davantage que lors de ses premières maigres déclarations !

Le Commissaire ne va pas avoir le loisir d'accéder à la demande de son patron : Simon Castet est retrouvé « suicidé » deux jours plus tard, dans la villa d'un lobbyiste conservateur sur la côte d'Azur.

Après l'effort, le réconfort ! La famille Malet n'a pu souhaiter les 12 ans de Marie qu'en petite comité ; une grande fête, prévue à postériori dans le pavillon des grands-parents de Colombes, se déroule ce dimanche. Pour l'occasion, outre le clan Malet avec Mathilde et les von Riegsburg, Marie Thérèse, marraine de Marie, a fait le déplacement de Reims. Jean Hubert et Gabrielle, qui filent toujours ensemble le parfait amour, n'ont pas été oubliés. Les retrouvailles entre Mathilde et Marie Thérèse, après huit ans de séparation, sont particulières touchantes. L'infirmière antillaise, a toujours son franc parler.

- Mon Pierrot, même si tu es toujours aussi beau, n'aurais-tu pas pris quelques kilos superflus ?
- Oui, je te confirme, il ne fait plus de sport ! rigole franchement Frida
- Bon ça va, je n'ai pas eu trop le temps ces dernières semaines ! Mais j'ai prévu de me trouver un petit club à la rentrée, pour me remettre au rugby !

Alors que la fête bat son plein, Pierre s'isole au fond du jardin de ses parents. Frida qui remarque son absence, le rejoint bientôt et le prend par la taille.

- Alors mon chéri, tu boudes ? La remarque de Marie Thérèse, t'aurait-elle vexée ?
- Non ! pas du tout ; je me remémorais mon séjour à l'hôpital et je n'aime rester sur un échec ! Je ne trouverai d'apaisement que lorsque j'aurai mis la main sur Mokhtar Ben Cherif !

Fin.

Epilogue : Comment cacher la vérité sous le tapis !

En octobre 1957, le juge Soulet se trouve en charge du dossier sur l'assassinat de Jacques Lemaigre Dubreuil, à la suite d'une plainte contre X déposée par la famille. Suite aux révélations d'un informateur, le magistrat interpelle Antoine Méléro, ancien policier au Maroc à l'époque des faits. Ce dernier, est également mis en cause dans une affaire de proxénétisme.

Louis Damiani cité dans ce roman, détenu pour une agression l'année précédente, évoque l'attentat sur l'homme d'affaires et patron de Presse, en désignant huit personnes, dont Antoine Méléro. Il fournit également des renseignements sur des agressions contre l'as de l'aviation Pierre Clostermann (Auteur du livre « le Grand Cirque »), et l'avocat Jean Charles Legrand, ainsi que pour un projet de meurtre sur Pierre Mendès France.

L'affaire s'étoffe en janvier 1958, avec la mise sous écrou de Charles Luigi et d'André Congos, considérés comme les bras droits du docteur Causse de l'association « Présence France ». Les deux hommes sont remis en liberté provisoire, à « la faveur d'une vacance judiciaire », par un juge intérimaire, sur réquisition du Parquet, malgré une accumulation de preuves : la traction Citroën ayant servi à l'assassinat, appartient bien à Charles Luigi et dans laquelle se trouvait Méléro. En dépit de tous ces éléments, un non-lieu définitif est prononcé en juillet 1965. Selon le journaliste Vincent Nouzille, (Grand reporter au magazine « L'Express »), « La Main Rouge » aurait pesé sur cette décision. A noter que le Docteur Causse ne sera jamais inquiété.

Un dernier hommage est rendu à Jacques Lemaigre Dubreuil, au Musée National de la Résistance à Rabat. Sa Studebaker verte avec son aile droite criblée de balles, se trouve exposée depuis février 2005.

Le 7 mars 1956, « l'Affaire des fuites » est relancée, avec l'ouverture du procès dans la grande salle des Assises du Palais de Justice de la Seine. René Turpin (Chef de Cabinet) et Roger Labrusse (Sous-Préfet Chef de Service de la Défense Nationale), sont bien dans le box des accusés, inculpés pour haute trahison. Par contre, Jean Mons, figure simplement au motif « de négligence ». Anecdote, au passage : Mons se présente à la barre avec l'insigne de Commandeur de la Légion d'honneur à la boutonnière ! Cette attitude, en contradiction formelle avec la règle pour un accusé, ne fait l'objet d'aucune remarque de la part du Président ou de l'un de ses assesseurs. C'est dire la haute estime qu'il inspire encore au milieu des autorités ...

André Baranès, lui aussi dans le box des accusés, semble se délecter de la situation, se félicitant au passage de « son brevet de patriotisme et de loyaliste anticommuniste » ! Tout au long du procès, soixante-six audiences se déroulent, quatre-vingt-douze témoins seront entendus, dont certains plus ou moins folkloriques. Curieusement, Roger Wybot, pourtant au centre de l'enquête, ne sera entendu que le 24 mars. Paul Baudet assisté de Roland Dumas, s'occupe de la défense de Jean Mons, pendant que Jean Louis Tixier-Vignancour s'emploie à défendre Baranès. Le célèbre ténor du Barreau, reconnu pour ses positions d'extrême droite, s'efforce de politiser le débat : « Tout ce que je veux, c'est une tribune contre Mendès France et Mitterrand ! ». Le procès tourne bientôt à la confusion. Le Président Henri Niveau de Villedary manque singulièrement d'autorité et fait preuve d'une bienveillance particulière pour Tixier-Vignancour et Jean Mons. Les témoins de moralité se succèdent à la barre, attestant du patriotisme et de la loyauté du Secrétaire Général de la Défense. De son côté, Baranès peut compter sur le Commissaire Dides et le préfet Baylot, pour confirmer toute l'admiration qu'ils lui portent.

Même François Mitterrand reste modéré dans ses déclarations, par prudence ? par calcul ? en pensant à son avenir politique ? Seule note discordante au milieu de ce concert de louanges, celle de Pierre Mendès France qui juge l'attitude de Jean Mons « très décevante ». Il lui reproche de ne pas avoir tout dit dès le départ, d'avoir caché avec légèreté des documents sensibles, pour finir par les brûler deux mois après. Toutefois, il ne croit pas à sa complicité dans « l'Affaire des fuites ». Pour lui, il s'agit simplement de négligences avérées.

De son côté, comme à son habitude, Roger Wybot ne mâche pas ses mots. Au contraire, Il accuse Mons d'avoir sciemment laissé traîner ses notes, pour que son collaborateur René Turpin, les communique à Emmanuel d'Astier de la Vigerie, dans un premier temps et à André Baranès par la suite. Il ajoute : « Turpin est un agent qui obéit aux ordres » ! Maître Baudet rentre pleinement dans son rôle, en regrettant que « Turpin le félon » ait trahi la confiance que lui avait accordé son patron. De son côté, Jean Mons joue les magnanimes vis-à-vis de son collaborateur. Il a fait une erreur ? sûrement, une faute ? Sans doute n'a-t-il pas envisagé toutes les conséquences de ses actes … !

Un autre témoignage pèse de tout son poids dans la défense de Jean Mons : celui du général Ganeval : « Monsieur Mons avait le droit absolu de confier à Turpin la garde de ses dossiers ! Si ce dernier les a consultés, alors qu'il en avait seulement la charge, la faute lui en incombe seul ! »

Puis, d'Astier de la Vigerie, personnage finalement central de l'affaire, doit déposer. Ses amis lui ont évité le pire, avec le risque de la suspension de son Mandat Parlementaire. De ce fait, Wybot, n'a pas pu l'interroger pendant l'enquête. Une chose est certaine, d'Astier est le principal bénéficiaire de « l'Affaire des fuites ». Inquiet devant la Cour, il résume son témoignage de la manière suivante : « Labrusse m'apportait les comptes rendus des séances du Comité de la Défense Nationale, puis à partir d'un certain moment les a transmis à Baranès ».

Curieusement, le Président Niveau de Villedary ne cherche pas à en connaître les raisons ? D'Astier semble pouvoir continuer de dormir sur ses deux oreilles lorsque Baranès, son ancien employé, réveille la salle d'audience, en accusant le directeur de « Libération » d'être un agent soviétique. Cette révélation, pour le moins outrancière dans la bouche d'un Baranès, ne rencontre pas l'effet escompté ... D'Astier peut quitter la salle, la tête haute.

Dans son réquisitoire, le Procureur Gardon se dit favorable à une peine de principe pour Turpin et Labrusse. Il déclare : « Je me montre très ferme pour vous demander de déclarer Labrusse et Turpin coupables des fuites de juin à septembre ! Je m'en remets aux bons soins du Tribunal pour une application modérée de la loi ! Mais je ne peux m'empêcher de penser que le grand coupable échappe à vos bras ! » à qui pense-t-il ? à Jean Mons ? à un homme politique ? Le Tribunal ne cherchera surtout pas à en savoir plus ... A partir de là, nous ne pouvons assister qu'à une parodie de décision judiciaire.

Le verdict tombe le 21 mai 1956. Jean Mons, finalement acquitté sera naturellement écarté du Secrétariat de la Défense Nationale. Comme il ne faut jamais laisser tomber un haut fonctionnaire ... il est nommé Conseiller Maître à la Cour des Comptes, le 6 novembre 1956. André Baranès, « l'homme aux multiples visages », passe également entre les gouttes, « au bénéfice du doute » ...

Comme il faut bien quelques coupables, la Cour suit le réquisitoire du Procureur en infligeant six ans de prison à André Labrusse et quatre années à René Turpin.

François Mitterrand voit sa réputation durablement entamée. La rupture est désormais consommée entre le futur Président de la République et son ami Pierre Mendès France. Il ne pardonne à « PMF » de l'avoir tenu à l'écart au début de l'affaire, alors qu'il était le Ministre de l'Intérieur en titre. Pour se justifier, Mendès dira qu'il ne souhaitait pas que les membres du gouvernement fassent pression sur la DST pour la bonne marche de l'enquête.

Comme dans l'assassinat de Jacques Lemaigre Dubreuil, il y a sans doute des vérités qui ne sont pas bonnes à dire, le tout, naturellement, pour le bien de l'Etat.

À méditer !...

Bruno GUADAGNINI

LISTE DES PRINCIPALES ABRÉVIATIONS

- C.A.M : Compagnie Algérienne Maritime.
- C.N.P.I : Comité National des Paysans et des Indépendants.
- D.S.T : Direction de la Surveillance du Territoire.
- F.L.N : Front de Libération National.
- M.N.A : Mouvement National Algérien.
- M.R.P : Mouvement Républicain Populaire.
- M.T.L.D : Mouvement pour le Triomphe des Libertés Démocratiques.
- P.C.F : Parti Communiste Français.
- R.G : Renseignements Généraux.
- S.D.E.C.E : Service de Documentation Extérieur de Contre-Espionnage.
- S.I.A.P.E : Société Industrielle d'Acide Phosphatique et d'Engrais.
- S.F.I.O : Section Française de l'International Ouvrière.
- U.D.M.A : Union Démocratique du Manifeste Algérien.

OUVRAGES DE RÉFÉRENCE

- ➢ Les archives du journal « Le Monde ».

- ➢ Chronique du 20e siècle *(Editions Chronique SA 1992)*.

- ➢ Roger Wybot et la bataille pour la DST par Philippe Bernet *(Editions Presse de la Cité 1975)*.

- ➢ La République trahie par Paul Marcus *(Editions du Cherche Midi, avril 2009)*.

- ➢ La conversation libérale de Jacques Lemaigre Dubreuil au Maroc (1950-1955) Clotilde de Gastine, 2e semestre 2009.

- ➢ Le site de Saïgon/Vietnam.

- ➢ Le site Marseillevieux.com.

TABLE DES MATIÈRES

Remerciement à Marie Noelle Rivet, analyse et correction du texte.